傾世皇妃

傾世皇妃（下）

人生若只如初見

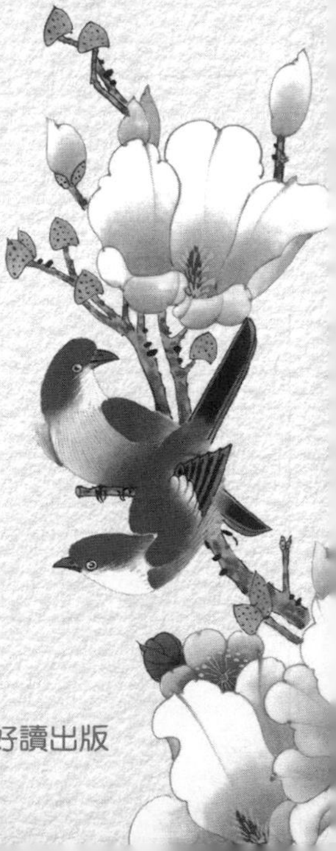

慕容湮兒——著

好讀出版

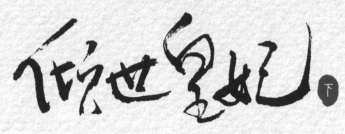

目錄

第五卷　人生若只如初見

若不愛我，怎會在夏國為護我而身中幾把匕首？若不愛我，怎會在梅林中遠遠眺望我的身影？你就是這樣不愛我的嗎？原來，你就是這樣不愛我的。

第一章　七日鎖情劫

我在養心殿整整待了十日，莫蘭與心婉遵照皇上的吩咐寸步不離地看著我，果然啊，她們倆眞是聽命於祈佑的。想到莫蘭曾經偷偷撫摸祈佑，眼底對他那深深的迷戀；想到我曾經握著手教心婉寫詩，她悉心地爲我泡著梅花釀。我想，每日一杯的梅花釀是心婉眞心實意爲我泡的，卻因爲韓冥的一個謊言讓我對她起了戒心，甚至爲了逃跑而在她身上下毒。

如今莫蘭與心婉站在我的面前，目光中對我隱隱有著戒備，只因我的容貌已經不是曾經那張平凡的臉，不再是她們所識的蒂皇妃了。

祈佑爲何一定要硬留下我，我的腹中懷著連城的孩子啊，即使他能接受，我也不能接受。我知道，要一個帝王接受自己女人與他人懷的孩子是一件異常痛苦的事，即使他現在接受了，心中永遠都會有一根刺。待到他某一日怒火大發，這個孩子或許就會成爲一個陪葬品，君心難測，況且眼前這個人是祈佑，爲了權力能放棄一切的祈佑。

這幾日來我害喜害得越來越嚴重，飯菜食不下嚥，看到油膩的東西都會不自覺地噁心、嘔吐，非常嚴重。御醫說是我的體質太差所以害喜的症狀尤其嚴重。祈佑每日回養心殿都會要人爲我準備一碗酸梅湯，盡管我很想喝，卻沒有動一口，也沒有同他說過一句話。

「喂，你這個女人怎麼不識好歹呀，我這輩子沒見皇上對哪個女人這麼認眞過。」莫蘭看著我再次推開那碗酸梅湯，再也忍不住怒火朝我吼了起來。

我不語，任她朝我怒吼，或許她忘記自己的身分只是個奴才了吧。

「莫蘭……」心婉覺得她過於衝動，忙攔住衝動的她，「她是主子，不可以放肆。」

「什麼主子，我的主子只有皇上。她肚子裡的孩子還不知道是從哪兒來的呢，來歷不明也妄想進宮做主子。」莫蘭的聲音一浪高過一浪，我依舊漠然以對。

「皇上！」心婉倏地一聲低呼止住了莫蘭的聲音，莫蘭也垂首呼了聲，「皇上！」

祈佑邁入大殿，臉上雖是淡然之態，卻蘊藏著隱隱怒火，「不論她腹中之子是誰的，她仍舊是你們的主子。」

兩人異口同聲回道：「是。」我卻見莫蘭胸口起伏，明顯在強壓著怒火，那神色是妒忌。我一直都知道，莫蘭是如此喜歡祈佑。

祈佑揮了揮手示意她們退下，然後走到我身邊，望著一口未動的酸梅湯，「聽說這幾日你根本沒吃什麼東西。」他於我對面坐下，深邃的目瞳緊緊注視著我，「爲了孩子，你也應該好好保重自己的身子。」

我不答話，依舊遙望窗外的大雁於穹天盤旋，那是自由，原來自由對我來說竟是如此可望而不可即……

「我知道，你在怪我囚了你。」祈佑的話語伴隨著大雁的啼嘶而響起，「對不起，我是眞的想留你在身邊。」

「放我走……」這些天來我第一次開口同他說話，而這三個字也是我連日來最想說的，但我知道他不會放我走，否則就不會數日前將我打暈，囚於養心殿。

「七日。到時候，要走要留，我都尊重你的意願。」

七日？

爲何是七日，他想要做什麼？難道又想到什麼計畫，好利用我來對付連城，或鞏固自己的皇權？似乎看出我的疑慮，他露出淡淡的苦澀，「我只是單純地想要彌補你，僅此而已。」

襟袂飄然，渺茫紫雲邊。闌干雲如靄，鶯花嬌如滴。我與祈佑相對而坐，乘著一葉小舟，他親自執槳泛舟湖上，碧水滑出漣漪，深深淺淺地朝遠方蔓延，水聲潺潺。

昨日，我答應了他的「七日」，只是七日而已，一轉眼便過去。希望他能說話算話，到時候眞的能放我離開。而今他領著我來到養心殿後的幽寂小湖，四處悲愴淒涼，荒無人跡。他卻獨自帶我乘舟而去，我心中奇怪也未問明所以。

驕陽傾灑在我們身上，略感燥熱，一直划槳的他額上滲有汗水，我很想爲他拭去那滴滴汗珠。卻始終未有動作。今時不同往日，我與他再也回不到從前了。

終於，我們到達了對岸，他一手牽著我，另一手指著前方，「馥雅，這七日我們就住那兒。」

順著他所指望去，密密麻麻的叢林間有一處小竹屋聳立，我有些詫異。這荒蕪的地方怎會別有洞天藏著一處竹屋？

「我知道，你想過普通的日子，兩年前我就吩咐奴才秘密在此修葺一處小居，打算給你一個驚喜。還未修建完成，你卻離去。」他伴著我朝那條唯一能通往竹屋的花石小階走去。我的目光不斷逡巡著四周一切，淺紅深綠，暖香濃，楊柳參差，堪憐許。這裡，是爲了我而修建的？

「這七日，不問朝政，只有我與你。」

他的話音方罷，我的步伐一頓，心頭湧現出一陣酸澀，眼眶中的水氣開始瀰漫。「我與你」，曾經，我一直在期望，如有朝一日唯有我與他，那將會是我此生最快樂之事。而今這分奢望，他要幫我實現了嗎？如果眞的可以，我便可以毫無遺憾地回到連城身邊了。

「你是皇帝，怎能在此七日不問朝政？」我哽咽地問，淚水已經模糊了我的視線。

「朝廷之事自有大哥代爲處理。」

大哥？納蘭祈皓嗎？他們兩兄弟終於能夠和好了，我眞心爲祈佑感到高興，從此他將不是一個人孤軍奮戰了，還有個親人，他的大哥。

我們走進小屋，裡邊極雅致，清新的芬芳伴隨著野草的味道，讓我心頭暢快，這……就是自由的味道？

我緊緊回握著他的手，「長生殿，爲何給她？」

他一愣，側首睇著我，眸中竟閃爍著笑意。我才發覺問了不該問的問題，尷尬地迴避著。

「初見她，聞她妙音之曲，我錯將她當你，有些失態。後來，我覺得那日她的出現彷彿刻意安排，便秘密派人調查她，監視她的一舉一動，原來她的身分都是假的，她是昱國派來的人。之所以對她那麼好，只爲減少她的戒心，看看她到底想要做些什麼。」他說話時的神情異常愉悅，臉上保持著微笑。

聽到他說這句話，我竟鬆了一口氣，壓抑在心的悶氣一掃而空。我又問：「那日，爲何攜她同往夏國？」

「你怎會知道？」他一怔，蹙眉望我，最後恍然，「難道那一家三口……那個婦人是你！」

我被他的表情逗笑，點頭承認了。

他一把將我擁入懷中，狠狠地摟著我，「我應該想到的……」他在我耳邊喃喃一番，「那年突然想起，你父皇、母后的忌日快到，你流落在外，或許會去拜祭，於是我便去了……我怎麼沒想到，那個婦人會是你……如果當時我認出了你，一切是不是都不一樣了？」

深深呼吸著他衣襟間的龍涎熏香，整個臉埋進他的肩窩，淚水早已傾灑他一衣，濕了他的龍袍。他眞是去找我的……如果不是他將長生殿賜給蘇思雲，如果不是見他攜蘇思雲去夏國，我又怎會誤判他的變心，又怎會胡亂信了曦的話，最後接受了連城的愛。

「如果沒有韓冥那句謊言，我絕對不會有那麼堅定離開你的信念。你一次一次地利用了我，我都能找到理由說服自己原諒你，可唯獨麝香這件事……你知道，我多想擁有一個屬於我們的孩子，可是你卻剝奪了我做母親的權利。當我得知自己懷孕，得知體內根本沒有麝香時，我所有的計畫都被打亂了。」我顫抖著聲音，任淚水宣洩，「原來最傻的那個人是我……頭一次，我如此痛恨自己。」

只覺祈佑的身子也微微顫抖著，但雙手卻在安撫我，輕拍我的脊背，「對不起，是我不好，才不能讓你對我有足夠的信任。」

我們終於不再言語，只是靜靜相擁著。那一刻我的心是矛盾複雜的，心中竟隱隱想與他永遠在一起，但理智與良心卻告訴我，不可以……這樣對連城不公平，對孩子也不公平。所以，我會好好享受這七日，帶著在亓國最快樂的回憶離開。

終於，我平復了內心的暗潮湧動，輕輕地從他懷抱中掙脫，擦了擦眼角的淚痕，「這小屋這麼久沒人打掃，好多灰塵……如果我們這七日都要待在這兒，應該好好打理一番了。」

說動手便動手，我們倆一人打水，一人打掃。這看似不大的小屋，打掃起來卻頗爲費勁，直到碧水將落日呑沒，我們才汗水淋漓地將這個小屋打掃完畢。

這兩日我們相處得非常和諧，就像……舉案齊眉。雖然這四個字很不適合形容現在的我們，但我仍然想用這四個字。這兩日我與他相處得異常平淡，卻很輕鬆，不像往日與他在一起時，總是看不透也猜不透他到底在想些什麼，之前的壓抑也一掃而空，取而代之的是安逸，舒心。

這兩日除了有奴才每日從對岸送膳食，其他時間根本無人敢來打擾，就連隨身的侍衛也沒有一個，世界彷彿眞的只剩我與他。

剛用完膳，我們便並肩坐在屋前的竹階上，撐頭仰望漆黑的夜空，竟沒有明月，也無星爍，彷彿即將要有一場暴風雨，空氣間有些滯悶。時不時還有蚊蟲在耳邊飛來飛去嗡嗡直叫，祈佑的巴掌一晚上沒停歇過，一直在幫我打身邊圍著的蚊蟲。

我望著他的舉動，取笑道：「打蚊子。想必你一輩子都沒做過這樣的事吧，皇上？」

他仍然不停手中的動作，「原來這就是平民百姓的生活。」

見他頗有感慨，我不禁問：「覺得苦嗎？」

「苦。」他終於停下了手中的動作，很認眞地回答我，「但是，這分苦卻讓我明白了一件事，原來幸福竟是這樣簡單就能得到。」

「是呀，幸福有時只需要你一伸手便能抓住，一彎腰便能拾得。可是有些人偏偏不願意伸一伸手，彎一彎腰。」我將視線由他身上收回，舉頭望向暗夜之空。

他卻伸手將我仰著的頭撥向他，正對上他那柔情似水的目光，我突然有種想要逃的衝動，很怕再次陷入他的柔情之中，正想要逃開之時，他那熾熱的唇瓣已經覆了上來，我將頭後仰，他伸手撐著我，濡濕的唇吻輾轉反覆地深入纏綿。

在他霸道卻不失溫柔的吻下，我漸漸迷失了自己，不住回應著他的吻。他溫熱的掌心隔著衣襟撫摸著我的酥胸，我雙手漸漸攀上他的頸項，低低的呻吟聲由唇齒間傳出，似乎更引發了他的熱情，吻不斷地加深加重，彷彿要將我所有的呼吸抽走。

當他緩緩地解開我素衣上的盤扣，一股噁心的感覺衝上我的喉頭，我立刻推開了他，將臉轉向另一邊不住地乾嘔著。他立刻順著我的背，欲撫慰我害喜帶來的不適。背對著他，仍能聽見他尚未紓緩的喘息聲，讓我想到方才一幕。若不是因害喜讓我推開了他，我想……那將是一發不可收拾的局面。

待我慢慢緩和了嘔吐的症狀，他才擔憂地問：「好些了嗎？」

我不看他，立刻由竹階上起身轉回屋中，他卻在我離開那一刻拉住了我的手，「馥雅，我會將這個孩子當作我們的孩子，你相信我。」

我緩緩閉上了眼簾，腦海中閃過無數張連城的臉，說著：「我相信你，我會等你回來」。一想到這兒，我的內心不再掙扎，睜開雙目，很平靜地說，「但是，我卻不能。」

沒有看他此刻到底是什麼表情，我將自己的手由他手中掙脫，轉而進入小屋，獨留下祈佑一人坐在竹階上。夏蟲聲聲啼喚，似乎吟出了此刻的悲涼。

次日，天未破曉我便起床，因爲聞到了陣陣茉莉花香飄來，我突然想到心婉爲我泡的梅花釀，或許採集一些露水可以依葫蘆畫瓢地製成茉莉花釀，突然很想爲祈佑泡一杯茶，我似乎從未爲他泡過茶呢。

我拉開木門，一眼望去，竹階前祈佑正雙手抱膝，頭深深地埋在膝蓋間閉目而憩。難道他一晚上都沒進屋？我立刻上前蹲下身子將他搖醒，「祈佑，醒醒。」

他緩緩抬頭，睜開惺忪的眼眸，目光迷茫毫無交集，像個……孩子。

「怎麼了？」他似乎沒意識到此刻發生了什麼事，還沉浸在屬於自己的思緒中。

看著他眼睛中隱隱有著血絲，我連忙道：「你在這兒睡了一夜？要不要進去再補個覺？」

「不用了。」他原本惺忪迷離的目光漸漸緩和，依舊是往常犀利深邃的炯炯眼神，我有些失望，始終只有那一瞬間的單純啊，醒來又是令人畏懼的帝王。

「你怎麼就在外面睡了？」

「想了些事，不知不覺就睡著了。」

「奴才給皇上請安。」徐公公不知何時已領著兩名奴才來到我們面前，畢恭畢敬地朝祈佑行了個大禮，「奴才按皇上吩咐將這兩株上好的梅種給您尋來了。」

「放那兒吧。你們可以退下了。」祈佑整了整衣襟由竹階上起身，漠然地看著他們。

徐公公用眼神示意身後兩個奴才將梅樹放下，又恭謙地說道：「皇上，您已經四日未上早朝了，朝廷大臣皆開始議論紛紛……」

「朕不認爲四日不上早朝就會引起朝廷大亂，況且朕已將朝中之事交給禮親王代爲處理。」祈佑的聲音有些冷凜。我看著他那線條分明的側臉，禮親王是祈皓吧，他已經願意回到朝廷幫助祈佑了嗎？那麼，祈佑就不會再孤單下去了，因爲有了這個大哥……以我認識的祈皓來看，他會成爲一個好大哥的，兄弟並肩作戰，這樣，我也就能放心了。

「皇上，蘇貴人這些日子一直吵鬧著要見您……說是大皇子整日來大哭不止。」徐公公繼續說道。

「請個御醫爲她看看就行了。好了，退下吧。」祈佑目光中隱隱閃過不耐。

「是。」徐公公也看出了他的不耐之色，很識趣地見好就收，小步恭敬地退了下去。

看著他們遠遁而去的身影，我緊緊捏著手中的瓷瓶問：「蘇貴人爲你產下了大皇子嗎？那你爲何不晉封她……」

「身爲昱國派來的奸細，朕給她一個貴人的身分已是破格。她就不該妄想再攀高位，讓自己的孩子封王封太子。」話語中充斥著無情冷漠，原來他對蘇思雲也不過如此。難道在他眼中，女人沒有利用價值後，就可以一腳踢開嗎？

從雲珠到溫靜若，由尹晶到蘇思雲，都是祈佑寵愛的女人，可是當她們不再有利用價值之時，下場都是一樣的。而我，從來不認爲自己在祈佑身邊是特別的，因爲他也曾利用我，也曾將我踢趕出局。

我感覺到他不想談這些，便不打算將這個話題繼續下去，於是指著躺在地上的兩枝梅種，「你弄兩株梅種來做什麼？不會是要種吧？」

他的臉色因我的問話而緩和下來，「你猜對了。」他朝兩株梅樹走去，將其捧起，「去屋裡拿鏟子、鋤頭，跟著我來。」

聽他的吩咐，我跑到屋裡取出鏟子、鋤頭，跟隨著他朝那片茫茫草叢走去。我們選了一塊土地肥沃、適合種植的地方，費了大半天工夫才種好。

這時的我已經累得直不起腰了，倦倦地埋坐在軟軟的草叢中，夏日晨風徐徐吹來，格外涼爽。現在我的身子根本不能操勞過度，容易疲勞。或許是因我體內的毒還未完全除盡，又或許是因我腹中懷著一個孩子。

祈佑用鏟子支撐著自己身子，臉上、衣上、手上滿是泥土，有些狼狽，卻未將他與生俱來的王者氣息掩蓋。他俯問我：「你說這兩株梅什麼時候才會長大，開出粉嫩的梅花？」

我歪著頭想了一想，「四五六七年吧。」確實不知到底多少年才能長大，便一下說了好些數字。

他錯愕中帶著幾分無奈，「那四五六七年後，你再陪我一起來看？」

我黯然垂首也不回話，四五六七年，不可能……我一定要回到連城身邊。現在的我能看著這株梅成長也不過四五六七天罷了。

他將鏟子丟棄，與我並肩埋身於漫漫綠叢之中，「馥雅，我只想彌補當年利用你給你造成的傷害，盡我所能給你我擁有的一切，你還是不能原諒我嗎？」

「其實……我早就不怪你了。」這句話是真，就連我自己都不知何時已淡忘了他對我的傷害。是這幾日的相處？又或是得知他根本沒對我下麝香？還是選擇徹底離開他那一刻？

「我希望你能留下。」

我撫著自己的小腹，「在這裡，有一個小生命即將出生。他需要母親，更需要父親。」

他重重地歎了一口氣，不再言語。我的手指撥弄著地上的泥土，「這些日子你確實對我非常好，我也找到了自己想要的生活，就是與你平凡地在一起，雖然只有短短幾天。但是我很怕，在你面前我就像個白癡，傻傻地被你安排在你的計畫當中而不自知……請你告訴我，這次是不是你又一次的利用？」

他反問道：「想用眞心將你留下，這算不算利用？」

輕風徐徐襲襟，叢草漫漫稀疏，我們相對再無言。

第六日，一陣電閃雷鳴將我由睡夢中驚醒，連日來的沉悶之氣已散，這場大雨熬了三日終於要下了。我下床將敞開的窗閉好，免得大雨無情摧打進來，再躺回床上卻怎麼也無法入睡，閉目聆聽窗外嘩嘩大雨侵襲之聲，好快呀，今天已經是第六日了，只剩明天一日，就要這樣結束了嗎？

突然，我想起了幾日前種下的梅，它們怎能承受大雨的侵襲？一想到這兒，我便由床上竄起身，拿起一把傘準備衝出去。但是門才拉開我就停住步伐，在飛濺的大雨作響間，我隱隱聽見裡邊夾雜著對話聲，我偷偷朝外望去，竹屋前的屋簷下站著兩個人，一個是祈佑，另一個是……我仔細瞧了許久才認出，是蘇景宏將軍。

「皇上，現在昱、夏二國聯手對付我國，冥衣侯多日前已至前線與之交戰，您此刻應該坐鎮朝廷穩定上下一心，而不是待在此處與一名女子風花雪月！」蘇景宏聲聲指責，絲毫不怕觸怒天顏。

「朕自有打算。」聲音沉鬱，看不出情緒所在，「如今戰況如何？」

「兩軍實力相當，臣想現在去助冥衣侯一臂之力，這樣咱們的勝算比較大。」蘇景宏有些著急地想請旨速速增援。

「過兩日吧，朕與你同去。」

「什麼？皇上您也要學昱國皇帝一般御駕親征嗎？太危險了，臣不能讓您冒這個險啊。」

「昱、夏二國就算聯手，朕也不怕。兩國貿然聯手，軍隊間根本毫無準備，而且兩軍將士第一次聯手，默契定然不佳。」祈佑細細地分析著。

「既然皇上決定了，那臣誓死追隨便是。」

我輕輕地退回屋內，小心地關上竹門，回想著他們所說的話，這場戰爭終於要開始了嗎？連城親征……一個皇帝離宮親征，萬一有個三長兩短該如何是好？這幾天已經在開戰，祈佑竟沒有一絲緊張，還處變不驚地陪著我不問朝政，他真那麼有把握？這次可是昱、夏聯手呀……

我這是在擔心祈佑嗎？祈佑的對手可是連城，我孩子的父親呀，我竟然擔心他……什麼時候我的想法竟如此矛盾了？我的心怦怦一陣加速，就連手中的紙傘都險些拿不住。

只剩一天了，就一天而已，就能回到連城身邊，我會與他並肩作戰，不論誰勝誰負。

我將紙傘放了回去，安靜地躺回床上，夾雜著泥土的草腥味由窗戶縫隙間傳來，我翻轉身子，一閉眼腦海就會閃過種種血腥場面。冷汗不斷地由脊背、額頭滲了出來，我一直勸說自己，這場戰爭是不可避免的……

一陣輕微的敲門聲擾亂了我的思緒，「馥雅。」

是祈佑的聲音，我翻身下床將門拉開，看他神色依舊，我也保持著一貫的表情問：「都這麼晚了，怎麼還不睡？」

「雨很大……我怕數日前的梅會被暴雨淹死，那我們的努力就白費了。」

我很詫異，他竟這麼細心，現在的他似乎與曾經的他很不一樣，或許是沒了帝王身分的束縛吧，才能如此安靜地陪著我，用他的真心來珍惜這分感情，可是七日的時間終究是要過去的，瞬間消逝如曇花萎落，心會痛，卻是最美好的回憶。

「是啊，我都忘記了。」我裝作睡眼朦朧的樣子，輕拍了拍自己的腦袋，衝進屋裡拿起傘，「快走，我們去看看梅……我可是希望四五六七年後它們能長大成梅樹呢。」

夜闌風雨雷電照穹天，水光瀲灩煙柳晚來急，當我們倆跑到那兒時，那細弱的梅有一株已被風雨吹折，有一株已露出土外。我連忙上前將梅扶正，重新種好。雨水打濕了我的裙襬，鞋早已被泥土掩埋，水窪中的水浸濕了我的鞋。

祈佑陪我一齊蹲在梅樹旁，爲我打著傘，防我淋濕。可他整個身子卻露在傘外，雨水將他淡黃的單衣打濕，雨珠如簾般由額頭侵襲而下。

經過一番努力，我終於將這株梅重新種植好，指甲裡已經塞滿了深深的泥土。我拿著袖角擦了擦額上的汗與雨水，帶著笑容鬆了口氣，「幸好你叫醒我呀，否則我們的心血都白費了。」

祈佑深深地注視著我，也不說話，目光中有我看不懂的情緒，他伸出手接了幾滴雨水，然後爲我擦了擦右頰，「眞髒。」

我乾笑一聲，將紙傘朝他推近一些，「我們眞傻，幹嘛只帶一把傘。」

他也隨著我笑出了聲，「這，就是幸福吧。」

「祈佑，我跟你說哦，以後每年都要來這兒看一次。」我指著這兩株梅，很認眞地說。

「我會的。」他很認眞地點點頭，又說，「其實我有好多問題想要問你，今天，你能爲我解答嗎？」

「記得我們初次見面嗎？我要與你談一筆交易，你毫不猶豫地點頭應允，那時我以爲你心中存在無數仇恨，可是一年後你進宮時，我才發現，你根本不想報仇，那你當初爲何要答應我，爲何要幫我？」

「如果……我說是爲了你，你信嗎？」現在說起來，連我自己都不相信，那時怎麼會傻傻地爲了才見幾面的男人放棄自己的復仇大計，選擇進宮幫他呢？「也許是因爲第一次見著你，你那溫暖的笑，似乎融入了我心間。又或者是與你短暫相處，你內心的孤獨讓我想要陪在你身邊，想讓你覺得自己並不孤單。」

他疑惑的眸中閃耀著我從未見過的光芒，只見他微微啓口：「馥雅，或許我們都是同一類人，孤獨且自私。」

他竟當著我的面承認自己自私？還把我牽扯進去了，我又一次被他逗笑了，「是呀，我們都是自私的，你爲皇位，我爲復國，在不自知的情況下傷了他人也傷了自己。」

大雨嘩嘩地將我們的聲音沖散了一些，我們的聲音，顯得格外縹緲。我伸出手爲他拭了拭額頭上的殘珠，「與杜莞大婚那日……你竟跑到攬月樓告訴我，你要放棄計畫，那時我還以爲聽到了夢話，一向如此看重皇位的你，竟爲了我要放棄好不容易到手的東西。」待我爲他擦拭完額上的水珠之後，收回手，指尖輕輕觸碰著帶著水滴的枝幹。

「爲何後來你要走，而不是陪著我與父皇對抗？如果你沒有走的話，一切……都會不一樣的。」聲音中帶著遺憾與責備。

「我一直認爲，你若爲帝，會是非常好的皇帝，能給天下帶來安定。但讓我萬萬沒想到的是，先帝竟然計中有計，如果我早知道，或許……就算他殺了我，我也不會離開的。」看他正鎖眉深思著什麼，我了然一笑，「一切都是往事了……我們已經不能回到從前了，曾經的就讓它過去好嗎？」

我的話說完，卻又是一陣沉默，這陣子，我們似乎經常聊著聊著就相對無語。密雨如散絲，嘩嘩地將我們半個身子打濕，兩株梅種在我們之間被好好地護著，這是我與他親手種植的，也是唯一屬於我們兩人的東西，以後我會一直掛念的。

七日就像一陣風，飄然便逝，我依依不捨地與他乘上了小舟，泛湖而歸。碧波煙微，幻渺幽靜，涓涓之水，紅漾碧虛。這七日，是我人生中過得最開心的七日，即使最後會傷了自己，我也無憾。

記得在回程那短短一刻鐘時間裡，他只對我說了一句話：「馥雅，我知道你還是愛著我的，就像我一直都愛著你。」

那時的我已經不知道該說些什麼，只是凝眸望著湖面，看著水中的倒影出了會兒神，良久我才開口問：「你眞的會放我離開？」昨天我想了一夜，總覺得祈佑不會那麼簡單放我走，因爲如今的我是一個非常好的籌碼，若用我與腹中之子來威脅連城……他會選擇利用我嗎？

我想，如果我是他，也會選擇利用的。因爲，這關係著自己江山安定，若他眞的要利用我，也無可厚非……

「我會親自將你送到他身邊。」他的聲音異常堅定，我也不再猜測他下一步要做些什麼，只是笑著將手伸進了水裡，冰涼的感覺侵襲著我的手心，心頭也漸漸舒暢了。

接近岸邊之時，我看見蘇景宏與祈皓佇立在岸邊，迎接祈佑歸來。我知道，一切都結束了，從現在開始，他是亓國的皇帝，我是昱國的辰妃。只希望這次的他不要再讓我失望，我只怕，再被他利用……

第二章　黯然城殞逝

荒煙外，號角連天，城郭聳立，硝煙瀰漫。當我隨著祈佑的大軍來到兩軍對壘的主力軍帳時，我看見了韓冥，他似乎因連日征戰消瘦了好幾圈，眼中覆滿了血絲。聽說這場戰爭已經持續了十日，兩軍實力相當，傷亡人數也差不多，如今正在打持久戰，誰能堅持得久一些，誰就是勝利一方。

「昱國怎會和夏國聯手的？」祈佑箭步走到軍帳主位而坐，拿起擺放著的兵力分布圖觀察良久，手指握拳，輕敲桌面，似乎已經陷入了自己的沉思之中。

裡邊一片沉默，在場諸將士都沒人答話，我接收到蘇景宏那戒備的眼神，原來他們都在防我！我悻悻地笑了笑，識趣地揭開簾帳出去了。

雲鎖斷岩，陣雲神州，海海騰沸，山山動搖。四周瀰漫著血腥的味道，我徒步走到軍帳外的山巔邊緣，俯望那一片片山川之下的具具殘骸，那都是一條條人命呀……風霆迅，動北陬，戰爭帶來的是妻離子散，動亂帶來的是百姓衣食無著。

亓軍所在位置很占優勢，他們處於山巔高峰，敵軍一舉一動皆收眼底，居高臨下從人的心理上來說是有利的，確實易守難攻。所以兩軍才會持久抗爭著，任何一方都不敢輕易動手，倘若動手，兩敗俱傷是必然的。我想此次昱、夏二國的聯合也是逼不得已，只為自保吧。若要自保，應該不成問題，主要還是取決於祈佑滅昱的心到底有多強烈。

突然之間我想起自己所做的一切，頭一次對自己一直復國的信念有了懷疑。二皇叔奪我父位之時，已經血濺甘泉宮，喪了一條又一條人命，而今我又想著復國，又將是一場殺戮，又將是血流成河。就算眞的復國了，該如何處置二皇叔呢？是殺是留？他的子女是否又會因我挑起這場戰爭而恨我呢？若他們如我，也時時刻刻算計著如何爲他們的父皇報仇，這場鬥爭會持續到什麼時候？恩怨何時又能了結呢？我是不是做錯了？一直以來堅持的仇恨，似乎已經蒙蔽了自己的心，爲了一己私欲竟然想將百姓們推入萬劫不復的境地！曾經的那個馥雅公主哪裡去了？她追求的只是一種平淡的生活，從什麼時候開始，仇恨竟扼殺了她僅存的純眞？

連城，現在的你是否因我沒有遵從諾言而惱怒，我只希望這場戰爭能夠快快結束，你能平安度過危機，希望我們再見之時，你能聽我對你的解釋。

「父皇、母后，原諒馥雅又一次放棄了復國。」伴隨著滾滾風聲，我對著蒼穹呢喃，「我不要復國了，我不要生靈塗炭，我不要血腥殺戮。或許父皇、母后會覺得我懦弱，會覺得我太過仁慈，但是你們要知道，那一條一條都是人命，都是母親十月懷胎而生，況且……至今爲止我都沒有聽見有人傳言二皇叔不是個好皇帝，更沒有聽到夏國百姓的怨聲載道。足以見得，二皇叔一直在好好打理夏國，他的錯，只是弒君奪位。如唐太宗，弒兄奪位，雖是爲人所不齒，可是他的功卻掩了他的過，他開創了前所未有的大唐盛世，貞觀之治。」

「你終於能放下仇恨了嗎？」韓冥欽佩的聲音接下了我這句話。

我驀然回首凝望著一身鐵甲銀盔的他朝我信步而來，怎麼，這麼快就商討完軍情了嗎？

「我依稀記得你說過『誰說女兒就不能爲國出力報效朝廷？並不是天下紅顏皆如妲己媚主，喜好亂宮，我潘玉要做就做被唐太宗尊之爲師的長孫皇后！』那時候我覺得你是我見過最有大氣的女子，對你的關注不自覺多了幾分。」待與我面對面時他才停住步伐，經過多日征戰，他的面容看來更顯憔悴，我卻不知該用什麼表情來面對他。

他繼續娓娓而道：「這麼多年來我一直在考慮何謂『大愛』，剛才聽你一席話，才眞正懂得，大愛不是悲天憫人，大愛不是一統天下，大愛不是忠心侍主。大愛是摒去仇恨，大愛是心繫天下百姓臣民，大愛是從苦中尋找誠命眞理。如今的你，做到了。」

「不要把我誇得好像是個救世主，我眞的做錯了很多很多。」

「就怕你明知自己做錯，卻依然我行我素。」他沉默了許久，將目光投放至我的小腹，「裡面有個孩子，是這個孩子讓你懂得了一切吧？」

「是的，我一直都想擁有一個孩子，與祈佑的孩子……但是冥冥中卻註定我不能與他有孩子。」我苦澀一笑，回首睥睨煙靄迷茫一片，如此荒涼。

「看得出來，你還是放不下皇上，爲何不留下呢？」

「你方才也說了，大愛。而大愛中也包括責任，我不能如此自私，不顧他人感受。」

雲屯壁壘，丕振聲靈，韓冥上前一步，與我同望穹天，有蒼鷹飛過，一聲嘶鳴。

「你可知，皇上之前將你打暈囚入宮，是爲了用你來牽制連城，用你讓他棄械投降。而方才，他竟說要送你回去，我不知這幾日發生什麼讓皇上改變了他的初衷。」他的字眼被大風吞去許多，我必須豎耳聆聽。只聽他繼續道：「能讓皇上如此的，唯有你。現在我才發現，在麝香這件事上，我是眞的做錯了。」

聽著韓冥的一字一句，我的心彷彿被人掏空，原來他是眞的想過要利用我……卻爲何要放棄呢，江山對他來說已經不再重要？還是他有必勝的把握？

「你還如此介懷？我都不怪你了。」我用平穩眞誠的聲音來證明我對他的原諒，「我現在只想快些回去，如今兩軍已戰得不可開交，我身爲連城的妃子，理應陪在他身邊的。」

蒼翠拂雲，紫霓青霄，正待韓冥要開口說話之時，祈佑的聲音隨風散進耳中，「你就那麼想要回到他身邊嗎？」

我的身子一僵，平復了一下自己的心情，轉身笑道：「你不是說要送我回到連城身邊嗎？你不會說話不算數吧？」

他無奈地笑了笑，「我已經派探子送信去了，今夜子時，連雲坡，我會將你親自還給他。」

我疑惑地看著他，心中有些戒備，「爲什麼你要親自去？我自己可以回去的。」

「我想親自見見連城，你畢竟曾經是我的女人。」他遠遠佇立著，大風捲起塵土，風沙縹緲，「如果我眞的要利用你，直接拿你威脅他交出昱國便好，我相信，你與你腹中之子在他心中有這個分量。」

看著他瞳中毫無欺騙之色，我選擇了相信，因爲這七日，他讓我看見了一個眞正的祈佑。

暮色沉沉，山嶽藏形，滿目蕭然。祈佑原本欲與我共乘一匹馬前去，我卻拒絕了，獨自乘上一匹馬，不想與他有過多接觸，更不想讓連城看到。這樣的矛盾，是我從來沒有過的。

此次祈佑只攜了韓冥一同前去，身後帶著一隊精兵，我不禁擔心他這樣前去，會不會有危險。萬一連城事先在那兒埋伏好一大隊人馬將他包圍怎麼辦？又或者，祈佑埋伏了人？我不安地在馬背上連連回頭，想看看身後有沒有秘密隨行的軍隊，祈佑見我連連回頭，帶了些無奈，「你看什麼？」

我連忙收回視線，將目光投在前方，但望寥寥黑夜，明月照亮路途，「沒什麼。」

韓冥緊緊隨在我身旁，目不斜視，一語不發，這漫長的一條路格外寧靜，唯有身後精兵整齊的腳步聲與馬蹄聲，不再有人說話。離連雲坡越來越近，我的心情就越來越沉重。駿馬每踏出一步發出的踢踏聲都讓我的心沉入低谷。

輕撫著白馬頸項間那一縷縷柔滑的細毛，頭有些昏昏沉沉。這條漫長的路很快便結束，前方火光點點，一大批與之相當的人馬早已駐紮於此，我第一眼見到的便是連城，他手握馬前韁繩，目光鎖定於我身上，但我卻沒看到一直與連城寸步不離的曦。

對上他蒼涼的眸我有些心虛，有些恐懼。

在離他們有一丈之遠時，我們停下了步伐，「昱國主來得可眞早，等了很久吧？」祈佑帶著嘲諷之意朝他喊道。

連城始終盯著我，「你終於回來了。」

一句言淺意深的話不高不低還是傳了過來，他見我的第一句話，竟是「你終於回來了」。他一直在等我嗎？他不怪我的失約嗎？

我沉重地「嗯」了一聲，翻身下馬，欲朝他奔去。祈佑立刻也隨之翻身而下，一把上前緊緊扣住我的胳膊，不讓我朝前走。

「連城，如果朕用她威脅你放棄這個江山，你願意嗎？」祈佑捏著我的胳膊很用力，疼痛幾乎蔓延到骨子裡去。我強忍著疼痛看著連城，我知道現在的祈佑正僞裝無情，不能露出他的弱點讓對方看出。

「納蘭祈佑，你果然是個天生的帝王，是的，我比不上你，因爲你早已經絕情棄愛，爲了鞏固權力可以放棄一切。但是我做不到，我不會爲了權力犧牲我的兄弟，親人，女人，孩子。」連城的手鬆開了韁繩上前一步，「所以，爲了我所重視的人，我甘願放棄一切，哪怕是這個皇位。」

祈佑聽罷先是不屑地冷笑，漸漸笑得狂傲，「好一個重情重義的連城，難怪能擄獲她的心。」陰戾之語讓我打了個冷戰，卻聞他猛地收回笑聲，嚴肅說道，「你眞當我那麼沒出息，要利用她來威脅你放棄皇位嗎？我期待與你在戰場上一較高下。」

我感覺他緊捏著我的手已經鬆開了許多，我的疼痛微微得到緩解，他又說：「馥雅，是我納蘭祈佑唯一重視的女人，你連城……配得上她。」

連城終於將始終投放在我身上的目光轉移到祈佑身上，他笑了笑，「原來你也是個性情中人。」

此時的祈佑已經將我的手完全鬆開，「你走吧。」

他背轉過身，沒再看我一眼，我側首凝望著他的背影，深深吸了一口氣，一咬牙便轉身朝連城走去。我的腳步很沉重，每走一步猶如千斤重，頭亦有些暈眩，是受剛才害喜的症狀影響吧。才走了幾步我便突然頓住步伐，連城那千年不變的溫柔眼神今日卻有些黯淡，風吹動了他的髮絲，擋去了他的眼眸。見我不再前行，他邁開步伐朝我而來。看著他一步步接近我，我在心中下了一個決定，從這刻起，我就是辰妃，心裡只能有連城，我必須盡到一個妻子的責任，一個母親的責任。

在對面火把的照射下，我眼睛被刺得有些疼痛，正欲邁開步伐朝前走時，幾道銀芒由正前方黑夜中射出。此刻的場景讓我想到那日連胤對我的射殺，我的第一個反應是箭，第二個反應就是祈佑。

我倏地回身朝依舊背對著我的祈佑大喊，「躲開！」邁步便朝他衝了去。

祈佑聽到我的聲音，第一個反應是回首望我，目光中隱隱有悲痛，似乎還沒反應過來此刻到底發生了什麼。我在離他幾步之遙外，停住了腳步，用全身擋住了他……一切，都要結束了吧。

同一時刻韓冥也由馬上跳了下來，朝我奔來，「閃開！」他用盡全身力氣朝我嘶吼著，臉色蒼白如紙。

當我以爲會中箭時，卻沒有感覺到疼痛，韓冥的步伐竟停了下來，祈佑原本迷茫注視我的目光也轉向另一處……他與韓冥看的都是一個地方，我的身後。

我呆住了，根本不敢再回頭，怕看到自己最不願看到的一幕。

「大哥！」是曦的聲音，有些淒厲。

祈佑身後突然出現了一大批軍隊，帶隊之人是蘇景宏，他怒氣騰騰地領著兵由黑夜中衝了出來，口中還大喊著：「言而無信的小人，竟敢對皇上放冷箭！」

我被眼前一幕怔回了神，猛然回首，看著離我幾步之遙的連城，擋在我身後，我張了張口想說話，卻發現一個字也說不出。

連城卻慘慘笑了起來，「馥雅，我一直都知道，你心中唯有納蘭祈佑。」說罷，整個人狠狠地跌在冰冷的草地之上。曦手中執著金弓立在連城身後，難以置信地看著連城，再用仇恨的目光盯著我，最後掃向祈佑。

原來連曦與蘇景宏都躲在暗處保護皇帝，不一樣的是，連曦朝祈佑放了冷箭。

兩軍的兵如潮水一樣從黑暗中湧出，戰鼓四起，烽煙百穿，蘇景宏手持大刀朝連曦劈了過去。兩軍士兵開始了一場生死廝殺，身先士卒的士兵被殺，血濺上了連城那白如冰雪的衣裳。

我顧不得兩旁廝殺的場面，朝連城奔了過去，用盡全身力氣要將他扶起，卻因他沉重不堪的身子而一同跌倒在地。我的手心黏濕，血腥味傳進我鼻間。我顫抖地抽出手，愣愣地望著雙手的血……連城背後連中三箭，流出來的，竟是刺目的黑血。

「連曦……你這個渾蛋，竟然在箭上抹毒！」我瘋了一般朝正與蘇景宏廝殺的連曦吼了過去，他一個分神朝我們這邊望了一眼，險些被蘇景宏砍傷。

「不要激動。會傷了……孩子的。」連城虛弱地伸出手，爲我抹去眼中氾濫的淚，可他越是爲我擦，我的淚越是洶湧滴落，「你知道，我在來之前便已抱著必死的準備，所以我已經寫好了遺詔，傳位給曦……若有幸能活著帶你回來，我將會領你去過你想過的生活……平凡普通，不問俗事。」他帶著笑，笑中有蒼白，唇上帶著青紫，明顯地中毒了。

我用力張口，我想說話，非常想與他說話，想說對不起，想要他原諒我……卻仍舊不能發出任何聲音。

他用力挪了挪身子，將整個臉貼上我的小腹，雙手虛弱地摟著我的腰，「這是我們的孩子……」他的聲音如游絲，彷彿即將殞去，我被恐懼塡得滿滿的。

「連曦，快來救救你的大哥……求你救救他……」我終於扯開了聲音，伏跪著朝他哭喊，連曦是神醫啊……他的毒，只有他能解。或許，他能解……

連曦頻頻回首，一邊應付著蘇景宏的糾纏，一邊擔憂地看著我們，「你先讓我去救大哥……一會兒我再與你打。」他夾雜的怒氣，瞪著始終不放過他的蘇景宏，根本毫無心情與之打鬥。

「自作孽，不可活。」蘇景宏一聲冷笑，步步緊逼，刀刀致命。

一見這個情景，我再望望就將逝去的連城，他的笑依舊掛在臉上，如此沐人，他低聲道：「我聽見孩子叫我『爹』了，孩子在叫我呢。」聲音還夾雜著興奮之感。

心頭傳來一陣絞痛，我的腦海中閃現了一個想法——吸毒。或許，吸毒能將他救活，他就可以活下來了。我狠狠地將插在他背後的一支箭拔了出來，只聽得連城痛苦地喊了一聲。我俯下了身子，對著那道被箭射穿的傷口吸去，才觸碰到那血腥之感，就被韓冥狠狠拉開，「你做什麼！」

「你別管我……」我揮開他的手，淚眼朦朧地看著他，「我不能讓連城死，你知不知道，他不能死！」

「他的毒已經侵入五臟六腑，你看看他的人中，早已被黑氣瀰漫，是死兆！」他指著連城的臉要讓我看清楚，「你若要爲他吸毒，等於白白犧牲你的性命！還有你的孩子！」

我怔怔地看著連城那漸漸變黑的臉，有些不敢相信……

只見連城口中湧現出黑血，血由唇邊蔓延滴落，最後灑在翠綠的草叢之上。他的目光由最初的迷離渙散轉變爲嚴肅認眞，強撐著自己的意識對我說：「馥雅……對不起，我欺騙了你！其實我從來……沒有眞正愛過你，我愛的只是你那張絕美的臉……我愛的只是你的公主身分……我愛的只是梅林中鳳舞九天的你。」

我聽著他的一字一語，笑容伴隨著淚水湧出，我點著頭道：「我知道，我知道你不愛我。」

「我這樣一個男人……你根本無需爲我傷心流淚。你不要覺得欠了我什麼……去過你自己想過的……生……」他最後一個字沒有說完，眼睛便已閉上，整個身子壓在我身上，格外沉重。

我伏在他懷中，感受著他原本溫熱的身子漸漸變冷變僵。原本以爲……我會爲祈佑而死，卻沒想到，連城因我而亡……哈哈……我不禁哈哈大笑了起來，其實最該死的人是我，一直都是我。

連城，你到底是怎樣一個男人啊，在你臨死之前都要給我一個可以安心度過餘生的謊言，爲了讓我不難受，不愧疚，你竟說你不愛我？

若不愛我，怎會在夏國爲護我而身中幾把匕首？若不愛我，怎會在梅林中遠遠眺望我的身影？若不愛我，怎會不顧一切爲我擋下那致命的三支毒箭？

你就是這樣不愛我的嗎？原來，你就是這樣不愛我的。

「呀——」一聲哀絕悲涼的吼聲震撼了所有人，連曦手中之劍幻如流光，狠狠朝蘇景宏刺下致命一劍。韓冥眼見不好，飛身上前的瞬間抽出了腰間佩帶的劍，銀芒閃耀著點點火光，將連曦的致命一劍隔開。

連曦收起劍勢，眼眶中有淚水，卻堅持著不肯流溢而出，「納蘭祈佑，這個天下終將統一，而你的夙願是統一這乾坤破陣之天下對吧。」他的目光中流露著前所未有的冷酷、噬血、殺戮，比以往的他還要陰冷許多。

祈佑漠然回視他，兩人之間的詭異之氣越演越烈，周遭的廝殺似乎更加襯托了他們之間的肅冷之色，連曦又開口了，「只要我連曦在一日，你納蘭祈佑就休想統一三國，一人獨大。」

祈佑聞言冷笑，「想與我爭天下，先看看你今日到底能不能離開此處。」

「就憑這些蝦兵蟹將也想攔我？」連曦環視四周一圈，又一名士兵倒在他腳邊，血染紅了紫靴，他一腳踢開那個士兵，朝我走來。

我怔怔地看著他一步一步走來，每行一步，陰冷之氣與悲沉之痛就在四周狂放地渲染開來。直至他單膝跪在連城身邊，沾滿了血的手覆蓋上連城額頭，「大哥，爲了一個女人，値得？」

我眼睜睜地看著連曦將連城的屍首由我懷中奪過，起身之時，他注視我的眼神格外凜然複雜，還有那深深的悔恨，「擋我者，死！」連曦長劍一揮，一手攬著連城，另一手瘋狂地殘殺著兩旁士兵，鮮紅的血濺了他們一身，仍不能停止連曦瘋狂的殺戮。

他瘋了，他瘋了。

我呆呆地坐在地上，看著連曦的刀割在他們身上，血腥味刺激我的嗅覺，噁心之感衝上心頭，還有那越來越重的額頭，彷彿整個人飄忽在雲端之上，最後重重地跌落到了地獄。

當我再次恢復意識的時候，已身處軍帳之內，我呆呆地望著暗藍的帳篷，帳內空無一人，寂靜到讓我覺得不夠眞實。

馥雅，我愛你。即使要拿這個江山做交換，我也不會放你離開，沒有人能將你從我身邊奪走。

其實，能遠遠看著你，就好。

馥雅，今生若有你陪伴，於願足矣。

我聽見孩子叫我「爹」了，孩子在叫我呢。

須臾，我那僵硬的身子動了動，手輕輕撫上了小腹，孩子……你眞的叫爹了嗎？可是你還沒出世，爹就離開了你，你會怪娘嗎？是娘害死了你爹啊！

如果，那日我不是傻傻地想要爲祈佑擋下那三箭，連城就不會爲了救我而身亡；如果，那日我不是那麼任性地想要回去找一個答案，就不會被祈佑扣留下來；如果，那日我不被仇恨蒙蔽了心，就不會自私地去找連城。沒錯，我就是個禍害，走到哪都會有人喪命。父皇、母后死了，雲珠死了，祈星死了，弈冰、溫靜若死了，現在連城也死了……

眼角的淚水再也控制不住，滴落在衾枕之上，在炎炎夏日竟感到有些冷。我麻木地從床上爬了起來，恍惚地走向桌案，找到一支兔毛筆，捏著花梨木筆桿中端的手有些顫抖地在紙上寫下一首悼亡詞：

近來無限傷心事，誰與話長更？從教分付，綠窗紅淚，早雁初鶯。

當時領略，而今斷送，總負多情。忽疑君到，漆燈風颭，癡數春星。

當詞寫罷，一股血腥之感傳入喉間，我忍不住輕咳一聲，殷紅的血噴灑了出來，將我剛寫好的詞染紅了好大一片。手中的筆無力摔落於桌，我猛地舉起袖擦拭著紙上的血，越擦卻越發蔓延開，我用力擦著，單薄的紙已經被我蹂躪得不堪入目。這血，像極了連城身上沾染的血，我要擦乾淨，乾淨了就不會再有缺憾。

祈佑剛進軍帳內便看見這樣一幕，疾步衝到我身邊，將我狠狠擁入懷中，「馥雅！」

我在他懷中掙扎著，我不能再倚靠在祈佑身邊了，他已經不是我的丈夫了，我的丈夫是連城，我是辰妃！我是辰妃！連城都爲我送命了，我怎麼能投入他人懷抱之中，我無法說服自己，我會討厭這樣的自己。

我用盡了全身力氣從他懷抱中掙脫，「你不要碰我。」

祈佑厲色朝我吼道：「你吐血了，你必須休息！」他上前一步，我便後退一步，始終與他保持著三步之距。

「我不要……」我揚起衣袖擦了擦唇邊的血跡，堅定地搖頭。

「你不要你的孩子了嗎？照這樣下去，遲早有一日孩子會因你的體虛而流產。連城已逝，你與他之間僅剩的就是這個孩子了，難道你不想要這個孩子了嗎？正好，我看這個孩子也礙眼，走，我幫你找個好方法將這個孩子打掉。」說著便上前扯著我的手腕，似乎眞要將我帶出去打掉這個孩子。我立刻攀附著桌案，死死地抱著它，生怕他眞的把我的孩子弄掉。

祈佑見我這個樣子，重重地歎了一聲，鬆開我的手腕，「你如此在意這個孩子，就應該好好保重自己的身子，因爲這是你與他的孩子。」

聽他柔聲相勸，我終於平復了激動的情緒，無力地蜷曲著趴在桌案上，淚水一滴滴落在桌案之上，打濕了紙張。

「我們回家好嗎？」他佇立在我身邊，也不再動我。

「家？」我還有家嗎？

「亓國，昭鳳宮。」

「不，我不去。」

「你的身子太虛弱，如果流落在外，你的孩子非但保不住，怕連性命都難保。」祈佑一字一字說著，語氣格外強勢，帶著不容抗拒的威嚴，「我不知道你的身體爲何會這麼差，我給你下的毒，你已經服了解藥不是嗎？難道沒有清除乾淨？」

我將頭重重地靠在桌上，「我自己服的毒，不關你的事。」我靜下心來思考了許久，他說得對，爲了孩子我必須養好自己的身子，不能再意氣用事，不能再一味地沉浸於悲傷之中。我必須振作，必須親自將我與連城的孩子撫養長大，「你還在打仗……」

「不打了，我們回家。」祈佑見我平靜下來，這才上前將我由桌下扶了起來，小心翼翼地將我扶回了床上，「這場仗若眞要打，必定兩敗俱傷，對我沒好處。現在只能另想他法瓦解他們的勢力。」

看他說起朝政之事時的神情讓人格外折服，將全身上下的王者威嚴發揮得淋漓盡致。這就是他的魅力所在吧，也難怪雲珠為了他甘願以身試毒。這樣優秀的男子，我配不上，更不敢配，如今的我更沒資格配了。

淒然一聲輕笑，我身心疲憊地將整個身子埋進了被枕間，思緒飄忽，我眞的要回到祈佑的後宮嗎？那個後宮我還能去嗎？對，如果眞的要回去，我必須隱忍，不能像今天一樣鋒芒畢露。那樣才能保護我的孩子，保護自己。

說到做到，當日祈佑便吩咐所有將士拔營而歸，黃沙滾滾，抬望眼，朝天闕。這一來，我親眼看著連城在我的眼前送命，爲我而死。這一去，我又要回到亓國那險惡深宮，該如何自處呢？昱國又該怎麼辦？皇帝駕崩，昱國定然大亂。

我已經寫好了遺詔，傳位給曦。

連城這句話迴響在我耳邊，傳位給曦……曦離開時那殘酷的眼神太可怕了。我一直都知道，曦是個無情的人，他說過，這個世界上只有三個最重要的人，第一個是他的母親，第二個是他的父親，第三個是連城。如今這三人皆去，這天下他已了無牽掛。若他登位昱國又將會是何番景象？空前盛世抑或水深火熱？

祈佑，以你的才智，以你的無情，能與連曦對抗嗎？

突然間，我覺得連曦會變成第二個祈佑，因爲他們同樣孤單，他們……很像。

第三章　重主昭鳳宮

昭鳳宮。

我被祈佑再次帶回了昭鳳宮，引起了宮中奴才竊竊私語，後宮妃嬪紛紛不滿，尤其以蘇思雲爲最。我與祈佑還沒進入昭鳳宮之時，蘇思雲便怒氣沖沖地領著自己的奴才朝我們疾步而來，一身素青薄衫襯得她清麗脫塵，沒有過多繁複的首飾，唯有那一張未多加朱施粉的玉頰，顯得她單純脫俗。這也是祈佑對她格外垂愛的原因之一吧。

「皇上，昭鳳宮可是雪姐姐曾經居住的，您怎可讓一個來歷不明的女人住進這兒？這對雪姐姐不公平。」她還沒站穩腳步便朝我們揚聲而來，甚至沒給祈佑行禮，可見她在後宮中的地位。

我看著蘇思雲，感覺有些好笑，她此次前來，眞是爲了所謂「雪姐姐」還是自己的地位？她自始至終都沒有正眼看我一下，似乎很不屑看我呢。

祈佑對她的放肆沒有發怒，只是淡淡地睇了她一眼，「不要鬧了。」

「皇上說我鬧？這昭鳳宮，皇上您一直封閉著不許任何人住入，可見您對雪姐姐的情深，而如今卻將昭鳳宮賜給這個女人，我爲雪姐姐抱不平。」蘇思雲的聲音越扯越高，與鳥鳴之聲合奏著。

聽她那爲「雪姐姐」抱不平的虛僞聲音，我竟沒有產生厭惡，因爲她的聲音很甜膩，如百靈在空谷間鳴唱，如果我現在告訴眼前的她，她所謂的「雪姐姐」就站在面前，她會有何反應呢？一想到這我便不自覺地笑了起來。

我的笑聲終於引得蘇思雲的正眼，她蹙著柳眉上下打量我一番，帶了幾分警告之色，「很好笑嗎？」

我的笑容並未因她的冷凜而停止，只是收起了笑聲，「蘇貴人和那位雪姐姐可眞是姐妹情深。」

「當然啊，我一直將她當作親姐姐般看待。」蘇思雲說罷，又將目光放回祈佑身上，「皇上，這女子來歷不明，又沒身分，入住昭鳳宮不合適。」

祈佑卻在此時握起了我的手，溫熱的感覺傳入手心，他說：「她是所有奴才的主子。」

「主子？皇上您封她了？」她有些錯愕，帶了一絲不信任。

我鬆下一口氣，截下了祈佑欲往下說的話，「皇上說，以後我就是昭鳳宮的辰主子。」

祈佑握著我的手突然鬆開了，手心的溫度在那一刻如曇花般消逝，我有些黯然，但是笑依舊未斂。

蘇思雲疑惑地望著我，有些好笑地重複了一遍，「辰主子？」

祈佑上前一步，轉而握起蘇思雲的手，「是的，今後她就是昭鳳宮的辰主子。」他的聲音突然轉柔，是的，初在長生殿時祈佑對她的目光就是這樣，柔情似水，讓我無法辨認眞假。

蘇思雲一接收到祈佑的目光，也漸漸浮現出了屬於女子的嬌羞之態，聲音低了許多，「主子是幾品妃位？」

祈佑笑了笑，輕彈一下她的額頭，「昭鳳宮最大的主子。」

她呼一聲疼，揉了揉自己的額頭，「只是昭鳳宮嗎？」

「嗯。」

我看著蘇思雲的怒火被祈佑的柔情漸漸熄滅，取而代之的是滿足與甜蜜，這就是祈佑的手段嗎？或許，曾經的那段時間，蘇思雲與祈佑就是這樣過來的。

「好了，朕現在陪你去長生殿看看咱們的煥兒。」他將蘇思雲揉入懷中，隨後朝莫蘭與心婉道，「送辰主子回昭鳳宮，好生伺候著。」

「是，皇上。」二人齊聲道。

看著蘇思雲與祈佑遠去的背影，我的笑容終於緩了下來，站在似火的明日之下，強烈的陽光讓我覺得有些刺眼，我看到的，一直都是蘇思雲與祈佑那甜蜜的背影，眞是……讓人妒忌。

自嘲地笑了笑，轉身朝昭鳳宮走去。

這個昭鳳宮原本是我與祈佑共同擁有的小天地，偌大的殿宇依舊如當年那般金碧輝煌，只是常年未有人在此居住，疏於打掃，色澤有些暗淡無光。我踏進了宮門檻，宮門兩側依舊是那香氣怡人的花圃，可惜生了些雜草無人整理，有些淒涼的味道。奴才還是以往伺候過我的奴才，滿庭的花草依舊蓬勃生長，繁密茂盛。我走至花圃後的小苑站著，摒退左右，置身於茫茫柳絮間，暖風揉青萼，淋漓盡日。回首笑春風，暗自思量。

我不敢踏入寢宮一步，或許是擔心吧，如今的我還有資格住這昭鳳宮嗎？裡面有太多太多與祈佑的回憶。可爲了這個孩子，我必須住進來，必須保護我的孩子，不能讓任何人危害到我的孩子。

「辰主子，您不進去？」不知何時，浣薇恭謹地出現在我身後輕聲問起，聲音中有些疏離冷漠，很生硬。

「浣薇，一別兩年，又見面了。」沒有回頭，伸出雙手接住飄落的幾簇柳絮。

只聽得身後冷冷一聲抽氣，她朝我走近了幾步，「你……」

我用目光掃視四周一圈，見四下無人，便轉身帶著薄笑凝視浣薇，「才兩年而已，就不記得本宮了？」

她雙唇微微顫抖著，眼角有些濕潤，雙膝一彎，拜倒在地，帶著一聲哭腔，「蒂皇妃！」

我立刻做出一個噤聲的手勢警告她，「如今的我不再是蒂皇妃。」

她緩和了一下自己的激動之色，紅著眼眶，強忍著淚，「您……您怎麼回來了？」

扶起她，輕握著她微涼的雙手，「浣薇，你曾經的相助我一刻不曾忘記，如今我再次歸來，能相信的只有你一人。只希望你能一如既往地幫助我，不是奪權，不是爭寵，只是保護我的孩子。」

「孩子？和皇上的？」浣薇將目光投放在我的小腹上，閃閃的水氣中有著異樣的光彩。

我沒有正面回答她的問題，只是淡淡地笑，「這個孩子我把他看得比命還重要，不能沒有他。如果要保護這個孩子必須犧牲我的良心，我想，我會選擇犧牲我的良心的。」

浣薇有些不可思議地望著我，隨後點頭，堅定說道：「兩年前我都選擇犧牲自己的一切幫您逃跑，現在當然會不顧一切地助您保護這個孩子，而且……在這個後宮，主子要是還抱著良心，抱著善良，孩子必然無法安全出生。我希望看到一個與以往不一樣的主子！」

「太后娘娘來了……」莫蘭信步朝我們這兒走來，用著不大不小的聲音說道。在離我們有幾步之遙的時候，她停住了，怪異地看著我與浣薇的神色，「辰主子，浣薇做錯了什麼？」

浣薇忙將自己眼角的淚擦了擦，「沒事，只是辰主子太像……奴才的姐姐，所以有些失態。」

莫蘭不疑有他，掠過浣薇朝我說道：「辰主子，太后娘娘朝昭鳳宮這兒來了，您要不要準備一下去迎接？」

太后娘娘？

我上前一步，腳踏過滿地紛鋪的柳絮，發出細微的聲音，「不用了，我直接去正殿晉見太后娘娘。」

「可是……」莫蘭打量了我的衣著一番，神色有些挑剔。

「怎麼？嫌我穿得寒酸？」我挑眉而望。

「沒有……辰主子穿什麼都是最美的。」莫蘭的笑容立刻變為討好，畢恭畢敬地讓出一條路，「辰主子請。」

約莫一炷香時間，我姍姍到了正殿，金碧輝煌的大殿中迴響著玉杯磕磕碰碰的聲音，來回不斷蔓延著。正中央一鼎偌大的金爐冉冉燒著瑞腦香，將一殿點綴得恍如仙境。我昂首而入，越過金鼎正對上太后那風華不減當年的美眸，她起先的淩厲在看見我時立刻閃現出詫異，放下手中一直把玩著的茶杯，倏地由椅上起身，用不可思議的目光來回打量著我。

對著她的審視，我絲毫未覺彆扭，福了福身，「參見太后娘娘。」

「潘玉？」她脫口而喚，隨後露出了然的笑容，不斷點著頭，重複著：「原來如此，原來如此。」

「不知太后娘娘何事大駕光臨昭鳳宮？」我用平穩無波的聲音問道。

「原本是有挺多話想對你說的，可是見到了你，突然間發覺很多事都可以不用說了。」她後退幾步，重新優雅地坐回了椅子，單手再次把玩著案几上的杯子，「哀家知道你是個聰明人。」

我看著佇立在四周的奴才，突然覺得奴才多了也礙事，「多謝太后娘娘誇獎。不知娘娘可否摒退左右，咱們也好單獨說話。」

她了然地笑了笑，揮手示意所有人都退下，我卻獨獨留下了浣薇，因爲我信任她。

「太后原本是想來拉攏臣妾抑或是警告臣妾？」我猜測著唯一可能的兩個理由，因爲我再也找不到有什麼好理由能讓她移駕來見我。

「目的是什麼都已經不重要了，因爲這後宮，將是你的天下。」她一番話讓浣薇摸不著頭腦，視線來回在我們之間打轉。

「太后謬讚了，我一直認爲，掌控這個後宮的應該是太后娘娘您。」不是謙遜虛僞之言，我知道，她的勢力早就不僅於這個後宮，還有朝廷。光是手握金陵禁軍的韓冥就已經是她很大的靠山了，除非祈佑有心誅殺他們，否則沒人敢動他們分毫。

「不不，在見你之後哀家就知道，這個後宮已經不會再受哀家掌管了。一個女人想在後宮翻雲覆雨，只有得到皇上的心，只有皇上才是你最大的靠山。」

「太后，翻雲覆雨我不想要，我想要的只是腹中之子能安全地在後宮誕生。太后，你一定有這個能力保住我的孩子吧？」

太后不可置信地盯著我，目光竟含著幾分暗嘲，「誰的孩子？」

「誰的孩子不重要，我只要這個孩子活下來。你是瞭解我的，我說過不會和你爭權就一定不會去爭，但若誰要動我的孩子，我會與她鬥到底。」我的聲音格外堅定，堅定到我都不認識這樣的自己。如今這個孩子已經是我活下來的唯一希望，我只想好好保護他，因爲我是這樣愛這個孩子，因爲我欠了連城那樣多。我能補償的，唯有將自己所有的愛放在這個孩子身上，給他我所能給的一切。

這次與太后談得非常順利，因爲我們都毫無保留地說出了自己所要追求的，我要的是孩子，她要的是權力。這樣，我們倆根本沒有任何衝突，她沒理由加害我的孩子，我也沒理由去瓜分她苦心經營的權力。

浣薇同我出來之時已是滿滿一頭大汗，她一直說著：「嚇死我了，嚇死我了。」

「她很可怕嗎？」

「也只有您敢這樣和太后說話。記得一年前，蘇貴人仗著自己懷有龍子，竟當面頂撞太后，太后當場給了她幾個嘴巴子，打到她趴在地上，險些流產。剛才您對太后娘娘的態度是放肆的，奴才眞怕她會衝上來也賞您幾個巴掌，那您的孩子……」浣薇說起當時的情景還是心有餘悸，聲音微微有些顫抖。

聽到這兒我只是笑了笑，並不多做回答，只問：「蘇貴人一向都目空一切嗎？」剎那間又想到了蘇思雲當面阻止祈佑領我住入昭鳳宮時的刁蠻勁兒，還有他們兩人之間的「情趣」。

「是的，皇上眞的很寵她，寵到令人不可思議的地步。」浣薇有些感慨地神遊著，似乎在回想祈佑對蘇思雲的好。

我不動聲色地聽著她的一字一句，臉上的笑容依舊不變，低著頭朝前安靜走了許久，又問：「近來朝中發生了什麼大事？」

「沒什麼大事……就是新科文武狀元是皇上欽點的。聽說，是個十六歲的少年。武功、學識都高人幾等，相貌堂堂，很多官員對他讚不絕口，說是將來定能有一番大作爲。」

「十六歲的文武狀元？叫什麼名字？」

「聽說，叫展慕天。」

我的步伐倏地一頓，跟在身後的浣薇差點兒撞了上來，「怎麼了？」

「展慕天？」這個名字……似乎在哪兒聽過，爲何這麼熟悉？我一定在哪兒聽過……

夜裡，一位自稱是李御醫的人來到昭鳳宮爲我診脈，說是以後我的病情由他全權負責。他年約四十，小眼小鼻，鬍鬚滿腮覆了大半個臉。他每爲我把脈多一刻，神色便憂慮一分。看著他的臉色，我的心跳漏了幾拍，頭一次我如此擔心自己的病情，立刻著急地脫口問道：「我的身子如何？能安全待產嗎？」

李御醫收回紅線，將其纏繞，神色很是凝重，「辰主子，您的體內曾經中過毒，後來又經人診治洗去大半毒素。」

我收回手腕，暗暗佩服起這個御醫，祈佑親自請來的御醫確實有點能耐，「嗯，李御醫說得不錯。」

「只可惜了，並未完全清除完。敢問辰主子先前服的什麼藥，竟能如此神速地清除體內潛藏的毒？」他眉頭鬆了些許，仍有止不住的憂慮，難道我的病眞的嚴重到這般地步？

「每天喝一位郎中爲我泡的冷香冰花茶，具體藥方我倒不太清楚。」

「這茶倒是第一次聽說……」他垂眼，無聲地歎了一口氣，「微臣會盡力診治辰主子的病，您以後每日服下臣給您開的方子。要保住孩子，每日切記不可動怒，不可跑跳，不可疲累。如心情壓抑之時，去幽靜的地方小走，吹吹夏日暖風，放鬆心情。」

我認眞地將他的話一字一句記在心裡，「李御醫，那我的病……以後煩勞您多費神了。希望能盡快清除體內餘毒，也好安心待產。」

李御醫將藥箱收拾好，「微臣會盡力的。以後微臣每日早午晚會派人送一次藥，辰主子若想保住孩子保住性命的話……務必服下。」

我再次點頭，還親自將李御醫送出寢宮，看他投身隱入茫茫黑夜中，我始終未將目光收回。輕倚在宮門之側，浣薇上前攙扶著我，「主子，就寢吧？」

「我想出去走走。」我擦了擦額頭上的冷汗，順著她的力道朝外走去。

夜幕流聲碎，群壑鳥棲定，淡霧濕雲髻，深竹暗香浮。在昭鳳宮遊蕩了許久，我有些疲累，正想吩咐浣薇回寢宮之時，突然想到了杜莞與尹晶，我好奇地問：「杜莞與尹晶現在何處？」

「在曾經關押先后的碧遲宮。」

我突然興起，便要浣薇帶我去，她稍有些猶豫，隨即便領著我朝碧遲宮而去。這條路很漫長，多年後再踏入碧遲宮又想起祈佑母親死前那幽怨的眼神，黑暗無底的深淵一樣，讓人不寒而慄。如今的碧遲宮比起當年破舊許多，殘破的屋簷下有即將掉落的瓦片，四周還有揮之不去的腐臭和潮濕的霉味。難道，杜莞和尹晶就住在這樣邋遢的地方嗎？祈佑，她們畢竟是你曾經的妻子，你寵愛的女子，爲何你能這樣無情地將她們丟在這兒不聞不問？說起來，尹晶才是最無辜的吧。當年陸昭儀的流產根本是祈佑一手策畫，最後打擊了皇后，再將罪名嫁禍給尹晶。她或許到現在還不明白，到底是誰害了她。

門微掩著，四處的蜘蛛網隨風飄揚，浣薇伸手將其拂淨，再將門推開，「咯吱」一聲響，一個黑影突然竄了出來，淒厲中夾雜著興奮，「皇上終於要接我回宮了！」

我不禁打了個冷戰，浣薇被嚇得連連後退，一下躲到我身後，伸出一隻手指著那個身影，「主子……鬼呀。」

我凝眸望著那個黑影一步步踏出門檻，衣衫襤褸，蓬頭垢面，她的眼睛帶著興奮在我們身上來回打轉。在月光照耀下，她的臉全被照亮了——尹晶。

我不敢相信眼前這個人竟是當年那個高傲不可一世的尹晶，難道進入冷宮之人都會變成這個樣子？我正想上前開口詢問，又見一個身影竄了出來擋在尹晶前面，是杜莞。

相較於尹晶衣著的狼狽，她算是正常一些的了，「皇上在哪兒？」她四處張望了許久，沒有見到人影，便收回了目光，恨恨地瞪著尹晶，「做夢吧你，皇上怎麼還會來……」

「皇上是愛我的，他不可能丟我一直在此的，他會來接我回去的……」尹晶喃喃開口，依舊不能接受自己將永遠被囚禁在冷宮的事實。

「哈哈，世間竟還有對納蘭祈佑那麼眞心的女人……」杜莞仰天哈哈大笑起來，「你們一個個都是蠢貨，納蘭祈佑根本沒有心，根本沒有愛，你們還這麼愚蠢地去愛他，去飛蛾撲火。他的眼裡只有權力，只有他的皇位，在他眼裡任何人都能利用……我眞爲你們這群女人感到悲哀。還是我的皓哥哥好……還是皓哥哥好。」杜莞笑著笑著流下一抹清淚，似乎沉溺在自己的回憶之中。

原來杜莞一直都不曾忘記祈皓，或許那是最初的愛戀，那才是刻骨銘心的愛。

尹晶因杜莞的話後退幾步，無力地靠在朱紅大柱之上，杜莞將目光放到我身上，突然目露驚恐之色，「你你……你不是死了嗎？」

「娘娘還記得我。」我平靜地面對著她的激動，浣薇也漸漸平復了恐懼之色，由我身後站了出來。

「不知道是聽誰說過的，你與袁夫人好像……不知道是聽誰說過的，納蘭祈佑最愛的人是你……不知道是聽誰說過的，你是這個世界上最可憐的女人……」杜莞朝我走近了一步，「看到你，我突然覺得自己並不可憐。」

聽罷，我立刻問道：「這些都是聽誰說的？」

「我也忘記了……忘記了。」她嘿嘿地笑了幾聲，「你想知道嗎？想知道就幫我把皓哥哥請來這裡，我要見他。」

我看著她格外認眞的表情，笑了笑，「好，我會把祈皓請來見你。但是，你一定要告訴我，到底是誰和你說的這些話。」

杜莞帶著詭異的笑盯著我的眼睛，幾乎要看到最深處，「我會的，只要你讓我見到皓哥哥。」尹晶卻突然朝我衝了上來，浣薇一見不好，連忙擋在我面前，「你幹什麼？」

看著尹晶一步步朝我衝過來，日光中帶著憤恨，杜莞一個上前，狠狠地抓住尹晶的頭髮，「臭女人，你要對她做什麼？她還對我有價值呢！」

「你說皇上最愛的人是她……你說是她！！」尹晶瘋狂尖叫著，聲音淒厲，在這寂靜的碧遲宮如此駭人。

浣薇眞的是被尹晶嚇到了，連忙攙扶著我，「主子，咱們快回宮吧。御醫說您不能受驚啊。」

「杜莞你等著我，希望到時候能把實情告訴我。」臨走之時我又看了看杜莞，才同浣薇離去。步出碧遲宮，仍然可以聽見尹晶的尖叫聲。

「七郎是我的，是我的，你們都別想把他搶走！」

尹晶，眞的如此愛祈佑嗎？

如果她知道把她送進冷宮，將罪名嫁禍給她的人正是一直牽掛的「七郎」，又會作何感想呢？

次日，一大早我便向莫蘭打聽了一下祈皓，她告訴我說他正與祈佑於御花園召見那位新科文武狀元。一聽到此我就覺得這是個不可多得的機會，既可以見到那個讓我覺得熟悉的「展慕天」，又可以見到祈皓。我隨手披上一件薄衫，髮髻上輕別一枚翡翠熏玉簪，便隨著莫蘭而前往御花園。

碧玉妝，悒輕塵，露漸散。

徐公公遠遠見著我來，立刻跑到祈佑身邊通報了一聲，祈佑點了點頭，再朝我看來。而我的目光看的卻是與祈佑、祈皓並坐圓桌之前那位少年……漸漸走近，那少年的模樣也越來越清晰，我怎麼看都覺得眼熟。

「馥雅，你怎麼來了？」祈佑起身朝我迎了過來，親暱地執著我的手，我有些不自在。祈佑真是個善變之人呀，昨日還當著我的面對蘇思雲如此柔情，今日卻對我這樣，到底哪個才是真正的他呢。突然有些懷念與他在小竹屋的七日，沒有權力在身，一切都是透明如紙。

「我聽說新科文武狀元年僅十六歲，所以一時止不住好奇就過來瞧瞧。」我再次將目光投放到他身上，只覺得有說不出來的熟悉感，「聽說狀元名叫展慕天？」

這時，那名少年也由石凳上起身，朝我作了個揖，「回主子，正是。」

聽到他的聲音，記憶突然如泉水般湧出。

「榴枝婀娜榴實繁，榴膜輕明榴子鮮。有誰知道下一句？」

「姐姐我知道，這是唐朝李商隱的〈石榴〉，下一句爲『可羨瑤池碧桃樹，碧桃紅頰一千年』。」

想到這兒，我不禁脫口而出：「展慕天，你父親爲你取這個名字一定有他的用意吧？出仕朝廷，慕得天顏。」

他一愣，猛地抬頭看著我，目光閃爍不定，僅僅望了我一眼便立刻將頭低垂下，似乎有些失望。原來他真的是那個孩子，當年眞沒看錯他，確實是個人才。十六歲而已，就能出仕爲官，可見他的才學是眞的高人許多。

「主子說笑了。」他恭謙地笑了笑，聲音平穩無波。

「對了，有首詩的後兩句我記不太清楚，不知能否請狀元爺告訴我呢？」

「主子請說。」

「榴枝婀娜榴實繁，榴膜輕明榴子鮮。」

此話一出，他始終低垂著的頭再次揚起，怔怔地打量了我許久都不說話。祈皓笑著開口了，「怎麼，這樣一首詩就難倒狀元爺了？」

「下一句正是：可羨瑤池碧桃樹，碧桃紅頰一千年。我怎會忘記呢？」彷彿注意到自己的失態，展慕天立刻收回目光，低聲回道。

祈佑似乎並沒有注意到我們兩人之間的異樣，邀我坐下。當四人對面而坐之時，祈皓笑道：「沒想到，潘姑娘能死而復生，對於皇上來說是一件值得開心的事呀。」

我笑了笑，不語。如今對於祈佑，眞的再也回不到從前了。

我們小坐了片刻，就有人來報，說是朝廷中有急事需要祈佑親自去處理，他匆匆交代一聲便離去了。他的背影依舊是如此高傲令人難以親近，卻少了那分孤單……那分孤單早已經被祈皓的歸來撫平許多了吧。
恍惚地收回自己的目光，拾起桌上金盤裡擺放的龍眼，剝開晶瑩剔透白如雪，「不知禮親王可還記得一名叫杜莞的女子？」
祈皓怔了怔，「表妹她在冷宮吧。」
「她渾渾噩噩地待在冷宮，心中卻依舊想著你，希望能再見你一面。你知道，她對你的愛，自始至終都不曾變過。」說罷，我將龍眼放入口中，才一嚼，滿口沁涼甜膩蔓延至整個舌尖。
「我的心中只有姚兒，我從來只當她是表妹。」祈皓說起蘇姚之時，聲音突然轉變得格外認真，目光中含著柔情。
「可是她一直認為你是喜歡她的，一直認為你娶蘇姚只是迫於先后勉強。如果你想讓她解脫，親自與她說吧，這樣她才能真正地活下來，好好活著。」
祈皓低下頭，雙手相互摩擦著，似乎還在猶豫什麼，我繼續道：「杜莞畢竟是你的表妹，她那樣愛著你。」
他霍然起身，金錦絲綢的衣裳摩擦著發出一聲輕響，帶起一陣微風，「我會帶著姚兒一起去見她的。」丟下這樣一句話，便揚長而去，唯獨留下一陣細若塵埃的泥土味。
此刻的御花園內獨獨剩下我與展慕天二人相對而坐，誰都沒有說話，四周被冷凝的空氣充斥著。我不開口，是因為我一直在等他先開口，我不知道他到底有沒有認出我。畢竟，見他之時，是毀容後平凡的我。如今，人面桃花，他還能認出？
終於，他開口問了句：「你……是那個姐姐？第一次讓我吃上桃子的姐姐？」

第一次吃上桃子？
我愣住了，難道當年的一個桃子，是他第一次吃？
我不知道，一個桃子，竟能讓他如此記憶深刻。

第四章　清然莞之死

天街雷雨漸如珠，大風洋溢灑萬物，皇都璃瓦彈簌簌。

夏日就是如此，一場傾盆大雨毫無預警地侵襲而來，風中帶著潮濕的泥土氣味，有些腥人之感。我斜靠在窗上回想著昨日與展慕天的見面，他眞的不如當年那般稚嫩了，渾身上下無不充斥著成熟感。曾經他還矮我許多呢，三年不見竟出落得比我還高，儀表堂堂。難怪宮人都說，他將來定非池中之物。

後來，他與我說起家裡的情況，只能用一個「苦」字來形容，父親把積攢多年的錢全給他去上私塾，家裡卻衣食無著，好些次他都想要放棄念私塾，每次提起此話，父親總會拿起木棍狠狠抽打他，口中還喊著：「你這個孽子，老子爲了你上私塾，將來能出人頭地，把家裡僅有的飯錢都給了你，爲了能讓你進京趕考，將唯一一畝田都賣給了地主，你現在跟老子說不讀？」

我才知道，原來展慕天的童年是這樣過來的，也難怪他會因我一個桃子而銘記多年。更沒想到，當年的那個孩子竟能一躍龍門，登上了新科文武狀元之位，祈佑對他似乎也是欣賞有加，不然就不會邀他到御花園來了，他的前途，眞的不可限量啊。

聽說昨夜祈皓眞的攜蘇姚去見杜莞了，我的任務也完成了。待這場雨停歇後，我應該去瞧瞧杜莞了，希望她能說話算數，告訴我，到底是誰告訴了她那些話。爲什麼要告訴她？是我多疑嗎？不過，再怎麼猜測，今晚都是會有答案的。

忽聞風雨間有人喊道：「皇上駕到——」

一聽祈佑到來，一宮的奴才們紛紛跪地相迎，我整了整被風吹得凌亂的髮絲，將散落的流蘇勾至耳後，出宮相迎。祈佑的龍靴濕了些許，他也未太在意，徐徐走到我身邊，「喝了御醫開的藥，身子好些了嗎？藥有沒有效果？」

我隨口答道：「嗯，還行吧。」其實李御醫的藥與連曦給我的茶比起來根本就有著天壤之別，而且李御醫開的藥眞的很苦，苦到難以下嚥。每日喝三次那種苦藥，根本就是一種折磨。

祈佑「嗯」了一聲便獨自坐到寢榻上，臉色有些冷凜，似乎遇見了不好的事。我也不去詢問，等著他先對我說。他沉默了許久終於淡淡朝我笑了笑，「怎麼了？」

被他問得有些莫名其妙，我有些好笑地回道：「這句話似乎該我問你。」他今天確實有些奇怪，以往他遇到任何事似乎都能隱藏住情緒，而今卻不能了，這是爲何？

「昱國，連曦登位，封夏國的湘雲公主爲皇后。」他頓了一頓，沉思片刻又道，「夏國皇帝自降身分，對其稱臣。」

原來是因爲這件事，確實棘手，我相信連曦已經將我的身分告訴二皇叔，二皇叔當然懼怕我會慫恿祈佑對付他，爲了自保，情願降低身分稱臣來保全一個國家。如今我才眞正看懂二皇叔，雖然他奪了我父皇之位，卻爲了夏國臣民安危，甘願受此屈辱，確實是一個好皇帝。

「我想，有一場惡戰要展開了。」我臉色依舊不變，細聲地回答。

「我必須盡快對付昱國，那個連曦比起連城要可怕許多。」

我的胸口悶悶的，有些黯然地看著祈佑，「兩國交戰，百姓何辜？」

「百姓何辜？這個天下如果繼續四分五裂下去，百姓就眞的要處於水深火熱中了。一時犧牲，成就天下安定。」

「是，你說的我從沒否認過，天下是該統一，可是你爲何沒有想到用一種更好的辦法呢？宋太祖，陳橋兵變，黃袍加身，不費一兵一卒便得到那個皇位。」

「婦人之仁。」他怒氣騰騰地丟下四個字，欲起身離開。

心中原本的期許也漸漸往下降，如果此刻說這番話的人是蘇思雲，他又會有何種態度呢？看著他欲邁出寢宮之門的步伐，我忍不住提高了幾分聲音朝他道：「當然，我沒有你的蘇貴人懂得討你歡心，只是就事論事。好吧，既然你不愛聽我說話，那你以後都不要來了。」

他的步伐突然停住了，緩緩轉過身注視著我，「好好，是我的錯。」他聲音帶了幾分無奈，朝我走來，摟著我的肩輕聲道，「以後我們都不要再吵架了，就像那七日一樣相處好嗎？」

「不可能的。祈佑，記得我答應同你回來之前你說過的話嗎？只要我的孩子安全出生，你就讓我帶著孩子離開，你說過的話不能不算數的。」我從他懷中脫身而出，「我知道你的後宮，女人多，厲害的女人更多。如果我眞的與你走得太近，得到你太多寵愛，我的孩子……」

「有我在，沒人敢動你的孩子。」

「有的。」

「誰？」

「蘇貴人。」

空氣中突然由最初的絲絲曖昧轉變爲寂靜冷凝，祈佑低著頭似在沉思，似乎在掙扎著什麼。難道……蘇思雲在他心中真的已經到了如此重要的地步？

「她不會的，馥雅。」祈佑格外認真地看著我，用很堅定的語氣對我說著這六個字。我完全被他這六個字怔住，真的如此……信任？

「你怎麼知道她不會？」

「我保證。」

我保證。

這三個字竟會由他口中說出來，他拿什麼爲她保證？他對蘇思雲如此信任？是呀，蘇思雲這兩年一直陪在他身邊，祈佑已經不只因她是奸細而寵她，利用她了……如果他們的感情眞的到了如此地步，那我便是第三者，祈佑當初那所謂的「七日」根本就是一個大笑話，把我的孩子當作他的親生，根本就是因爲他不在乎。

「馥雅，你……」祈佑看著我的表情突然慌了神，才想開口，卻被一個聲音給打斷。

「不好了皇上，杜皇后上吊自盡了！」

聽到這兒，我的心咯登一跳，杜莞上吊自盡？她竟然會選擇自盡？可是她……她明明答應我，要告訴我那些話到底是誰對她說的，她怎麼能就這樣死了？

我不能接受這個事實，也沒顧得上祈佑，疾步衝出了寢宮，跑進茫茫大雨之中。浣薇立刻朝我喊道：「主子……御醫說不能跑，孩子會有危險……主子……」

因爲浣薇這句話，我才停住了奔跑的腳步，不可動怒，不可跑跳，我暗暗告誡著自己。此時的浣薇撐著一把紙傘爲我隔開了那嘩嘩侵襲的大雨，我渾身已然濕透，殘珠一滴一滴地沿著額角滑落至臉頰。

我遙遙望著佇立在寢宮門外，默默看著我始終未有動作的他，心中彷彿得到了前所未有的解脫……

既然，祈佑不能保護我與孩子，那我就只能自己保護了，我只能自己保護。

當我正欲朝碧遲宮前去看杜莞之時，只見祈皓一臉哀痛地轉進了昭鳳宮，手中緊緊捏著一條雪白繡帕，走近我之時，他停住了，伸出手將那塊繡帕遞給我，「這是昨夜我離開碧遲宮前，表妹讓我交給你的。」

我接過，放至手心展開，裡邊赫然有一顆夜明珠，價值不菲。再看看繡帕上，竟是用針線繡的幾行赤紅的字：潘玉，對不起，爲了見皓哥哥我對你撒了個謊。其實，那些都是我四年前偷聽來的。

這兩句話，看似平凡無奇卻又意義深遠，怎麼會這樣？杜莞爲什麼要自殺？留給我這繡帕就好，爲何還要給我一顆夜明珠？難不成她還擔心我沒錢用，這太不符合邏輯了。

「昨天夜裡臨走時，她還笑著祝福我與姚兒，笑得很開心……似乎眞解脫了。可爲什麼要選擇死呢？」祈皓的喃喃自語聲被大雨洗刷了幾點。

祈佑終於是朝我走了過來，神情有些複雜難解，低頭凝望著我手中的繡帕與夜明珠，沉思了良久，再側首而望祈皓，「杜莞眞的是自盡？」

「仵作驗過傷，確實是懸梁自盡。」祈皓悠然而歎，語氣中無不藏著自責，「昨夜……我根本不該帶著姚兒去見她，這才刺激了她，才令她有了死的念頭。」

「厚葬皇陵。」祈佑聽罷，丟下一語便揚長而去，沒有打傘，孤獨地走在雨中，大雨侵襲了他滿身。我很想帶著傘追上去，很想陪他走完這條路，卻克制住了自己內心的衝動。

如今他的身邊已經有蘇思雲陪伴，我在不在他左右，都已經不重要了。

如今我身上已經有了連城的骨肉，更不能追上去，絕不能那樣自私。

那一夜直到戌時我還拿著杜莞留給我的繡帕與夜明珠凝望，始終不能解其惑。若說將這繡了字的帕子給我是說得過去，可是這夜明珠……她爲何要給我夜明珠呢？眞的很莫名其妙，杜莞絕對不會平白無故送給我一顆夜明珠。

「繡帕，夜明珠……夜明珠，繡帕……」我喃喃重複著，這到底有什麼關係？又或許是我多疑了？

「主子，您怎麼還不就寢？老拿著這兩樣東西左看右看，有什麼問題嗎？不就是一個帕子和珠子嘛。」浣薇端著一盆清水走了進來，奇怪地問著。

我置若罔聞，仍舊喃喃念叨著：「繡帕……夜明珠，繡……明珠，繡珠？」我立刻由凳上彈起，「繡珠，難道杜莞要說的是珠兒？」我一回首，正對上浣薇疑惑的目光，我衝上前，一把將她摟住，「浣薇，還是你來得好。」

沒等她反應過來，我已經小步離開寢宮，我要去找太后，我相信太后一定知道這件事。杜莞說她偷聽到這些，那就是雲珠說的？想起那日太后將雲珠召進太后殿內說了一番話，才出來她就暈倒了，沒有人知道她們在裡面談了些什麼，可見太后與雲珠的關係也不一般。杜莞很可能是偷聽到雲珠與太后說話。

四年前偷聽到的。

四年前不正是祈佑初登位那會兒嗎？雲珠爲什麼要與太后說起我？

在去往太后殿的路上我浮想聯翩，想了眾多可能性，卻仍不能解釋。若當初，不是她們急著將雲珠置於死地，我想，可以從她口中知道更多的事吧。雲珠，你到底還有什麼秘密呢？

在太后殿外我的求見卻得到奴才一句：太后娘娘不在太后殿。

我奇怪地上下打量她，也不知她是否在說謊，而且……這麼晚，太后能去哪兒呢？

帶著疑惑，我準備步出太后殿，打算明兒個再來問清楚。可正當我穿插過一片幽暗的草叢之時，聽見了幾聲低低的哭泣之聲似有若無地傳來。我不禁打了個寒戰，這麼幽靜無人的地方竟會有人哭泣，難道是女鬼？突然爲自己這樣的想法感到好笑，這世上怎麼可能會有女鬼呢？

我躡手躡腳地穿過草叢，覓聲而尋，今夜無月，唯有疏星幾點，閃耀星空，勉強可以看見前方之路。我小心地朝聲音處走去，哭泣聲越來越大，我的好奇心越來越重……因爲這個哭泣的聲音我認識，是太后，太后怎會一個人躲在此處哭呢？

當我轉入這片深深的草叢中，看到眼前景象之時，徹底驚呆了！

太后正撲在韓冥懷中哭泣著，韓冥不住地輕拍她的肩膀。

此時，韓冥也發現了我，由於四處太暗，根本無法看清楚他的表情。只見他下意識地將太后一把推開，速度之快……就像，兩人做了什麼虧心之事，被我抓了個正著！

原本，姐姐哭泣，弟弟安慰是件非常正常的事情。

但是，爲何要躲在此偷偷摸摸地安慰？

但是，爲何要在見到我那一刻用力推開了他的姐姐？

黑雲翻墨，風潛入夜，秀秀相宜。

他們倆尷尬地看著我，相互間都沒有再說話，唯剩夏蟲吱吱鳴叫。這樣的景象著實讓我震驚了許久才回神，現在這一幕，眞的好詭異，怎會如此？

韓冥？太后？我怎麼都無法將他們兩人扯到一起。

「辰妃找哀家有事？」最先恢復失態的是太后，她擦盡淚水，清了清嗓子朝我走來。

「沒什麼事。」我笑著搖了搖頭，再看了看那一直隱在黑暗中的韓冥，他的身子有些僵硬，「我還是不打擾了。」說罷我便轉身而去，我的腳踏過漫漫草叢，發出陣陣聲響。

沒有人攔我，但是我聽見了一陣腳步聲跟在我身後，我不由自主地加快了步伐，卻被一個聲音低聲叫住，「潘玉！」

他的聲音讓我停住了步伐，沒有回首，呆立在原地等待他的下文。待他走到我身側，有淡淡的歎息傳來，「是的，她不是我親姐姐。」

「你和我說這些做什麼？」我立刻阻止他繼續說下去，因爲我不想知道他們兩人之間的事，更不想將自己也牽扯進去，我有感覺，這將會是一個令所有人喪命的大秘密。

「十三年前我家遭遇變故，我僥倖逃了一條命，幸得她救下了我。這麼多年來，她對我很好……」韓冥不搭理我，繼續說著，卻被我打斷，「韓冥，你的家事我不想知道。」

「這件事，希望你不要告訴皇上。這是欺君之罪，連累我沒關係，可我不想連累她……我欠她太多了。」韓冥第一次如此低聲下氣地懇求著我，可見他與太后之間那常人無法想像的「情」。

「對於你們的事，我沒興趣知道。只要你別傷害到祈佑。」我回視他的眼神，裡邊的情緒很眞，我相信他說的這些都是眞的。我更明白了，爲何我爲雪海初入太后殿爲宮女時，她對我會有諸多刁難，爲何總提醒我少接近韓冥，爲何要與韓冥甘冒欺君之罪騙我麝香之事……原來，這個太后一直這樣愛著她的「弟弟」，用這樣獨特的方式在保護著他。

原來，愛情也可以這樣無私的。

我們倆突然僵了下來，突然沒有了話題，很安靜……

當我以爲我們兩人再無話可說之時，韓冥卻突然轉移了話題，「你知道養心殿後那個小竹屋嗎？」

我一愣，「怎麼了？」

「這幾日，皇上天天夜裡都會去。」

「去……做什麼？」

「這幾日，下了幾場大雨……皇上說，那兒還有你們種的梅。」

那兒有你們種的梅。

他夜裡去小竹屋是爲了我們親手種的兩株梅？他一個皇帝，光國事都處理不過來，爲何單單要爲這兩株梅那麼認眞呢？

我恍恍惚惚地來到養心殿外，突然之間好想見祈佑，卻躊躇著不知該不該進去打擾。徘徊間，卻碰上了我此時最不想碰上的人——蘇思雲。

她乘著玉輦，一身淡紫輕裳錦緞衣，在細風中飄逸著，鬢角間斜插著一支玲瓏八寶簪，額間鑲著淡紫花鈿，秀氣中帶著淡淡的嫵媚，手中抱著一個孩子，不時低頭逗弄他，孩子發出咯咯輕笑。

當玉輦在養心殿外落下，蘇思雲高傲地步下玉輦，小心翼翼地捧著手中一歲左右的男娃。那孩子雙頰白裡透紅粉嫩粉嫩，一雙炯炯的大眼透著靈氣。這就是他們的孩子——納蘭永煥。

「我當是誰呢，原來是你啊。」她帶著嬌媚的笑，不時輕輕拍著孩子的背，像極了一個母親。看到這樣的情景，我的手不禁撫上自己的小腹，還有七個多月我的孩子就要出生了，到時候，我也可以做一個母親了。

一想到此，我便露出了笑容。可是，一巴掌就這樣狠狠朝我揮了下來，我立刻後退一步，緊緊握著她的手腕，「蘇貴人……注意你自己的身分。」

「你剛才爲什麼要笑，你在笑我的孩子？」她使勁兒要抽出自己的手，我卻狠狠地握著不讓她掙脫。

「怎麼，蘇貴人很怕別人笑嗎？還是自己做了虧心事？」我頗有所指地暗嘲一句，她片刻走神，隨即朝兩旁的侍衛道，「快去請皇上出來。」

兩名侍衛對望一眼，隨即轉身朝養心殿內衝了進去，我卻始終握著她的手腕不放。蘇思雲無奈，只得一手托著孩子，另一手任我捏著，表情有些得意，似乎……她料定了祈佑會幫她。而我，卻突然沒把握了，因爲祈佑對她是那樣特別，如今我與蘇思雲起衝突，他眞的會站在我這邊？

我的心中開始猶豫徬徨，捏著她的手漸漸開始失去力氣，當我想放開的時候，祈佑出來了。他的目光徘徊在我們兩人之間，深不可測。

蘇思雲一見祈佑到來，立刻裝出一副楚楚可憐的模樣，帶著哭腔，淚水毫無預兆地滴落，「皇上……您終於來了。她欺負我與煥兒。」

剎那間，我回頭對上祈佑深邃的目光，沒有說話。終於是將緊捏著蘇思雲的手悄然鬆開，我不會哭，不會撒嬌，所以我註定要輸吧。

「你現在立刻帶著煥兒回長生殿。」祈佑的語氣很平淡，但是平淡中夾雜著絲絲警告。

「皇上？明明是她……」蘇思雲突然停止了哭泣之聲，驀然仰頭看著祈佑，那原本清麗的淡妝被淚哭花，有些狼狽。

「朕，不想再重複一遍。」陰鷙之聲又提高了幾分，目帶寒光直射，駭住了她。

蘇思雲雙手緊緊揉著懷中的孩子，緊咬下唇，眼神無不流露著隱怒，來回飄蕩在我們兩人之間。

「那……臣妾告退。」一跺腳，轉身踏上了玉輦，悠悠離去。

我的視線始終追隨著她遠去的身影，我沒有料到，祈佑什麼都沒問，就選擇相信我，還將她怒斥而去。我不明白，眞的很不明白，昨天他還信誓旦旦地對我說，他能爲蘇思雲保證，而今日這樣大的轉變，眞的讓我不知所措。他的心究竟在想些什麼，他的葫蘆裡到底賣的什麼藥？

「何必同她動怒呢？」祈佑的聲音驚擾了我的思緒，他輕托著我的脊背，將我帶進了養心殿。

「我剛才可是在欺負你的蘇貴人與大皇子，你不生氣？」

「她不先惹怒你，你是絕對不會先去挑釁他人的。」祈佑低聲笑了出來，我的神色卻僵硬了。他還是瞭解我的，如此瞭解我的祈佑，如今我該用什麼表情去面對他呢？

獨與他漫步在這養心殿的花石階之上，暗塵被夏風捲起，吹散了我原本的燥熱。殿宇巍峨，琉璃瓦閃閃，側首看著祈佑面容上那蟄伏已久的東西，似乎正在蠢蠢欲動。他似乎有話要對我說。

果然，他無比鄭重地執起了我的右手，十指緊扣，「馥雅，你說我從來都將事情默默藏在心裡，不肯與人分享。現在，我就將蘇思雲的事，告訴你。」

我靜靜地聽著他格外低沉的聲音，他眞的要告訴我嗎？似乎，想了很久，才打算告訴我……他能對我坦白，我是該高興還是難過？

「我很早就同你說過，蘇思雲是昱國的奸細。可是，昱國的奸細不只她一人，爲了將所有奸細抓出，我必須控制住她。」他將我的手按到自己心窩之上，「這裡，一直都只有你！」

起先我因祈佑那句「奸細遠不只她一人」呼吸險些停滯，後因手心感覺著他心臟的跳動，我的心似乎也跟隨而動，那分強烈的感覺讓我手足無措。他原本緊蹙的眉毛慢慢舒展開來，笑意漸濃，「那日，望著你倉皇奔出寢宮，進入那漫漫大雨。那一刻，只覺你又將離我而去。」

眼眶中慢慢凝聚著淚花，眼前的他一點一點地模糊著，我呢喃地問：「我們的梅……可還好？」

他的指尖滑過我的臉頰，抬手捋起我肩上的碎髮，輕輕說：「一切安然……我還想在四五六七年後陪你一道去賞梅呢。」他一雙清目細細打量著我，彷彿怎麼也看不厭，片刻又道，「眞希望，你能永遠陪在我身邊。」

「我……」聽此話，我欲開口拒絕，怕給了他一個希望一個承諾，他會說話不算話，眞的想要強留我在這個皇宮。我的聲音才脫口而出，雙唇便被他單手按住，出聲打斷，「七個月後，待你的孩子出生，再給我答覆。」

第五章　長生殿驚變

在養心殿與祈佑聊到子時三刻才罷，原本祈佑要留我於養心殿就寢，我卻婉拒了，只道：「我來這兒，不是爲了做你的妃，而是爲了保我的孩子。」祈佑未做他言，只吩咐左右侍衛用他的龍輦護送我回宮。

寂寞正雲霧，深夜風煙襲，幽香暗斷魂。

這回去的路上我想了許多，皆是關於祈佑與我閒聊的話，讓我最深刻的還是蘇思雲。我問他，既要寵她，卻不封她，難道不怕她起疑？祈佑卻是回了我一句不可思議的話，一年前，蘇思雲親口對他坦承了自己的身分，那時的她已懷有身孕，她求祈佑能留下那個孩子。祈佑留下了她的孩子，而且不計較她奸細的身分，給了她更多的寵愛。而蘇思雲也沉溺在這分寵愛之下，甘之如飴。

我想，蘇思雲是愛祈佑的，更愛那個孩子，所以她才坦承了自己的身分，懇求祈佑能留下那個孩子。

可祈佑說，蘇思雲內心絕不如外表那麼單純，她的心中藏了許多不爲人知的秘密，她不說，定是有所顧忌。所以他打算，用寵愛慢慢化解她的戒心，讓她將隱藏於亓國的奸細全數抖出來。

聽了這麼多，我只給了祈佑一句話，「若眞要化解她的戒心，皇后之位給她，太子之位給納蘭永煥。」

祈佑一口回絕，給了三個字，「不可能。」

我問：「爲什麼，難道你不想一網打盡？」

他只答：「皇后之位，我承諾過給你，除你之外，任何人休想。」

我都已經將當初那個承諾看淡，他卻始終執著嗎？我很亂，眞的很亂。從何時起，我面對愛竟會如此紊亂，拿不定主意。理智說，現在已經容不得我一錯再錯了。

回到寢宮，最先見到的是守夜的莫蘭與心婉，她們見我回來先是行禮，後恭敬地迎我進去。

「主子，聽聞您今夜與蘇貴人發生了衝突。」莫蘭永遠是好奇心最重，也最愛言是非之人，「您以後可要當心她哦，別看她外表那麼單純，其實可有城府了，一定會想方設法對您不利的。」

邁進寢宮門檻那一刻，我霍然頓住步伐，冷冷地掃她一眼，「莫蘭你可聽過，說是非者定是是非人。」

她聽完，立刻默默垂首，噤聲不語。我看不清她的表情，更不想看清，驀然轉入寢宮，帶上厚重的門，將她們兩人隔離在外。

沒走幾步就看見浣薇獨自倚靠在桌旁，單手支著搖搖欲墜的頭，還有桌上一直擺放著的藥……她一直在等我？我朝她緩步走去，浣薇或許是聽見腳步聲，立刻驚醒，「主子，您回來了。」她有些慌亂，目光急速投放在桌上的藥上，伸手在碗邊試了一下溫度，「哎呀，都涼透了，奴才再去給您熱一遍。」

看著微弱的燭光映照在她側臉，那一剎那我彷彿再見到雲珠。她總是在深夜中將那一碗湯熱了一遍又一遍等我回來。

我立刻想要接過她手中的藥碗，「不用了，這麼熱的天，喝點涼藥沒有大礙。」

浣薇忙收回手，不依，「主子，您的身子不行，一定得喝熱的，您等著我，很快！」她生怕我會搶了她手中的藥，一溜煙端著藥碗就沒了人影。

我帶著淡淡的笑容坐在圓凳之上，靜靜地等待著浣薇回來。無聊之際，將隨身攜帶著的夜明珠取了出來，雲珠……雲珠和太后有什麼關係？或許說，雲珠和韓冥會不會有關係？如果沒有關係，無緣無故為何要說起我？雲珠與他們很熟？

家父沈詢乃聲名顯赫，功高蓋主的大將軍，卻在六年前被皇上以謀逆之罪而滿門抄斬。

十三年前我家遭遇變故，我僥倖逃了一條命，幸得她救了我。

六年前，謀逆罪名，滿門抄斬。

十三年前，遭遇變故，僥倖逃脫。

七年前雲珠說，六年前滿門抄斬；七年後，韓冥對我說，十三年前家遭遇變故。時間竟然出奇地吻合……這到底是巧合還是……

那次之後，我就與哥哥失散了，為了找尋他，我遊蕩在外皆以偷為生。

哥哥！

腦海中猛然閃現出一抹靈光，難道韓冥是雲珠的哥哥？

門突然被推開，嚇了我一大跳。定睛一看，是浣薇端著藥進來了，她小心翼翼地端著剛熱好的藥生怕會灑出來，最後來到桌旁放下，「主子快喝吧。」

「辛苦你了，浣薇，我這個主子很難伺候吧。」拿起藥勺，放在嘴邊輕輕吹散熱氣，然後一口嚥下。只有一個字形容——苦。這到底是什麼藥呀，苦到這種程度，真懷念連曦的茶，真懷念……昱國的一切。

「怎麼會，主子你是奴才見過最和善的主子了。」

「和善？」我自嘲地笑了笑，「好了，你退下吧，我要安寢了。」淡淡地摒退了她，我拿著勺一口一口地飲著碗中那漆黑的藥汁，苦澀的感覺蔓延了整個味覺。難道，如今的我給人的感覺還是和善嗎？如果眞的是和善的話，那我就很難待在這個後宮，更難保全我的孩子。更何況，現在的祈佑也不便保我，因爲他要從蘇思雲那兒下手，如果眞調轉頭來保護我，他的計畫就要泡湯了。

我知道，這個後宮皆在猜測我腹中之子到底是誰的，祈佑沒有解釋，我更沒有解釋，流言蜚語就這樣鋪天蓋地四處流傳著。

蘇思雲這個人，我還是暫時不要再去招惹了，能避則避吧。

次日我聽聞一個消息，展慕天被封爲侍中，侍從皇帝左右，是個不錯的官位。眞沒想到祈佑會如此看重展慕天，十六歲初爲狀元便一舉封爲侍中，相信朝廷中會有許多人不滿吧，也不知展慕天能否承受住四方而來的壓力。

今早我派浣薇帶話去太后殿，希望能見韓冥一面，還給太后帶去三個字「沈繡珠」。果然，不出一個時辰，韓冥就來到昭鳳宮，我摒退左右隔著插屛與之會面，只爲了防人說閒話。不過即使是這樣，也還是會有人說閒話的，可我不介意，難道我被宮人說的閒話還少嗎？

「辰主子，你給太后那句『沈繡珠』不知是何意？」韓冥的聲音冷冷地由插屛另一端傳了進來，隔著插屛我只看得見他的身影，卻看不清他的神情。

「我今天只想問你，十三年前的變故，可是沈家的變故？」

「不懂你在說什麼。」

我驟然沉默，指尖撫過插屏，「記得多年前在雪地你背我走的那段路嗎？我相信了你，我告訴了你我的眞名，如今你能不能如當時我對你那般，告訴我實情？」

插屏另一端突然安靜了下來，我靜坐等待著他對我說實情，雖然心中隱隱有個底，但我還是希望能親口聽他說。

「我想，你已經猜到了吧。是的，我是珠兒的哥哥——沈逸西。

「那日與珠兒失散之後，我倒在了韓府門外……那時正碰上姐姐，她得皇上命回家省親，正好救下了我。姐姐她本性很善良，根本不願捲入那是非之中，爲了幫我，她這麼多年都在與杜皇后鬥。

「還記得那日在碧遲宮我殺杜皇后的一幕嗎？其實，是我慫恿皇上這樣做的，因爲，我要親手殺了那個害我家破人亡的女人。憑什麼她做了那麼多壞事還能留下一條命？」

韓冥的聲音頗有激動之色，我聽著他那滿腹仇恨的話語，再次沉默了。原來當年的杜皇后與韓昭儀十年之爭竟是因沈家滅門而挑起的，我一直都以爲她是一個野心極大的女人，原來，卻是事出有因。

「靜夫人懷孕那夜，太后召雲珠去太后殿說話，我記得你也在裡面，你們說了什麼導致雲珠一出殿便暈倒？」我問起了一直藏在心中始終不能解釋的一個問題。

「珠兒一直都不知道我就是她的哥哥，那夜我將實情告訴了她，因爲我知道，她即將要成爲皇上下一個犧牲的人，我怕再不說，就沒有機會了。她聽到這個消息的時候，很平靜，平靜到……彷彿像一個木偶，神色黯淡無光。沒想到，她一出殿便暈倒了。站在裡邊看著她那嬌弱的身子，我好想上去扶她……但是我不能。頭一次，我恨自己的無能，竟然連妹妹都保護不了。」說到動情處，他的聲音逐漸哽咽，嗓音有些顫抖。

「你恨皇上嗎？」聽到這裡，我想到一個最大的關鍵，殺妹之仇！

韓冥深深地吸了一口氣，很堅定地吐出兩個字，「不恨！」

「爲何不恨？」

「因爲他是皇帝，他有他的苦衷，若珠兒不死，將會是我們死。」他咬著牙，一字一句地說道，似乎在強忍著痛苦，「所以，你不能將我的身分告訴皇上。否則，會牽連出我慫恿他殺母之事，你能爲我保密嗎？」

「只要你不做傷害祈佑的事，任何事，我都會爲你保密，會站在你這一邊。」我緩緩由插屛後走出，正對上韓冥已經濕潤的眼睛，我親口對他下了一個保證！

萬頃孤雲風煙渺，雲峰橫起步晚歸。

草木崢嶸漸枯萎，明滅晴霓迎潤秋。

秋日是悶燥之季，懷著孩子的我心情也日漸壓抑，看著已經隆起的小腹不免有些擔憂。如今的我若沒有重要事絕對不會離開昭鳳宮，就怕有個差池會令孩子不保。每日的膳食與補藥都是浣薇親自去準備，所有的東西只能經浣薇一個人的手。如若莫蘭與心婉碰過，我是絕對不會碰它分毫的。雖然這樣未免太過疑神疑鬼，但我一直都認爲小心駛得萬年船，所以至今孩子仍安然在我的腹中成長著。

李御醫爲我診脈時說過，待產期是正月前後幾日，算算日子，大概還有三個多月。只要我再堅持三個月，孩子就能安然出生了，該取個什麼名好呢？

撐著頭，我開始思考著孩子的名字。匍匐在窗檻之上遙望那火紅的一片楓林，側目沉思良久。若是個男孩就叫……連憶城，若是個女孩就叫……連承歡。

「憶城，承歡……」我喃喃著這兩個名字，笑容漸浮，心情甚好。

「主子，長生殿又派人來請您過去了。」浣薇帶著微微的喘息邁入寢宮，「已經第五回了，要不，您過去一趟？」

我挺著疲累無力的身子朝浣薇而去，蘇思雲已經派人請我五回了，也不知她葫蘆裡賣的什麼藥。我不能去，很有可能是個計謀，想危害我的孩子。

「不知道主子你在擔心什麼？」浣薇的喘息聲漸漸平復，頗為不解地朝我走來，小心攙扶著我的胳膊，「主子，奴才知道您一直把這個孩子當作您的命在疼，所以擔心蘇貴人會加害你的孩子也在情理之中。但是依奴才來看，蘇貴人應該不會蠢到在她的地方謀害您的孩子吧。」

「可她突然請我過去，不免讓人產生懷疑。我仍是有些擔心，不敢拿我的孩子去賭。」

「常聽人說，有了孩子的姑娘呀……每日總是疑神疑鬼的，今兒個奴才總算是見識到了。」浣薇打趣著取笑我，她這個丫頭在我面前還眞是越來越放肆了。

但她說的確實在理，蘇思雲怎會傻到當眾對我下毒手，說不準她有什麼事要對我說呢？

「好吧，蘇貴人都請了這麼多次，我就去一趟吧。」

長生殿。

雙闕籠煙，淡淡凝素。小院閒庭，上苑將煦。蠢蠢火燒雲，暖日漸飛綿。

我來到長生殿時，唯有幾名奴才在外候著，當我問起蘇貴人之時，她們便請我去寢宮等候蘇思雲。等了許久卻不見她來，忽聞幕簾帳後傳來幾聲啼哭之聲，我覓聲而去，一個金鑄小巧的搖籃中，那未滿周歲的納蘭永煥正哇哇啼哭著，好不可憐。

我不禁上前將孩子由搖籃中摟出，有些笨拙地拍著他的脊背，細聲安慰：「煥兒乖，不哭……你的母妃怎麼丟你一人在此不管？」

浣薇在一旁抿嘴輕笑，「主子瞧您心疼的，若您爲母親，肯定是世界上最好的母親。」

不答理她的取笑，心疼地撫慰著懷中那嬌弱的孩子，他的哭聲也漸漸止住，帶著淚痕的眼睛一眨不眨地看著我。此時，我打心眼兒裡喜歡上這個孩子，盡管他是蘇思雲所出。

「浣薇你看，永煥將來定是個美男子，長得多水靈呀……」我繼續逗弄著這個孩子。

浣薇湊上前，伸出一個手指輕輕滑過孩子的臉頰，再點了點他的唇，笑道：「奴才倒是覺得，主子您的孩子出生，一定比他還好看。」

孩子突然咯咯地笑了起來，我們也被他逗得開心起來，笑聲迴盪四周。

「放下煥兒！」一聲尖銳的怒語夾雜著擔憂扼斷了我們的笑聲，懷中的孩子許是被這一聲驚到，又哇哇大哭了起來。

回首看著蘇思雲一個箭步衝上前來，一把奪過襁褓中的孩子，上下打量孩子一番，確定無恙之後才戒備地盯著我，「架子可眞大，連請五回才肯移駕前來。」

「不知蘇貴人邀我前來有何賜教？」瞥了她一眼，今日她穿得格外妖嬈，豔麗冶容，頭頂靈蛇髻，珠翠環繞，顯然經過一番精心打扮，難道她是刻意如此？

「我感覺你對我有諸多戒備。」她輕輕晃動著身子，打算讓孩子止住哭聲，可是孩子仍啼哭不止。

「蘇貴人多心了。」我悻悻一笑，隨意回了句。

蘇思雲立刻抬頭想說些什麼，突然間，孩子的哭聲遏止，蘇貴人身後的奶娘大叫一聲：「大皇子！」

這一聲吸引著我們的目光急速凝聚在蘇思雲懷中那個孩子臉上，只見一團黑氣正悄然蔓延在孩子臉上，頃刻間已瀰漫一臉，孩子那雙水汪汪的眼睛也漸漸闔起。

「快……快傳御醫。」蘇思雲的臉色慘白一片，刹那間變成死灰般，頓時，長生殿陷入一片混亂。

這一切的一切像極了當年我親手拿掉靜夫人孩子那一幕。

御醫與祈佑幾乎同一時間趕到寢宮，而御醫只是稍看了一眼孩子，便沉痛地搖頭，「皇上，貴人，臣已無力回天。」

「你說什麼?!」蘇思雲厲聲尖叫，悽慘的聲音駭到所有人的心。

「是劇毒，蔓延得實在太快。」御醫哀歎一聲，緊接著蘇思雲便放聲大哭，淚涕不斷流出，手卻是緊緊摟著孩子那漸漸僵硬的身子，沉溺於哀慟當中。

看著此情此景，我終於明白了，原來她召我來就是爲了演這一場戲。可我萬萬沒有想到的是，蘇思雲竟連自己親生的孩子都能犧牲。如今，一切矛頭都指向了我，我當然是百口莫辯，跳進黃河也洗不清了。可我並不在乎他們信不信，我只在乎祈佑信不信。

準我。

「是她……是她害了我的煥兒……是她。」蘇思雲一個回神，勃然變色，怒目切齒地將所有矛頭對準我。

在場所有奴才皆冷抽一口氣，數百雙置疑的眼睛開始掃視著我，包括……祈佑。

浣薇見此情形咚的一聲跪倒在地，朝祈佑大喊：「不是的，主子雖然抱過大皇子，但是她絕對不會對大皇子下毒手！……皇上明鑒……」

祈佑緊緊握拳，一步步地朝我走來，冷漠之氣充斥全身，與我對視許久，卻始終不發一語。

「皇上……你快來看看煥兒……最後一面。」蘇思雲低聲哭泣著，不斷喚著祈佑過去。

祈佑聞聲立刻轉身，我卻伸手用盡全力握住了他的胳膊，「我想解釋這件事的來龍去脈。」

祈佑用力氣將胳膊抽回，「夠了！」說罷，頭也不回地朝蘇思雲走去。

根本沒有想到他會突然將手抽回，而且用了那麼大的力氣，我腳底一個重心不穩便狠狠地向後仰，直接摔在地上。看著他一步步離我遠去，似乎急著想看納蘭永煥最後一眼。我的下身卻開始疼痛、麻木，一陣溫熱之感由下身滑出。我的冷汗一滴滴地掉落，痛到我連叫喊的聲音都沒有。

直到浣薇一聲：「主子……血……血……」她衝上前將我摟在懷中，淚水洶湧如洪傾瀉。

才走出幾步的祈佑聞聲霍然回首，怔怔地呆立在原地看著跌在地上的我，呆住了，許久都不曾說一句話。

只見血沿著我的下身開始瀰漫，殷紅一片將我的裙角染紅，所有人都被這出人意料的一幕驚呆了，瞠目結舌地看著。

「孩子……救……我的孩子……」看著所有不動聲色的人，我近乎絕望地用盡自己的全身力氣喊道，「納蘭祈佑……求你……救救我的……孩子。」

他猛然回神，朝御醫嘶吼道：「你乾杵在那兒做什麼，快救人，快救孩子……」

御醫被祈佑那瘋狂之色駭了一下，手中的藥箱一個沒拿穩摔在了地上，巨大的迴響聲驚了所有人，他們衝上前七手八腳地將我由地上抬起，往蘇思雲的寢榻而去。祈佑大步跟在其後，我仰頭對上他那雙愧疚、心疼、自責的目光，淚水沿著眼角滴落。

這個男人……就是我馥雅愛了七年的男人，這個男人……就是我馥雅甘願爲他犧牲一切的男人，這個男人……就是如此一次又一次傷害我的男人。

「皇上！」蘇思雲在原地朝祈佑大喊一聲，「您……不要臣妾了？煥兒……也是您的孩子啊！」

祈佑的步伐僵了一下，回首睇了一眼面如死灰的孩子，毅然轉身，隨我而去。

躺在蘇思雲的寢榻之上，聽著御醫當著我與祈佑的面前說，這個孩子，已無力挽回。我依舊如此平靜……怔然盯著祈佑的側臉，我的心很疼……我防著所有後宮的宮嬪卻始終沒有防過祈佑，原來這就是天意，天竟然連我與連城最後一絲骨血都不留給我。

當祈佑黯然回首望著床上的我時，我哭了，「祈佑……你知道嗎，一個時辰前……我還在爲這個孩子取名呢。我想，是女孩的話，就叫納蘭承歡，男孩的話就叫納蘭憶城。」

「納蘭？」他的眼眶有些微紅，在聽到我這句話時有那一刻的不敢置信。

「是的，你不是說……會將這個孩子當你的孩子疼嗎？所以我要帶著孩子留在你身邊……」淚水如斷了線的珍珠，不斷地滑落，我強忍著全身疼痛繼續道，「本想等孩子出生後再告訴你我的決定……但是沒想到……這個孩子，竟如此薄命……」

祈佑衝到寢榻邊，緊緊將我擁入懷中，「對不起……對不起，我不是故意的……」

靠在他的懷中，我依舊沒止住自己的哭泣之聲，只是伸手回擁著他，「我不怪你……不怪你……」

「留下來好嗎？我們會有我們自己的孩子……以後我們的孩子就叫納蘭承歡……納蘭憶城……好嗎？」他的聲音也開始哽咽，聲音中有微微的顫抖。

我鄭重地說了一個字：「好。」

我一定會留下來的，一定會。

直到深夜，待我的身子稍稍有些好轉便由長生殿轉移回昭鳳宮，祈佑本是要陪我回宮，我卻要他留在長生殿陪蘇思雲。他猶豫再三也抵不過我的堅持，留在了長生殿陪她。但是我知道，即使他留在蘇思雲身邊，心中仍會牽掛著我。由剛才祈佑隨我而去就能看出，蘇思雲在祈佑心中的眞正地位，如果祈佑眞愛蘇思雲，一定會留下陪這樣一個喪失孩子的母親，而不是隨我而去，擔心一個懷著他人孩子的女人。愧疚也好，心疼也罷，這個孩子終是經他之手才會黯然殞去的。我要他一輩子都記住，這是他欠了我的。

所以，他對我說，關於大皇子的死，他不會向任何人追究。他終究是在懷疑我嗎？還是又一次的布局陰謀？

那夜我躺在榻上再一次吐血，嫣紅傾灑了滿床被褥，怵目驚心。才端了滿滿一盆熱水進來的浣薇一見此景，雙手一抖，連盆都無法端住，匡噹一聲摔在地上，水灑滿了一地。

「主子……你咳血了……」她猛地衝上前來，跪伏在床榻之下。

我看著她焦急的樣子，手緊掐住她那隻用雪白帕子正爲我拭唇角血跡的手，「是不是你……浣薇……是不是你？只有你碰了那個孩子……」

浣薇的眼眶紅腫，似乎經過一番大哭，而經我一番質問，淚水再次滴落，「對不起……主子……奴才沒有想害您，更沒想到您的孩子……奴才眞的沒有想害您……」

握著她的手開始顫抖，淚水瀰漫了眼眶，我沒想到，眞的是浣薇。我是如此信任她……而她卻出賣了我，我冷冷地笑道：「是我錯了……這個世上怎會有第二個……雲珠。」是我傻，竟傻到將她當作第二個雲珠，但浣薇終究是浣薇，怎麼可能變成雲珠呢？

浣薇聽到此，臉色慘白一片，「浣薇一直將您當作自己的主子，從來不想去傷害您。但是……奴才這次眞的是身不由己……」她手中沾染血跡的帕子飄落在床，我鬆開了她的手腕，將那方帕子拾起緊攥手心。

「大皇子死的時候……那滿臉黑氣，我一輩子都忘不了……因爲連城死前，與他一模一樣。浣薇，那毒是連曦給你的吧……眞狠，眞狠。」我的腦海中匆匆閃過大皇子與連城死前那一刻，臉上所有的症狀，何其相似？

「他們說……主子你知道的太多，絕對不能再留你於皇上身邊，否則會壞了他們的大事。所以我們利用大皇子嫁禍給你，讓皇上趕您離開。奴才眞沒想到會害了您的孩子……他竟將您推開……」浣薇匍匐在地，不斷地磕著響頭，咚咚之聲不斷迴響，格外刺耳，額頭上也被磕破，血沿著額角滑到臉頰。

看著她如此，我笑了起來，淚水隨之滴落，胸口壓抑，「知道嗎？十五歲，我經歷了喪父之痛，喪母之痛。二十二歲，我經歷了喪夫之痛，喪子之痛。到如今，我還有什麼理由繼續活下去呢？永遠沒有什麼能比那四痛還要痛的。」拿著帶血的帕子將自己臉上的淚痕抹了去，繼續道，「納蘭永煥雖不是我的孩子，可他卻是無辜的小生命，他還在襁褓之中，什麼都不懂。你們怎麼能忍心殘害這樣一個孩子？人說虎毒不食子，蘇思雲作爲母親，眞的忍心如此對自己的孩子？」

浣薇蜷曲身子，淚水滴滴濺落在地，成了一塊又一塊的水跡，「蘇思雲根本不知道我們會害她的孩子。上頭吩咐給她的任務只是請你去長生殿，我們有個計謀能將你驅逐出宮。」

一聽到這兒我便笑得更開心了，開心到能支撐著自己的身子下床了，浣薇怔怔地看著我，淚水依舊滴落。我看得到她眼中的眞誠，那是難以作假的擔憂，我跪下身子與之平視，「好呀，蘇思雲想要害我，現在把她自己的孩子給害了。」我不禁笑出了聲，眼淚也滾滾而落，「爲什麼？我知道你們要對付祈佑……我沒有插手，只想把這個孩子安全生下來。只要生了下來，我就會離開，會走得遠遠的。爲什麼你們就是不放過我？爲什麼？」我的聲音如斯淒厲，我的手緊掐著浣薇雙肩不斷搖晃著，哭喊著。

「對不起……對不起……」浣薇不斷對我說著對不起，不斷地道歉。

「只有三個月啊……三個月你們都等不了嗎？」我雙手無力地由她肩上滑落，「你不能體會，親眼看到一個已經成形的死嬰由我腹中引產而出的感覺……那是我的孩子！」

心婉和莫蘭許是聽到我的哭喊之聲匆匆闖了進來，「主子怎麼了？主子！」

她們兩人將癱坐在地的我扶起，重新攙扶回床，將我安置好。我木然地凝望著錦帳，頭深埋衾枕，淚水無聲地滑落。我太懦弱了，總是顧忌左右，有所保留。

「主子，孩子沒了可以再生的。」心婉將被褥爲我掖好，關懷地安慰了一句。

「都說蘇貴人很有城府了，您太不小心了。」莫蘭的聲音中有些責怪，甚至藏了一些看好戲之態。

我的眼神依舊呆滯，但是卻開口說話了，「害人誰不會呢？我也會。可我始終相信人之初，性本善。他們做任何錯事都有他們的原因，他們可恨必定有可憐之處。所以我每做一件事都不會做得太絕，我會給他們留一條生路。可我的仁慈最終換來的是什麼？」

「主子說得不錯，人之初，性本善。可是您也要知道，壞人終究是壞人，他們必須要爲自己做的錯事負責。」心婉將一直跪坐在地痛苦不止的浣薇扶起，「人都要學會堅強，心慈手軟就註定不能成爲強者。」

「你們都退下吧。」現在的我，只想一個人靜一靜，我好累……眞的好累。

本想保留與祈佑那七日的美好回憶，順利產出孩子離開這個是非之地，可是上天不允。上天要這個我愛了七年的男人親手毀了我唯一生存在世上的希望，爲什麼不能聽我解釋？爲什麼要那麼用力地推開我？難道他連聽我說幾句話的時間都沒有嗎？

祈佑，既然你不想聽我的解釋，不想知道一切，那就誤會下去吧。

我的孩子換你的孩子，算是公平了吧？

第六章　新承恩澤時

拂拂深幃，清歌掌露。

新寒襲襟冷香浮，臘月九重閒虛過。

自流產之後，如白駒過隙，忽然已過兩個月。上回長生殿之事，祈佑眞的沒再追究，隻字不提。而我也一語不發，閉口不解釋，晃晃在昭鳳宮靜養了兩個月，每日祈佑都會命人送許多補品到這兒，我照單全收。我一定要養好身子，只有身子好了才能眞正站起來。而這兩個月，我爲自己找到一個活下來的理由——報仇。爲了我那死於腹中的孩子，我要向所有對我施加過傷害的人十倍地討要回來。而這個罪魁禍首就是主導長生殿悲劇的幕後黑手。

經過這幾個月的靜心思考，長生殿那日發生的一切的確令人匪夷所思。曦是何等聰明的人，怎會讓明瞭的嫁禍在長生殿上演，他當祈佑沒一點腦子？而且祈佑當時的反應也太過，如此明顯的嫁禍他會看不出來？我怎會當著這麼多人的面謀害他的孩子？可他爲什麼又要裝作不信任我，甚至激動地推開了我？難道他是在做戲嗎？可爲什麼要下如此重的手，故意還是無意？我寧願相信是無意的，這樣才能少恨一點。

曦主導這場戲的目的又在哪兒，眞的只是爲了驅逐我出宮？一向聰明的他不會做這麼傻的事。我猜測只有兩個原因，其一，爲了謀殺蘇思雲的孩子，用我做引，混淆眾人的視線；其二，正如浣薇所言，我會壞了他們的事，爲了給我一個警告。

這兩個原因我都不懂，蘇思雲如此愛這個孩子，他下毒手謀害，不怕蘇思雲倒戈對祈佑抖出全部？又或者是一種懲罰，因爲她愛上了祈佑？爲什麼又要給我警告？我怎會對他們的計畫有影響，我根本什麼都不知道。

金獸噴香瑞靄氛，宮寂微涼寒如許。我身著單衣推開窗，一股沁涼透骨之氣傳遍了全身，涼颼颼的。難怪今日如此寒冷，原來下雪了，今年第一場瑞雪降臨了，呼出的熱氣瀰漫，將眼前的視線模糊，伸出雙手去接幾簇如鵝毛般的雪花，才飄落手心便融化。

突然想起，今天，是你的生辰。忍不住，我就想來看看，你過得可好……

「臘月梅花盛開下第一場雪時就是我的生辰……如今再也沒有人記得我的生辰了。」我輕喃一聲，看雪花覆蓋枯枝，簷瓦，雪白一片，沁人心脾。我彷彿又見遠處的雪中立著一名男子，他深深地望著我，始終帶著沐人之笑。連城，我連你的血脈都保護不了，你一定怪我吧。

「主子。」浣薇滿身霜雪地進入了寢宮，「兵部侍郎展大人奉皇上之命在御花園爲各位娘娘描繪丹青呢。畫得可神了，彷彿活脫一個眞人。」

「展大人？」我將伸在窗外有些冰涼的手收回袖中，回首看著浣薇，如今的我依舊留她在身邊，或許是因爲她眼中那誠懇的表情，我又給了她一個機會。

「就是那位十六歲文武狀元展慕天。」

「短短數月就升爲兵部侍郎？」祈佑這是何意？將兵權轉交給展慕天？韓太后那邊會同意？

「浣薇，我們去御花園。我倒挺好奇，這位展大人的筆眞有你說的那麼神？」

說罷就喚浣薇爲我梳妝，似乎好久都未細心裝扮過一次了，再撫上螺子黛卻是如此生疏。任浣薇爲我做著飛天髻，而我則是淡淡地描著芙蓉遠山眉，拿起胭脂香粉輕撲於臉，淡淡雅妝將我襯得格外清豔。

是時候了。

「浣薇，我的孩子不保，你也有分的。」我雲淡風輕地笑道，目光時不時由鏡中觀望身後浣薇的表情。

她執著玉梳的手在髻上僵住，神色有些慌亂。我又繼續道：「身邊全是奸細，一舉一動都被你們監視著，連一個信任的人都沒有，是不是很可悲？」

「奴才懂主子的意思。」她的手緩緩鬆弛，繼續爲我梳髻，「奴才知道，這條命是主子饒的，否則早在您流產之後就將此事告知皇上了，奴才是個知恩圖報的人。您的事，奴才絕不向上頭透露半分。」

「好，你要記得現在說的每一句話。我的孩子在天上看著你呢。」

金樓冰蕊疏疏，翦翦沐雪垂垂。浣薇撐著傘爲我擋雪，我身披銀狐裘衣遮去風寒，兔毛靴一步一個腳印踩在厚厚的積雪之上，吱吱作響。老遠就聽見御花園內傳來妃嬪們的歡笑聲，我放眼望去，御花園的小亭之內圍了五六名妃嬪立在展慕天身側細細觀望他置於畫架上的畫，時不時發出幾聲輕笑。

當我走進亭中，始終坐於小凳之上的展慕天立刻起身一揖，「辰主子。」

「聽說展大人在此爲眾妃嬪描繪丹青，所以前來向大人討要一幅丹青。」語一出，幾位妃嬪皆用目光掃視著我，我含笑而回視。

「原來一向孤高自詡的辰主子也有些雅興，竟湊這分熱鬧。」說話的是鄧夫人，她懷中摟著一個一歲左右的孩子。我猜想，這就是祈佑的第一個女兒，納蘭絳雪。而鄧夫人此時的容貌也比當年遜色許多，身材微肥，是生過孩子的緣故吧。

「鄧夫人說笑了，我從不孤高自許，只是不愛與俗人打交道罷了。」我向她微微頷首，不顧她的一張臭臉轉而笑望展慕天，「展大人自然不是俗人，文武雙全，少年才俊，我慕名已久。」

展慕天聽罷，恭謹的表情漸漸扯開，泛起如沐春風的笑，「辰主子謬讚，臣愧不敢當。數月前聽聞您身體不適，不知……可安好？」

看他原本帶笑的神色漸漸冷凝，最後僵著，眉頭深鎖，瞳中充斥著擔憂。我立刻用怡人的笑來表示如今的安好，「蒙展大人記掛，很好。」

他的眉頭這才舒展，「辰主子請坐，微臣現在就爲您畫一幅丹青。」

解開銀狐裘衣交到浣薇手中，我端坐而下，勾起淡淡的笑容朝向展慕天。他拿著手中的墨筆凝視我良久，歎了口氣，才動筆。

亭內很安靜，所有人都靜立望著展慕天正勾勒的畫。我一直保持著這個姿勢，腰桿有些僵硬，雙肩也很酸累。但我不敢動分毫，只期盼這畫快些完成。

終於，一個時辰後，展慕天在畫上落下最後一筆，周圍一片欷歔的驚歎之聲。見大功告成，我才鬆下雙肩。

「展大人，您眞偏心，瞧你把辰主子畫得惟妙惟肖，栩栩如生，宛若從畫中走出來一般，瞧瞧這神韻！」妍貴人嘟著櫻桃小嘴，再將自己手中的畫軸攤開與之對比，「我這張雖美，但與辰主子這幅畫比起來，簡直有天壤之別。」

我饒富意味地望著她，這後宮的女子都如此有著攀比爭高之心，不論何事都不甘輸人一等。待浣薇為我披上裘衣，我便上前觀看展慕天為我作的畫，畫中之人確實宛然如生。可為何……總覺得有另一個人的影子。我仔細觀察著，在腦海中搜尋著記憶。

「辰主子可滿意？」他將畫由花梨木架上取下，親自擺放於我面前。

這畫中人竟隱藏了我之前那張平凡的臉，對，就是雪海那張臉，他竟然還記得。

「展大人費心了。」接過畫，將其捲好，「能否借一步說話？」

他訝異地看了我一眼，後點點頭，與我朝御花園深處走去。

韻韻清弦，雪落無聲。

我與展慕天踏入一處荒蕪之處，命浣薇於一旁守著，若有人接近速速上前提醒。

「辰主子，不知您邀臣來此有何事？」他一直與我保持著一步之遙，畢恭畢敬地問道。他真的很懂分寸，即使在四下無人時依舊守著君臣的禮儀，也難怪祈佑會如此信任他。

「以後，四下無人之時你還是如三年前那般喊我姐姐吧。」我們倆都沒有打傘，紛紛揚揚的雪花一片片覆蓋在我們身上，堆積成薄薄一層霜。

展慕天步伐依舊如常，平穩有序，沉默了一會兒才道：「姐姐，如今再見，你變美了，變成熟了。」

「而你，變得更有出息了。」我順勢接下他這句話。

「記得那日你被強徵入宮為宮女，那時我就恨透了朝廷這個骯髒的地方，甚至連科舉都不想再考。

可是，我想將姐姐救出去，所以一直努力希望能出仕朝廷。可沒想到，如今的姐姐容貌非昨昔，身分竟成了我的主子。」他忍不住一聲輕笑，卻顯得格外僵硬，語氣中有著淡淡的失望，「我看姐姐過得不錯，原本想要辭官歸鄉，但是數月前我聽聞姐姐在長生殿謀殺大皇子，又因皇上而小產。連日來，朝廷中不斷有人上奏要將您驅逐出宮，爲了保護姐姐，我毅然接受了皇上授予的兵部侍郎一職。我想，我應該掌握權力，這樣才能保護姐姐，對嗎？」

聞他此言，我步伐一僵，驀地回首看著他，「你說什麼？」

他見我步伐一僵，也停住了步伐，躬身而道：「我不認爲姐姐會做謀害大皇子的事，在長生殿下手，除非姐姐傻。」

「權力這東西，可沾不得。」我暗暗提醒了一句，也擔心他會捲入政爭的漩渦中。

「有了權力，才能守護自己想要守護的人不是嗎？」展慕天沒有看我的眼睛，視線始終徘徊在雪地之上，「我的父親在一次暴亂中過世，如今我已是孤身一人，無牽無掛，救姐姐離開是我唯一的希望。既然姐姐要留在後宮，那我這個做弟弟的必須在朝廷掌權。」

怔怔地看著他堅定的眼神，我似乎在誰的身上看過……是韓冥，當他說要守護我的時候，與他的眼神一般無二。我側身望著冰涼的湖面，雪一片片掉落，最後化在水中。

展慕天卻倏地回首，望向一片枯木叢中，「偷聽夠了吧！」陰冷凌厲的聲音才落，他縱身飛躍枯木叢中，一把揪出了一個躲藏在裡面偷聽我們說話的人——浣薇。

浣薇的臉色很僵硬，被我們抓住了卻沒有料想中的恐懼，只是平靜地看著我們。

「浣薇，你眞讓我失望。我今日給過你機會，沒想到，你還是選擇了背叛。」我立在原地絲毫不動，臉上的笑也依舊懸掛兩靨，「記得我說過，我的孩子在天上看著你呢。」

浣薇緊咬下唇不說話，曾經對我那滿目的誠懇也不復見，只有著那傲然的冷漠。原來，之前的忠誠都是裝出來的，這個後宮真的沒有任何一個人可以相信。誰都有可能在你背後捅上一刀，就如此刻的浣薇，曾經冠冕堂皇說的真心當是我主子，說知恩圖報，根本就是假話。只爲放鬆我的戒心，好對我一而再再而三地欺騙。這就是宮廷呀。

「如何處置她？」展慕天用眼神詢問著我，用一隻手狠狠地扣著浣薇頸項。

我悄然轉身，看著那茫茫的湖面，陰冷地吐出兩字：「溺死。」

展慕天一聽我的話，毫不猶豫地揪著浣薇，將她的上半身狠狠按入湖水之中。只見浣薇雙腿不住蹬著，雙手瘋狂地在水中掙扎，水花濺了展慕天一身，可仍舊抵不過他的力氣。

我看著這一幕，腦海中閃現的是浣薇曾爲我做的一切。

她助我逃走，並不是真當我是主子，而是因她爲曦的人。

她夜夜等待我歸來，並不是真關心我的身子，而是爲了要博取我的信任。

她所做的一切，都是有目的的。

終於，浣薇的雙手漸漸停止了掙扎，雙腿無力地癱軟。展慕天一個用力，將浣薇丟進了湖中，由懷中取出一條帕子，擦了擦自己被水花濺濕的手，「一個丫鬟的死，不會對姐姐有影響吧？」

我淡淡地笑了笑，將視線由漂浮在水面上隨波飄蕩的浣薇身上收回，「不小心掉落湖中，溺水身亡，展大人你親眼目睹的。」

展慕天笑了，「姐姐，弟弟會一直在你身後幫你的。」

接著我又與展慕天聊了許多朝廷之事，他說朝廷中現在由韓家一手遮天，像極了當年的杜家。不同的是，韓家要比杜家聰明許多，他們懂得斂鋒避芒。而展慕天自己也懂，皇上對他的扶持是爲了牽制韓家，不讓其一人獨大。也難怪展慕天會節節高升，想必朝中很多人都在此時巴結逢迎這個孩子吧，如果他眞能與韓家分庭抗爭，也未嘗不是一件好事。

臨走時展慕天說起我身邊奸細滿布時有些擔憂，再三考慮之下決定送一個奴才給我，他說那個奴才不僅武功高，而且聰慧又忠心。一聽到這兒我當然是很樂意接受那個丫頭了，還要他幫我將這幅畫呈交給皇上，請他在畫卷之上爲我題上一句詩：「滴不盡相思血淚拋紅豆，開不完春柳春花滿畫樓。」

第七章　滄海巫山雲

當夜祈佑就來了，再見他似乎很陌生，他的龍袍外披了貂裘，髮梢間有殘留的雪花。他見我只著了一件單薄的衣襟便上前相迎，並立刻解開裘衣爲我披上，「這麼冷的天，你也不多穿點。」

被他那略顯厚重的貂裘包裹著，我原本發冷的身子開始變暖，我緊握著他溫暖的手，與他並肩走進了寢宮，「那你說，這麼寒的天，你還冒雪來這兒做什麼？」

「怎麼，不想我來？那我回去了……」

「祈佑……」我見他似乎眞要調轉頭往回走，立刻扯住他的胳膊，「你還眞走呀？」

他見我的表情，不由露出淡淡的笑容，食指輕刮我的鼻尖，「傻瓜！」他寵溺地低斥一聲，攬著我的肩邁進了寢宮門檻，「見你能從喪子的傷痛中走出，我很開心。」

一聞他說起喪子，我的笑容猛然僵住，隨後瞬間轉換爲淡笑，不再提及他口中的「喪子」，而是隨意地問：「你看到我讓展大人給你送去的畫了嗎？展大人還眞是妙筆生花，才學讓人驚歎呀。」

「展慕天確實是個人才。」祈佑說起展慕天笑容漸漸斂去，取而代之的是沉思，似乎在籌謀著什麼。

「不過你這麼快就升他爲兵部侍郎，似乎有些快，朝中大臣會有爭議不滿的吧，你能承受他們的壓力？」我將祈佑爲我披在肩上的貂裘取下，置放好，再捧起一個手爐遞給祈佑暖暖手。他接過，順便將我摟在懷中，雙手緊緊圈著我的纖腰，「若是怕朝廷的非議，我就不會升他為兵部侍郎了。」

「你這麼看重他？這個朝廷好像也不乏像展大人那麼聰明的人吧，你爲何獨獨用他？」我安靜地倚靠在他懷中，不時仰頭看著他側臉。

「因爲他夠狠，是個能辦大事的人。」祈佑勾起我的下顎，俯身在我的唇上輕啄一口，見我沒有拒絕轉而更深地與我唇齒交纏，舌間嬉戲。

任他在我唇上不斷地索取，我卻在回味著祈佑那句「因爲他夠狠」。確實，展慕天的狠我已經在他殺浣薇時見過了。彷彿他手中的根本不是一條人命……就像祈佑，對，他的狠像極了祈佑。也難怪祈佑會如此看重他，交給他這麼大的權力。而祈佑這樣急著扶植展慕天，只有一個原因，打壓韓家。

「你在想什麼？」祈佑的聲音有些惱怒，懲罰性地在我唇上輕咬一口，我才回過神，低低一聲呼痛。

「和我在一起的時候不准想別的事，我會吃醋。」他意猶未盡地從我唇上移開。

我單指輕撫自己被他咬得疼痛交加的唇，嗔怒道：「你可是九五之尊，用得著吃醋？」

「九五之尊也是凡人，也嚮往天倫之樂。」他的手輕輕移上我的小腹，「我最大的願望，就是能有一個屬於我們倆的孩子，一家三口……」

我的目光暗沉，一家三口，共度天倫？「我不要。」

他一聽我的話，臉色立刻僵硬下來。我不急不徐娓娓而道：「後宮眾妃人心險惡，只怕我的孩子未出生便胎死腹中，我已經不能再次承受喪子之痛了。」

聞我之言，他的神色漸漸緩和，也隨之沉浸在哀傷之中，「朕以一個皇帝的身分向你保證，不會讓任何人傷害你的孩子，朕一定會讓他平安出生。若為皇子，他就是太子；若為公主，我將會給她無盡的寵愛。」

我笑著伸出自己的小拇指，他有些奇怪地望著我的舉動，不解。

「口說無憑，我們拉鉤。」

他聽我的童言立刻笑了，「都二十多歲了，你還是像個孩子。」雖口中這樣說，卻也伸出了小拇指，二指交纏，驗證了一個承諾。

他將我橫抱而起，轉入寢宮幃帳深處，那飄飄鵝黃的紗帳耀了我的眼眶。他的身上散發著淡淡的龍涎香，醉了我的思緒，只感覺他將我放至軟榻間，手指一寸寸撫摸著我的臉頰，「可以嗎？」

我不說話，只是攀上了他的頸項，主動奉上了自己的吻。他一聲輕吟由喉間傳出，猛地將我攬在懷中，被動化為主動。四周蔓延著濃濃的情欲，如驟雨般侵襲了我的思緒，來得既洶湧又猛烈。

經過昨夜一宿纏綿，直到午時我才醒來，寢榻另一端早已是冰涼一片，祈佑早就沒了蹤影，該去上早朝了吧，他是個明君，絕對不會因美色而荒廢了自己的江山。我用被褥將赤裸的身子包裹得緊緊的，總覺得很冷，很冷。昨夜他似乎在我耳邊呢喃著，三國統一後才能封我為后，現在的時局緊張，蘇思雲喪子，很可能一個漏嘴就將幕後的黑手吐露出來，他要在她的身上多下工夫。

那時我才知道，祈佑早就明瞭事情的原委，他明白大皇子的死都是連曦在幕後操控著。那長生殿，他推開我也是一場戲了，在所有人面前做的一場戲。可是這場戲太真了，真到要用我孩子的命來演。

此時心婉與莫蘭推開了寢宮之門，端著熱水走到浴桶旁，「主子，沐浴更衣吧，該用午膳了。」

我看了眼說話的莫蘭，她的神情謹然，昭鳳宮我最注意的就是莫蘭了，因爲她愛祈佑。最可怕的就是在身邊有條毒蛇，爲愛發狂，若有一日撲上來咬你一口，怕是菩薩都難救。我得想辦法將她調離昭鳳宮……不，必須除掉她。這條毒蛇放在什麼地方都是個大患，不可以繼續讓她肆意蔓延了。

應了一聲，起身走向浴桶，自己都能看見身上那斑斑的吻痕，還有莫蘭眼中那刻意壓抑下的濃濃妒意。佯裝看不見她的神色，我臉上浮出火辣辣的潮紅。後將整個身子沉進了浴桶之中，溫熱的水洗去了我全身疲勞。閉上眼睛嗅著浴桶之中那淡淡的花香，我的思緒漸漸飄遠。

「剛才來了個自稱花夕的宮女，說是主子你指名讓她來伺候您的？」心婉爲我擦拭著身子，聲音也傳進了我的耳中。

「花夕？」我重複了一遍，腦海中閃現出展慕天的話，說是要爲我找個可信的宮女來保護我，就是她嗎？「她現在人呢？」

「在外面候著。」

「叫她進來。」我倏地睜開了眼睛，凝視著一位嬌小玲瓏的女子畢恭畢敬地走了進來，最後跪在中央，「奴婢花夕，拜見辰主子。」

聽她細膩的聲音，觀其穩重的步伐，很難想像她就是展慕天口中的高手，似乎比我還弱不禁風，眞的能保護我？

「花夕，以後你就接替浣薇的工作吧。」我動了動身子，雙手舀了滿滿的水，任其慢慢流去，「我眞爲浣薇的不幸傷心，從此缺了一條左右手。現在你來了，希望你能比她做得更好，我不會虧待你的。」

「是，奴才一定會做得比浣薇好。」

今夜我收到太后身邊的宮女傳來的一句話，晚膳邀我去太后殿共用。花夕幫我好好打扮了一番，髻上珍珠翠玉，華麗奪目，內著單薄縞絹絲素衣，外披雪白的天狼狐錦裘。

當我頂著細細小雪趕到之時，才發現太后殿有幾人在場，鄧夫人摟著她的女兒正與太后細聲凝重地說些什麼，靈月公主與韓冥並肩而坐，兩人臉上皆冷若冰霜，根本不像夫妻。太后一見我來，忙堆起滿滿一臉笑意，「辰主子來了，哀家素聞你高傲，不興與人打交道，還真怕你不賞臉呢。」

「太后娘娘盛情邀約，奴才豈有不來之理？」我將身上的貂裘脫了去，花夕不緊不慢地接著抱入懷中，一直與我保持著一步之遙。

「既然人都已到齊，那就坐吧。」太后率先坐於首座之上，周圍的人才敢坐下。鄧夫人與我坐在第二席，韓冥與靈月坐在第三席。待坐罷，誰都沒有動筷開口，氣氛頓時有些冷。

我打量著桌上琳琅滿目的珍肴，牡丹乳鴿脯、白玉瑤柱脯、錦繡紅鸞、彩雲龍鳳羹、百花釀雙菇、錦繡玉荷包……才五個人而已，上這麼多菜式，吃不完最後終究是要浪費的。

太后見我們都不動筷，便率先動筷，不時用意味深長的目光掃視著我，「辰主子，聽聞昨夜承歡恩澤，怎未聽聞皇上對你有所加封？這個辰主子算個什麼品級？」

我聽出她一語雙關，賠著笑臉，動勺盛了一碗龍鳳羹，「品級這東西奴才從來都不屑一顧，只要有了皇上的恩寵，就算是沒有封位又如何？」

靈月公主聽罷一聲冷笑，「辰主子看得真開，如果這後宮眾妃都有你這般品性，後宮也就不會如此烏煙瘴氣了。」

我暗暗低笑，轉眸而望著她神情有些冷硬的笑容，臉上斑駁的痕跡顯得蒼老了許多，再無當年的窈窕青春之態。還未從當年明太妃與祈星的死中看開？一想到祈星，我心中的愧疚便肆意蔓延著。

太后一聽靈月的話，立刻沉下了臉。當然，後宮無皇后，太后便是後宮之主，若這後宮眞如靈月所說的烏煙瘴氣，那必是太后的責任。靈月這樣說擺明了是在與太后叫陣，她對韓家似乎有很深的成見。

「靈月，怕是你多年待在韓府未再涉足皇宮，連說話都有欠妥當了。」太后的玉筷一放，與桌子間相擊出重重的聲響。

靈月勾起淡淡一笑，「既知靈月素未踏入皇宮，爲何又讓韓冥勉強我進入這皇宮呢？你們韓家軟禁我三年，爲何現在突然又釋放我了呢？只因這位辰主子嗎？即使我多年未經世事，也不至於老眼昏花，這根本就是潘玉。」

一席話使得太后臉色一變，氣憤得正想呵責靈月，韓冥卻已起身，揚手就給了靈月狠狠一個巴掌。

我看著眼前一切，聽著靈月所說的話，有些不敢相信。韓冥軟禁靈月三年，如今還動手打她？他們之間已經落到了如此地步？

想當年韓冥對靈月還是尊重有加，靈月對韓冥更是一味地付出，怎麼今日一見，卻突然來了這麼大的轉變呢？那今日太后勉強靈月來的原因何在？難道是爲了讓她來勾起我對祈星的愧疚？

韓家……原來韓家有著這麼多不爲人知的秘密。靈月公主……對，我必須與靈月公主單獨見上一面，她一定知道許多事。但怎麼樣才能見到靈月呢，她現在可是被韓冥軟禁著。

靈月在韓冥一巴掌下顯得格外狼狽，她的鬢髮凌亂地散落在耳邊，鮮紅的五指印在臉上。她一語不發地望著韓冥，動也不動。韓冥拽著靈月的手將她往外拖去，「你現在就給我回府待著。」後吩咐殿外的侍衛將她押回府中。看到這裡我不禁為靈月的處境、命運感到悲涼擔憂，她在韓冥身邊過的是這樣的日子嗎？

而此時鄧夫人懷中的女娃被嚇得哇哇大哭，悲愴的哭聲縈繞滿殿。太后揉了揉自己的額頭低喝一句：「夠了，要哭回你的寢宮哭去，省得看在哀家眼裡心煩。」

鄧夫人的神情有些慌張，急急地摟著孩子離開了太后殿，只剩下我與太后、韓冥僵坐在漢白碧玉桌前。我雙手置於腿上，靜靜地等待他們的下文。

韓冥舉杯將酒一飲而盡，再重重置回桌上，心情似乎很不好。我時不時用眼角餘光打量他，心中疑惑頓生，他與我多年前認識的韓冥有很大不同，難道是置身於權力中的關係？權力真能讓人變化如此之大？

太后將一臉的倦態掃去，直起腰桿問：「你打算繼續留在皇宮？」

「是的。」

「你說過不與哀家爭權。」她的聲音越發地冷硬。

淡淡地回視她的凌然之態，「前提是孩子順利出生，但太后沒有做到。」

「這不能怪哀家，是皇上親手將你的孩子殺死，你若要恨，恨他便是。」

我眨了眨眼，疑惑地看著太后，不解地問：「我怎會恨皇上呢？他可是我的夫君呀。」

「你在說假話，你臉上的表情告訴我，你恨他。」她的目光似乎能看透一切般，深深地注視著我。

「臣妾不知太后娘娘還會看相。」我笑了笑，悠然起身，「恕臣妾先行告退。」不顧太后有沒有應允，我便朝寢宮外走去，才走幾步便回首凝望韓冥，「能不能麻煩冥衣侯送送我？」

韓冥身子一僵，複雜地睇了我一眼，再看看太后，即起身相送。

微暗暮寒，細雪紛飛，凍寒三尺。

花夕在我身後撐著傘，片片雪花如飛絮傾灑在傘上，韓冥與我同步而行，兩排深深淺淺的腳印沿著這條蜿蜒的路徑蔓延了好長一排。韓冥一路上都沒有說一句話，一直都是我在說，他只是靜靜地聽著。

「突然間發覺我認識的韓冥竟不是以前的韓冥了，那個曾說守護我而忠於皇上的韓冥似乎已經不見了，你現在守護的是權力，忠心的是太后。」我這句話脫口而出的時候，他的步伐停住了，我也隨之停下。

他的話題卻突轉到我身上：「你離開皇上吧，他絕對不會是你的歸宿。」

「他是不是我的歸宿你怎麼知道，你是他嗎？你是我嗎？」我冷然一笑，「你似乎一直都希望我離開祈佑，是私心，還是別有用心？」

「不論你如何猜測都好，這句話我只說最後一遍，離開納蘭祈佑。」他很沉重地將話說完，後退一步，向我淡淡地行禮，「曾經我說過，不管路再難走我都會陪你走完，如今我只能送到這兒了。」

從他嚴肅認眞的表情中，已經知道他的意思了，他會保護他的姐姐，永遠不可能再與我站在同一戰線上了。以後……各爲其主。看他緩緩地轉身，我深呼吸一口氣笑道：「韓冥，我還欠著你一條命，我會還的。」

他的步伐沒有停，沉穩地朝前走著。我看著雪花飄灑在他髮間，有些悵惘，迷茫。我與韓冥終究是要走到這一步的……

「主子，回宮吧。」花夕眼神格外冷靜，似乎根本不受我與韓冥那番對話影響，我暗暗欣賞起這個花夕。展慕天選的奴才，果然非同一般。

「不，我們去長生殿。」似乎該去安慰安慰那個喪失愛子的蘇思雲了，都好些日子，聽說她還沒從哀傷中舒緩過來。

嗤鼻一笑，邁著悠然的步伐朝長生殿而去。

第八章　死鱔除莫蘭

長生殿。

燈火微暗，大鼎裡焚著瑞腦香，幽幽散入暖閣深處。揚眉而望，蘇思雲蜷曲身子倚靠在寢榻間，手中緊緊地摟著一個衾枕，目光有些渙散。

我將在場的奴才皆摒了去，獨留下我與蘇思雲同在一處。她一見到我立刻衝我大喊：「誰讓你進來的，給我滾出去！」

我不怒反笑，移步朝前而去，「蘇貴人爲何如此激動，怕我再害一次你的大皇子嗎？」

一聽我提到「大皇子」她的神色顯露悽慘之色，淚水亟欲滴落。我走到榻邊，執起絲帕爲其拭去眼角那點點欲落的清淚，「哦，我差點忘了，你再沒有孩子可以讓我害了。」

聽到這兒，她狠狠地瞪著我，突然丟棄懷中衾枕，起身就朝我撲了過來，雙手似乎想要掐我的脖子。我一個閃身躲過，她重重地跌下了床，狠狠地摔在地上。

我冷眼看著她無力癱軟地跌落在地，沙啞呢喃著：「爲什麼，爲什麼要害我的孩子……」

「爲什麼？你怎麼不問問自己？」我蹲下身子，單手緊捏著她的下顎，讓她抬起頭來看我，「若你不心懷鬼胎想要害我，你的孩子會死？」

她的眼神與我觸碰之時產生了極度的不自然，「你……都知道……」

我捏著她下顎的手又用了幾分力道，她一聲呼痛。「嘖嘖，眞是可憐，如今的你就像一隻老虎被人除了爪子，與其每日沉溺在喪子的傷痛中，爲何不振作起來，爲自己的孩子報仇呢？」

「報仇？」她低低地重複了一遍，慌亂地將與我對視的目光移開，「不行……我鬥不過……」聲音越發地弱小，最後隱遁於唇中。

「告訴我，一直操控你的人是誰，在這皇宮中還有誰是你的同黨？」我輕附在她耳邊小聲地問。她的身子顫抖著，卻始終不肯吐露一個字，我又繼續道：「說出來，皇上一定會爲你做主，他會保護你的……」

她的目光開始朦朧迷離，目光呆滯，輕輕啓口：「同黨是……」

「妹妹！」

一聲擔憂的聲音從殿外傳來，蘇思雲的目光一怔，驀然恢復，聲音也打住。我有些惱火地看著匆匆朝我們而來的楊容溪，早不來晚不來，偏偏選在這個時候來。只要她再晚來一步，蘇思雲就會鬆口了！

「不知道辰主子是何意？乘妹妹思緒混亂之時想對她下毒手？你害了大皇子還不夠，還想害妹妹？」楊容溪衝上前將蘇思雲由地上扶起，摟在懷中輕輕撫慰著。

「若眞要害她，你進來見到的已經是一具死屍了。」我唇邊畫出一個弧度，悠然起身，整了整自己的衣襟，「蘇貴人，我還會來的，希望你銘記我剛才說過的話。」

「等等！」她脫口叫住正欲離開的我，「我可以告訴你全部，但是，有個條件——我要做皇后。」

離開長生殿我的心情有些矛盾，一路上不停地回想著蘇思雲那句「我要做皇后」。她還眞是獅子大開口呀，要做皇后？就怕她有命坐上那個位置，沒命從那個位置上下來。
做皇后？她做夢！
我的步伐漸漸沉重，花夕不解地問：「主子，您這不是回宮的路啊。」
「我知道。」沉鬱地吐出一句，輕吸了一口涼氣，滿腹的燥熱也隨之散去，「我們去御書房。」
此時的雪已經停了，借著四周懸掛著的微暗燭光，整個皇宮都成了白茫茫一片。我呼吸著清甜冷冽之味，心情逐漸開朗，壓抑之態一掃而空。女子最期盼的就是「願得一心人，白頭不相離」，可我卻從未盼過，因爲身處宮廷，就不要妄想著「一心人」。民間尋常百姓都有三妻四妾者，更何況帝王將相？後宮佳麗如雲，我卻日漸老去，祈佑的心是否能一直在我身上？曾經我要求的並不多，只要他心中有我，我在他身邊是特殊的就好。可這樣的執念，卻害苦了我呵。
不知不覺已經到了御書房，正碰上剛由裡邊出來的展慕天，他輕向我拜了一個禮。
我低低地應了一聲。
「皇上心情不佳，主子謹言慎行。」展慕天若有若無地提醒著，言罷便移步而去。我立刻讓花夕去送送展慕天，也好讓她將我這兒的消息告訴他。
徐公公得我之命進去稟報祈佑，一會兒便出來邀我進去，口中喃喃道：「初有蒂皇妃，後有蘇貴人，現有辰主子……」
聽他未完之言我頓了頓步伐，側首而望他，「如何？」
徐公公一本正經地哈著腰，「現有辰主子寵冠後宮。」
我了然，後提起衣袂掩唇一笑，「公公說話中聽，待我出來重重有賞。」我回首跨進了那朱紅門檻，金磚墁地，光平如鏡。
滿面的笑容剎那間沉了下來，後有蘇貴人？嗤鼻一笑，望那一殿的黃龍紗帷帳，最後停留在一幅被裱好的畫之上，此畫不正是那日展慕天在御花園爲我畫的那幅畫嗎……竟被祈佑裝裱起來了。
燭火皆是通明如炬，我一步步朝其邁近，畫清晰地呈現在我眼眶內，右下角被人題上了一行字：曾經滄海難爲水，除卻巫山不是雲。
這筆跡是祈佑的無疑。
當我漸漸沉入思緒之時，只覺得一個影子朝我籠罩了下來，身子被人由背後摟住，「你怎麼來了？」他的氣息灑在我的髮頸間，拂在肌膚上激起粟粒。
「想你了。」我的臉上再次泛起笑容，慵懶地靠在他懷中，「來的時候我看見展大人從這兒離開了。」
「與他商議了一些朝政之事。」他的聲音很低沉，聽不出喜怒。若真如展慕天所說，他心情不佳，那我似乎該順水推舟，讓他怒上加怒吧。
「你似乎想借展大人來打擊韓家的勢力？你不信任韓冥了？」我試探性地一問。
「我一直都很信任他，只不過韓家的勢力對朝廷已經構成了威脅，我不得不弄個人出來與他們分庭抗禮。」
我了然地點了點頭，在他懷中轉過身子，輕輕環上他的腰，「祈佑，我剛去看過蘇貴人了，她的情緒似乎不好。」
「幾個月來她一見到我就哭，問她什麼也不說。如今我看到她哭的樣子就煩，若不是爲知道她口中的秘密，我才懶得踏進長生殿。」頭一次聽他口中說起蘇思雲時充滿著厭惡之情，原來如此，蘇思雲與尹晶一樣，只是枚棋子。她的地位也僅此而已呀。

「我本想安慰她，由她口中套問出幕後之人……可她卻說……」我的聲音適時地頓住，祈佑忙問：「她說什麼？」

「她說，要她說出幕後之人可以，但是她要做皇后。」我娓娓而道，時不時地觀察他的表情。果然，他在聽到這句話之後，原本淡然的面容突然轉爲陰霾，目露寒光。

「她是這樣說的？」祈佑一字一句地道。

在他懷中我點點頭，「是呀，其實我覺得，若她登上皇后之位，興許她眞能……」我的話還未落音，只覺得他的手臂一緊，僵硬地吐出幾個字：「她做夢。」

聞他之言我笑了起來，「你不想知道幕後之人了？」

「不，我寧願多花些時間親自找出幕後黑手。」他語罷，我不著痕跡地由他懷中掙脫出來，回道：「你是皇上，該如何決定你自己很清楚，我不會干擾你的決定。」

後淡淡地轉移了話題，將視線投放在那幅畫之上，手指撫上那幅畫，一寸寸地下移，「『曾經滄海難爲水，除卻巫山不是雲』。這是你寫的嗎？」

他也伸出手，撫摸著上面那一行：滴不盡相思血淚拋紅豆，開不完春柳春花滿畫樓。

突然間的沉默，我感覺到他的猶豫，此時的他一定在思考到底要不要讓蘇思雲坐上皇后之位。不論他的答案是什麼，我都不會介意，因爲，自始至終我都沒有期待自己登上皇后之位。所以，祈佑的任何決定都影響不到我，我只想找出那個替連曦操控一切的幕後之人。

「不，皇后之位是你的，只能是你的。」

他一語既出，我的手僵在畫上，仰首望著他認眞的表情。心中的苦澀彷彿在那一瞬間便蔓延開了，皇后之位我眞的從來沒有稀罕過，此時你明明可以利用她的，卻放棄了。若你眞是爲了我，爲何當初又要選擇利用，將我們的關係逼到如此田地。該利用的時候你放棄了機會，不該利用的時候你卻選擇了利用我，這算什麼？我在你心中到底算什麼？

我伸手撫上他的手背，「祈佑，好些日子都沒再見到靈月公主了，你能不能宣她進宮，我想見見她。」

「怎麼突然想到靈月了？」他反手回握著我的手心，雲淡風輕地問。

「因爲我想到祈星……他的死終究是有我的責任。我想見見她，對她道歉……」

「想來，我也好久沒見到她了。」他沉思片刻，才道，「好，找個時間我叫韓冥攜靈月進宮見見你。」

宮中日漸透出喜慶的氣氛，再過數日便是除夕之日，又將是個豐足的新年。近日來的大雪不斷降落，寒意越發濃，正應了那句「瑞雪兆豐年」了。而庭院內早已是白茫茫一片，樹上更是光禿禿略顯淒涼。換了在昱國，冬日裡還可以望望梅，而今只能面對這鵝毛大雪簌簌飄落，將禿枝裝扮得如銀裝素裹。

長生殿應該是萬梅齊放吧，至今爲止我還沒眞正見過長生殿的梅盛之景呢。想必此時蘇思雲定然站在梅樹之下觀賞那撼動人心的景色吧。

說起蘇思雲，自上回我「安慰」過她之後，她出奇地恢復了以往的神采，時不時打扮得貌美脫塵往養心殿跑，而祈佑對她的寵愛依舊如常。宮人都竊竊私語地討論著昭鳳宮與長生殿的主子，誰更得皇上的寵愛，也好借此討好奉承。當然，最後討論的結果是蘇貴人比較得寵。第一，祈佑去得最多的地方仍舊是長生殿；第二，我只是個「辰主子」，根本沒有品級。

而上次蘇思雲和我提過的封后之事，誰也沒再提起過。或許蘇思雲當時只是爲了敷衍我，讓我不再繼續追問奸細之事而隨口胡謅的一句玩笑話罷了。蘇思雲是個聰明人，深知自己奸細的身分不可能居於高位，對這名分之事也從不向祈佑爭執討要。

而韓家與展慕天在朝廷中已經形成了兩股勢力，記得半月前亓國邊境突然湧現出一股能對朝廷產生威脅的叛軍，祈佑當下就派展慕天領兵而征。展慕天不負眾望，僅僅用了不到十日時間就將其剿滅，捧著那名首領的首級歸師。皇上龍心大悅，賞了他一座府邸，專門設宴養心殿爲他慶功。可見祈佑對他的信任與寵愛之程度，早已經超越了一般的君臣關係。

這展慕天一立功，朝廷內私下對他年幼便位居高官的質疑言論頃刻間消失得無影無蹤，取而代之的是百官的巴結討好。這後宮對他年少英傑之事也誇得神乎其神，就連心婉與莫蘭也時不時地對我提起。

見到展慕天在朝廷中的勢力日漸擴張，開心之餘也心存憂慮，韓家的勢力早已經根深柢固，要與之分庭抗爭是一大難事，展慕天要萬事小心才好。相信韓家已經知道祈佑重用展慕天的原因是爲了牽制他們，定有所顧忌，不敢明目張膽地對付其勢力，希望展慕天能在此刻爭取到有利的時間，培植好自己的勢力，這樣才能穩坐朝綱。

「主子，靈月公主在外求見。」花夕高聲唱宣。

一聽靈月公主來了，我的思緒一定，立刻道：「快請。」這盼了半個來月，她總算是安全來了。想必韓冥一直在找藉口推托祈佑，而今再也找不到好理由來推托，故而才勉強准許她前來。

靈月跨過門檻向我走來，神情如大病初癒般顯得格外蒼白，步伐虛浮搖搖欲墜。我擔憂地上前想扶她，卻被她避開，「不敢勞煩你。」

「怎麼，公主爲何對我心存敵意？」我收回手，入座坐下，爲自己倒了杯剛沏好的大紅袍。

「潘玉，你多年前就害我母妃傷心欲絕，其後又奪我夫君之愛，後嫁禍我哥晉南王入獄自刎，最後連累我母妃枉死。你要我對你慈眉善目？」她仰頭哈哈一笑，笑中帶著清淚，緩緩滑落。

正端起茶欲飲的我手一個顫抖，滾燙的茶水灑在我的手背，卻沒有察覺到疼痛。不對，害她母妃傷心欲絕時我是以此刻的容顏與之相識的，可嫁禍祈星之事卻是以雪海的面容示她，她如何能斷定雪海與潘玉同爲一人？

「你怎麼知道的？」我將手中的茶放下，冷冷地問。

「我怎麼知道的？不然你以爲我爲何被韓冥軟禁了三年？」她的笑便有些訕訕的，一步步朝我而來，「就是無意中知道了雪海便是潘玉，韓冥才軟禁我三年啊。」

我詫異地起身，與她相對而立，但見她繼續啟口道來：「韓冥讓我來昭鳳宮時千叮嚀萬囑咐，不許將此事洩露半句給你知道。否則，他會殺了我。」

「那你爲何還要說出來？」

「因爲我不怕死。」

我緩緩抱上了桌上的手爐重新坐回凳上，手爐裡焚燒而出的沉香屑，縈縈繞繞，若有似無地飄散而出，清逸的香縈繞四周。靈月似乎也恢復了曾經屬於公主的驕傲，昂首高貴地與我相對坐下，用犀利的目光打量著我。我的手緊緊捂著手爐，惴惴不安地思忖靈月說的話，也就是說，太后也知道我的身分了。靈月被軟禁三年只因知道潘玉就是雪海？只是因為這樣嗎？

我緩緩問道：「除了這個，你還知道什麼秘密？」

她隔著微開的窗遙望那一院的銀白，笑笑，「我的答案，你不滿意？」

我拿起長長的細籤撥著手爐裡的小木炭，隨性而道：「只是很訝異，韓冥會因為這樣一點小事而軟禁你三年。」

她神色從容，「否則你以為呢？」

「我以為你還知道了別的什麼事……」我正想套靈月的話，卻聞有人唱道：「蘇貴人駕到。」

我與靈月齊目而望，身材修長，頭戴珠翠的蘇思雲盈盈而來，滿臉驕矜高傲，與不久前我在養心殿所見的蘇貴人完全是兩個人。或許那夜我的到來是她振作的理由，很慶幸她能振作，我也不想對付一隻沒有爪子的老虎，那樣便沒有多大挑戰性了。

「喲，這位是……」蘇思雲風風火火地邁了進來，睇著靈月問了句。

我很有禮地向蘇思雲慢聲介紹著：「冥衣侯的夫人，靈月公主。」

「哦，原來是靈月公主呀，難怪有如此高貴典雅的氣質，眸光熠熠帶著飛揚神采。」蘇思雲嘴巴喋喋不休地稱讚，我也就冷眼旁觀著。

睜著眼睛說瞎話怕是蘇思雲最拿手的絕活兒了，瞧瞧靈月那一張慘白如紙的臉以及那黯淡無光的眼眸，怎麼都難以和神采飛揚、高貴典雅聯繫在一起。不過她來得確實也巧，正好就選靈月公主在的一刻前來，似乎別有什麼目的。

眼角一飛，靈月似乎很不給面子，輕蔑地道：「這又是哪位庸脂俗粉在本公主面前口沫橫飛，一點禮儀都不懂。」

蘇思雲臭著一張臉卻不好發作，只得淺淺地勾起笑容，「臣妾當然是比不上靈月公主高貴了。」

我笑望這兩人之間的暗潮洶湧，靈月果然還是老脾氣，正如當年朝我臉上狠狠潑下那杯茶時。不過靈月是眞性情，把對一個人的喜惡全表現在臉上，比起一向善於僞裝的蘇思雲倒是眞了許多。興許這靈月的眞性情就會害慘了她自己。

「太后娘娘有指示，今年的除夕之夜，邀我與你在百官宴席之上共舞一曲。我現在來找你商量。」

蘇思雲見靈月不再說話便側首說明了來意。

「共舞？」我蹙了蹙蛾眉，太后這是何意，竟要我與蘇思雲共舞？

靈月哈哈一笑，用不屑的目光上下打量了蘇思雲一番，「人家潘玉的鳳舞九天可是讓當年靜夫人的狐旋舞都黯淡無光，你憑什麼與她共舞呢？」

蘇思雲的表情一僵，帶著驚恐之態望著靈月，「你說什麼？」

「我得離開了，韓冥還在等著我呢。」靈月不再說話，帶著優雅卻蒼白的笑離開了此處。此刻獨留我與蘇思雲，突然的沉默也讓氣氛爲之一凝。

靈月這番話似乎有意無意地在揭露我是雪海的身分，而她對蘇思雲異常的敵意也很奇怪，難道這些都是韓冥讓她說的？韓冥的目的又是什麼？

「你是……蒂皇妃？」她的聲音微微顫抖著，突然又激動地尖叫一句，「難道你就是那個馥雅？」

「怎麼？」我奇怪於她的激動，就算連曦沒有告訴她我的身分，她也不該這麼激動的。

「原來你就是那個馥雅……」她輕輕閉上了眼睛，「還記得那日我唱了一首〈疏影〉……皇上飛奔而來將我緊緊擁在懷中，他說……『馥雅，你終於回來了。』」

她的眼角緩緩流下了一行清淚，隨後將緊閉著的眼簾睜開，「我以爲皇上對你只不過是一時新鮮，他的心會一直在我身上的，卻沒想到……所謂的辰主子，就是馥雅。」

我看著她悲傷的神色以及那絕望的語氣，心中突然閃現了一個可怕的事實。靈月在蘇思雲面前那看似隨性卻別有用心的話，太后突然吩咐我與蘇思雲共舞，而蘇思雲如此巧合地與靈月撞在一起……

「皇上愛的人是你，可爲何寵我要比寵你多？」她喃喃自問一句，隨即又哈哈大笑一聲，「原來皇上他爲了從我口中得知幕後之人，竟用感情來套住我，想從我口中得知更多消息……原來他從來沒有愛過我！都是騙人的……都是騙子！」她瘋狂地怒吼一聲，指著我狠狠道，「我永遠不會告訴你們，到底誰是幕後之人，永遠不會。」

看著她說完便瘋狂地朝宮外奔去，我站在原地沒有動。現在發生的一切都給了我一個很明確的答案——太后。太后這麼做的目的，只爲讓蘇思雲對祈佑死心，讓她知道祈佑自始至終都在騙她，那麼……因爲仇恨，蘇思雲更不可能將幕後之人托出了。可是太后這樣做，不正是告訴我，她就是那個幕後之人嗎？

難道這件事韓冥也有分？不對……韓冥不可能，他如此效忠於祈佑，不可能會背叛朝廷的。那只有一個理由，韓冥早就知道太后是連曦的人，他要保護這個對他有恩的女人……所以，他毅然與我畫清了界線，選擇守護他的權力，守護他的姐姐。我該不該……將這件事告訴祈佑？該不該……

我的雙拳緊緊握著，腦海中閃現出長生殿那一幕幕，還有那引產而出的死嬰……我要告訴祈佑，我要讓祈佑懲治韓太后，我要她為我的孩子償命！

韓冥，我還欠著你一條命，我會還的。

我還欠著韓冥……還欠著他，不能傷害他最重要的姐姐。

不，我欠的是韓冥，不是韓太后。

帶著複雜的心情我一步步朝養心殿走去，那一路上我走得很慢很慢，走走停停。或許此時的我是複雜的，為什麼會是太后呢？太后為什麼要這麼做，幫著連曦對付祈佑……當初祈佑的皇位也有她的功勞啊。

可在此時我的步伐卻突然僵住了，遠遠望去，韓冥與靈月筆直地佇立在前方，視線始終停留在我身上。我的心頭暗自一緊，告訴自己不能心軟，我的孩子可是韓太后間接害死的。

待我走近，步伐還未站定，韓冥卻屈膝在我面前跪了下來，我連連後退，「你做什麼？」

「請你放過我姐姐。」他的聲音無比誠懇，還帶著隱忍乞求之態。

「我不懂你在說什麼。」我別過目光，用冷硬的聲音回覆他。

「我知道姐姐那一點伎倆是瞞不過你的，你現在要為你的孩子報仇是人之常情，可姐姐她的初衷只是殺了大皇子讓蘇思雲不再沉溺在愛中，而目的只為趕你出宮。」他的解釋與那日浣薇的解釋一模一樣，有幾分真假我真的看不透也摸不清。

我將目光投放至韓冥臉上，「你什麼都知道？」

靈月也咚的一聲跪在我面前，「雖然我與韓冥之間早已沒有了愛，但他永遠是我的夫。他做的一切都是爲了他姐姐，我只希望你能放過他。」

帶著笑，我的目光徘徊在兩人之間，「你眞以爲我只爲了孩子就去揭發太后嗎？她犯的是大錯，膽敢勾結昱國危害亓國的江山，光這一點就罪不容恕。」

韓冥忽然間的沉默以及那緊握成拳的手隱隱顫抖著，我恍若未見這一幕，逕自越過他們，絲毫沒有放棄繼續朝養心殿而去的步伐。才走幾步，韓冥猛然朝我嘶喊：「潘玉，記得你還欠我一條命嗎？我現在要你還給我。」

我的腳步猛然一頓，已經無力再次前行，帶著苦澀的笑驀然回首望他，「所有事我都能答應你，唯獨這件事不行。你的恩情我只還給你。」

「你放過姐姐，就等於是還我的恩情。而現在，我就要你還這分恩情。」他的聲音異常嚴肅冷冽，口氣有著堅定不容抗拒的氣勢。突然間他的語氣又軟了下來，「我保證姐姐不會再犯，求你給她一個機會。」說罷狠狠在地上磕下一個響頭，血在粗糙的地面上印了小小一塊，卻是如此令人駭目。

韓冥這是在逼我，他果然是瞭解我的，正有了他的瞭解，也就有了現在這一幕求情的戲碼。驟然知曉了一切，心下也有了淡淡的心疼和了然，我深深吸了一口冷氣，後點點頭，「我終於明白了，永遠不能接受他人的恩惠，因爲那是要還的。」

他的身子微微一震，倏然間想開口說些什麼，卻隻字未吐露。我心裡霎時湧起一股酸澀之意，仰起頭望著那雲淡蒼然的穹天定定道：「如今你我兩不相欠，太后若再做一件錯事，我絕不會如今天一般心軟。今後你走你的陽關道，我走我的獨木橋，形同陌路。」

那夜又下了好大一場雪，展慕天偷偷潛伏了進來。天色昏暗讓人伸手不見五指，寢宮內沒有點燈，我們倆靜靜地相對坐在漢白碧玉桌前聊了許多朝廷內的事。

「你幫我去注意韓冥。」我總覺得韓太后這件事頗有蹊蹺，太后似乎故意在告訴我，她就是幕後之人。聰明如她，為什麼要做出這麼明顯的事來讓我揭發？

展慕天疑惑地望著我好一會兒，欲言又止地想說什麼，我奇怪地問：「怎麼了？」

他掙扎許久才道：「數月前皇上也要我監視韓冥的一舉一動。」

我驀地一怔，「皇上也要你監視韓冥？還說什麼了沒有？」

「沒有。」展慕天搖了搖頭，後歎了口氣，「這數月來我一直派人監視韓府，卻沒有發現任何蛛絲馬跡。但是這樣的寧靜卻更加地可疑，家僕可疑，丫鬟可疑，韓冥更可疑。但就是說不上來什麼地方可疑。」

手掌輕輕拍著桌面，發出細微聲響，我的心也撲撲地跳著。難道祈佑也早就懷疑韓冥了？他如果有把握的話還留著蘇思雲做什麼？難道他真的喜歡蘇思雲？不不，祈佑眼裡那明顯的厭惡是騙不了人的。我必須去找祈佑問個明白……不，如果韓冥沒有問題的話，我這樣貿然去詢問祈佑，或許會把韓冥推入萬劫不復的地步。還是先查個清楚明白再去詢問祈佑，我不能魯莽。

「慕天，你一定要好好調查韓冥。但是有任何消息千萬先稟報我，皇上那邊你暫時敷衍著。」

展慕天雖有疑惑，卻還是點頭應允了，「皇上說，只要我辦好了這件事，就晉封我為兵部尚書。」

「雖然晉封後對你我都有很大的好處，但是你晉封得這樣快，只會讓自己摔得更重。你在朝廷中萬事要小心，千萬不可輕易相信任何人。那都是一群見風使舵之輩！」我擔憂地提醒著，「你尤其要注意的是祈佑，他是個非常可怕的人，所有事都在他的掌握之中，你萬萬不可做出背逆他的事。否則就是有十個展慕天都會死在他手中。」

「這我都知道，若要調查韓冥根本無需讓我前去調查，其實皇上這次只是爲了試探我的忠心。不知姐姐有沒聽說過皇上秘密訓練的一個情報組織？」他見我搖頭，自己也微微歎了一聲，「他確實是個很厲害的皇上，做任何事情都雷厲風行的。而那情報組織我也是聽朝廷間傳言，不知是否眞有其事。」

聽到這兒我也陷入了沉思，情報組織？總不會空穴來風吧？「慕天，你上回說起你的父親在暴亂中死了，告訴我到底是怎麼一回事。」我不想再繼續談祈佑的事，淡淡地轉移了話題，也想對展慕天更瞭解一些。

展慕天一聽到我提起他的父親，整個人都緊繃了起來。由於屋內黯淡無光，看不清他的表情，卻更能清楚感受到他渾身上下散發的悲傷之氣。我輕輕拍了拍他的手背，「慕天，到底怎麼回事，說來聽聽。」

「都是朝廷中那群狗官！」他憤怒地捶了一下桌子，發出一聲悶響，「俗話說得好，官官相護！

「那一年的旱災，糧食顆粒無收。朝廷撥了三十條大船的糧食用於賑災，可是到了那群貪官手中，他們竟私扣不放。若要糧食，掏錢來買。而那些糧食的價格比以往翻了十倍！

「當時民聲載道，義憤難塡，我們組織了一場暴動，將狗官打得鼻青臉腫，好不狼狽。而那些糧食也搶到了手中，解了一時的溫飽。

「但那群狗官竟上報朝廷，說我們不守規矩，竟在賑災派米之時發動暴亂，將糧食全數搶奪一空。朝廷沒有查實即派兵鎮壓，那次暴亂……死傷無數，父親死於那次暴亂，他臨死之前還將那辛辛苦苦積攢的一百兩銀子交給我，囑咐我一定要考上科舉，要爲所有枉死的百姓討回一個公道。

「那時候我恨透了朝廷，一度想放棄科舉之路，但我想到姐姐你還身處水深火熱之中，又想到父親臨死前的話，更想到那群貪贓枉法的狗官，就堅持了下來。

「慶幸的是，來到朝廷我很快得到了皇上的賞識，曾經我把那次暴亂的責任完全歸咎給皇上，可是當我瞭解到皇上根本不知道暴亂這件事時我很驚訝。多日相處，我發現皇上眞的是一個好皇帝，雖然狠毒，心卻兼濟天下，他的夙願是一統三國，想讓四分五裂的國家能夠不再有動亂。」

寥寥一番動情之語讓我陷入了沉默之中，這官官相護狼狽爲奸的事，在朝廷中一直都存在著，但是如今親耳聽見仍是感觸良多。原來展慕天會變得如此冷酷無情，是因爲這樣一場暴亂啊，父親的枉死……

祈佑是個好皇帝……我一直都知道，並且從來沒有懷疑過。但是他的手段太過強硬狠毒，爲了統一三國，到時必然血流成河。

也不知是否我們的談話聲過大，外邊傳來莫蘭輕輕的敲門之聲，「主子，您還沒睡嗎？」

一聽見莫蘭的聲音，我與展慕天立刻噤聲，一定是剛才慕天說到動情處，聲音忍不住放大所致，我們倆都屏住了呼吸，在黑暗中交換著視線。又聽聞外邊傳來花夕的聲音，「你疑神疑鬼吧，這麼晚主子當然已經就寢。」

「不行，我得進去瞧瞧。」莫蘭有些生疑。

花夕壓低了聲音斥道：「你小聲點，別瞎嚷嚷吵醒了主子，吵醒了可有你受的。」

漸漸地，外邊的聲音也漸漸隱遁而去，我才與展慕天移步到後窗，外邊的雪花依舊紛飛如鵝毛。他一個翻身而出，雪順勢落了他滿身，「姐姐保重，弟弟過些日子再來看你。」

我很鄭重地點頭，「朝廷風起雲湧，你萬事小心。」說罷，立刻附在他耳邊輕聲道，「明日你派個人去趟御膳房為我辦件事……」

我輕聲將事情簡單明瞭說完，展慕天只是點點頭，並未多問。

看著他漸漸走遠，那淒然的背影漸漸淹沒在雪花之中，我才輕手輕腳地關上了窗，走到臥帷軟榻之上，將整個身子埋了進去。思緒飄飄忽忽地移到莫蘭身上，心婉與莫蘭都在監視我的一舉一動，尤以莫蘭為最。每天夜裡都要為我守夜，其目的不正是想寸步不離地監視我嗎？夜裡如此，白天更是逃不出她眼下。我一定要想個辦法除掉她，一定要。

思緒漸漸開始神遊，眼皮也開始沉重，最後安靜地闔上了雙眼，沉入了夢鄉。

次日，花夕早早地便進來為我梳洗，我身著裹衣端坐在妝台前，任花夕用象牙翡翠梳在我的髮絲上一縷一縷地拂過理順。莫蘭打了一盆適溫的熱水進來，「主子昨夜睡得可好？」

凝望著鏡中的自己笑了笑，「睡得很好。」

「那就是奴才多疑了。昨夜恍惚間聽到主子屋裡有男人的聲音，定然是聽錯了吧。」莫蘭不動聲色地笑道，輕柔地將水盆擱下。

我平靜地撫上自己那烏黑的髮絲，「莫蘭丫頭還真愛說笑，深宮大院哪能有男人呀。」

花夕則很平靜，理順我的髮絲後，將象牙翡翠梳放回妝盒內，然後走到金櫥邊取出一件薔薇淡紅千瓣裳，百鳥爭鳴蘭月裙，「主子快換上衣裳用早膳吧。」

我點了點頭，「莫蘭，去幫心婉張羅早膳吧，我這兒有花夕就夠了。」

「花夕還眞是討主子歡心，啥事都離不開她了，莫蘭也該學學花夕是如何侍奉主子的了。」她越發笑得放肆，隨後邁著輕微的步伐而離開。

花夕一聲冷哼傳出，「在主子面前都如此張狂。」

「沒辦法，誰叫我這個主子沒有品級呢。」我淺淺一笑，在腰間打上了一個蝴蝶同心結。

「讓奴才去教訓教訓她。」她的唇邊揚起一個弧度，看似笑卻非笑。

「自有辦法收拾她，我身邊絕對不容許有這麼多奸細，必須培植出我自己的勢力。」將身上的衣裳穿好，轉身朝寢宮外走去，「對了，花夕你去爲我尋一本書來，宋朝提刑官宋慈所著之書《洗冤錄集》。」

晌午之時，大雪依舊灑落，將小徑四處覆蓋。奴才們皆拿著鐵鏟與掃帚掃雪，積雪被宮人們清掃乾淨，那條直通的小徑才勉強能見，寥寥望去路面凍得似乎有些滑。簇簇白雪，暗香浮動，茫茫一片更顯得昭鳳宮的冰清玉潔。

祈佑上過早朝便來到我宮裡，看著他時常冒著大雪來到昭鳳宮不由得心中黯然，我摒退了四周的奴才，快快地陪他靜坐在窗前賞雪品茶。

「馥雅，你怎麼了，今天似乎總在神遊之中？」他吮了一口龍井，再揉了揉額頭，昨夜似乎未睡好的樣子。

我指著窗台之上一盆葉色蒼翠有光澤的君子蘭道：「這花像你，含蓄深沉，高雅肅穆，堅強剛毅。」

他淡淡一聲笑，隨口接道：「也象徵著富貴吉祥、繁榮昌盛和幸福美滿。」

看他眼底緩緩浮現出綿綿柔情，我心中微微一動。「富貴吉祥」暗指我與他的高貴身分，「繁榮昌盛」意指亓國的強盛，「幸福美滿」是在指此時的我們嗎？現在這個樣子真是所謂幸福美滿？原來在他眼中，這樣就是幸福美滿了。

我順手折下開得盛澤的君子蘭，拈起放在指間輕輕旋轉了幾圈，「可是這花遲早要凋零的。」

他沉默了片刻，後由我手中接過那朵君子蘭，「馥雅，我知道委屈你了，連個名分都不能給你。很快……很快……」他的聲音縈繞在「很快」之上卻沒有說下去。

我在顧盼間微笑道：「祈佑，一直想問你一個問題，蘇思雲在你心中到底是個什麼位置？」

他聞我之言有片刻怔神，似乎在思考著我這句話的含意。我見他不語，又道：「在我面前你表現得似乎很厭煩她，但是你包容了她許多。奸細的身分、刁蠻的性格。而且你信任她，甚至沒有傷害過她，而你似乎從來沒有這樣對過我。」我頓了一頓，又道，「而且，你將一個敵國派來的奸細留在枕邊，她隨時可能對你痛下殺手。」

一長串的話竟然引來他的輕笑，我蹙眉嗔道：「你還笑？你今天不解釋清楚你對她的感情，你就別想用膳。」

聽到我這句話，他的笑聲放得更大，朗朗之聲縈繞屋內。他拉過我的手，用了幾分力，將我拖進他的懷中，我順勢倚了進去。

他在我臉頰邊落下一吻，「你是在擔心我吧。但是我要告訴你，我絕對沒事。」

我知道他下面還會有話對我說，於是便安靜地倚靠在他懷中，聽他靜靜說話，心如明鏡。
「大概在三年前，長生殿出現了兩名刺客，若不是蘇思雲與韓冥，我怕是早就死在刺客劍下。那時我才發現，培養一批保護自己的暗衛有多重要。這兩年我訓練了一批死士，分為三大組織。」聽他娓娓道起長生殿的刺客，我心一怔，莫不是說那次我與曦一同前往長生殿盜畫之事？
「那批死士中，暗組，主要負責為我收集情報與三國的消息；衛組，主要負責埋伏在我四周保護我的安全；夜組，主要負責接收我的命令暗殺追擊。所以我的安全一直都有衛組在守護著，任何人想動我，除非先殺了那批死士，所以，區區一個蘇思雲絲毫威脅不到我。」他用只有我們兩人聽得到的聲音在我耳邊低語著，似乎怕被人聽見。我也知道，這是一件極為機密的事，也是皇上最後的底線，他告訴了我，這是對我的絕對信任嗎？
我回摟著他的腰，輕輕笑了出聲，「那你對她那麼好？如果她的利用價值沒了，你會殺她嗎？」
「你希望我殺她嗎？」他不答反問，似乎……在猶豫。
「如果我要你殺她，你會殺嗎？」
「只要你說殺，我便殺。」
說得倒是堅定，但是我辨不出眞假，於是乎淡淡地勾起一抹薄笑，「我哪有那麼狠的心會要她死，她畢竟那樣愛你，從來都沒想過要傷害你。你不是魔，你也有人性，我相信你不會殺她的。」
他的身子有些僵硬，才欲開口就聽見一聲：「皇上，主子，午膳來了。」
我立刻由祈佑懷中起身，站在窗前眺望著由心婉、莫蘭領隊，後面跟隨著五名奴才手捧御膳小心翼翼地由路上走過，他們的步伐很慢，生怕一個不留神會在冰上打滑。這次我吩咐了他們只做家常小菜便好，只有我與祈佑二人同吃，根本無需鋪張浪費。

「祈佑，你處理了一天的朝政，餓了吧？」我拉著他的手朝小花梨木桌旁而坐，祈佑神情有些不自在，許是剛才想對我說些什麼，卻被心婉的突然到來而打亂了。

心婉與莫蘭拿著碗筷試吃著桌上的膳食，祈佑握著我的手接下了話，「不要再多疑了，對她我僅剩利用。」

莫蘭動筷的手僵了一下，似乎在想他這句話中的「她」到底在說誰。我用餘光掃了她一眼，她才發覺自己的失態，趕忙夾了一塊鱔魚放入嘴中嚼著。

我一直懸掛著的心緩緩放下，望著祈佑，「我知道，都知道。」

祈佑聞我之言似乎鬆了口氣，「吃吧。」他親自爲我拿起玉筷，遞交到我手上。

我的筷子首先停留在人蔘燉鱔魚上，「這是鱔魚？這麼腥的東西也拿上來？」

「奴才剛嘗過，御廚已經去了腥味，肉質細滑可口，主子可以服下。」莫蘭謙和回道。

祈佑卻是一聲冷喝，「你不知道她身體不好，御醫禁她吃過於油腥的東西嗎？你們怎麼做奴才的？現在就給朕撤了。」

「皇上息怒，奴才該死。」莫蘭立刻跪下，心婉則是戰戰兢兢地將那盤鱔魚撤下，「這都是御廚所做，奴才也毫不知情。」

「算了。」我擺了擺手，息事寧人。

用過午膳我送祈佑離開，就聽聞一個消息，莫蘭猝死。

仵作草草檢驗了一下屍體，說是誤服有毒之物而死，祈佑聞言大怒，命人清查。

最後證實烹煮的那盤鱔魚用的是死鱔魚，所以當時的莫蘭腹痛難止，片刻後即死。祈佑將御膳房的主廚撤下，還賜死了負責烹煮鱔魚的那位御廚，這事就這樣了結了。

我安靜地在桌案前拿起那本花夕爲我尋來的《洗冤錄集》，翻開一頁，笑望那一節：鱔魚死後血凝固，食之易中毒，不可服用。

指尖輕輕畫過那段字，方才我還在擔心鱔魚會被心婉給試吃了，但是……就算心婉吃了，那也只能算是她命不好，替莫蘭受罪。誰叫她們倆同爲奸細呢？

這只是御膳房的一次失誤，誤將死鱔魚烹煮，送到主子這兒。他們該慶幸的只能是幸好我未服下，而不是懷疑這是一次預謀許久的謀殺。況且，莫蘭只是一個宮女，又有誰會爲了區區一個奴才而大肆調查呢？

莫蘭死後，查出鱔魚有問題，祈佑立刻放下手中的朝政來到昭鳳宮。還未等我開口，他就已經將我緊緊擁在懷中，「幸好你沒事，幸好你沒吃鱔魚。」聲音是那樣眞誠以及擔憂，我也不禁動容，清淚滑落。

傻祈佑，你堂堂一國之君，竟害怕我會出事，那當初你又怎麼狠得下心對我用毒呢？

第九章　情歎暮顏花

除夕之夜，漫天大雪已下了三日，終於停歇下來。今日宮中來了許多誦經祈福的僧人圍繞這養心殿日夜誦經，直到夜裡才散了去。祈佑在殿上宴請了數位重臣。參加了此次除夕之宴的有蘇景宏大將軍，禮親王祈皓與王妃蘇姚，冥衣侯韓冥，六部尚書、侍郎、侍中。後宮來了韓太后，三夫人，陸昭儀，妍貴人，蘇貴人。來的都是大名鼎鼎的朝廷重臣與後宮寵妃，我坐在蘇思雲下席，總覺得自己的身分與這個場合不匹配，我可是個沒有品級的女子。

殿內一片歌舞昇平，朝廷重臣相互飲酒，不時跪拜而下向祈佑敬酒祝賀。鄧夫人突然興起，含笑望著對面坐著的蘇姚，輕聲開口道：「聽聞王妃是有名的才女，正好這兒同坐了一名今科狀元，你們倆可得相互比比文采了。」鄧夫人才言罷，周圍的人都紛紛頷首附和，一直催促著他們二人作首詩。

蘇姚側目望著祈皓詢問他的意見，他則用溫柔的眼神示意她來一首詩。蘇姚兩靨泛起絕美的笑，眼波一轉，脫口而道：「採蓮人在綠楊津，在綠楊津一闋新，一闋新歌聲嗽玉，歌聲嗽玉採蓮人。」她的一首詩才落音，周圍人就都爲她這首詩而發出一片嗟歎聲。我也暗暗輕歎她的才學，這疊字詩可謂對得既工整又高雅，詩中沒有華麗的修飾辭藻，卻披露了尋常百姓女子的平凡之日，有著出世脫塵之感。

「展大人，該你了。」周圍頓時有官員嚷嚷著。我也將目光投至展慕天身上，這應該難不倒聰明過人的他吧。果然，他立刻脫口接道：「賞花歸去馬如飛，去馬如飛酒力微，酒力微醒時已暮，醒時已暮賞花歸。」

好對，對得太好了。蘇姚作女子採蓮吟歌，展慕天對男子騎馬賞花，都是尋常百姓家的生活寫照。這便是尋常百姓家的生活啊，也是我夢寐以求的生活。

周圍一片喝彩之聲，就連祈佑都露出讚賞之色，「展大人與王妃之才學確實不相上下。」祈佑沉思了片刻又道，「展大人可有家室？」

展慕天倏地一怔，似乎已經猜到祈佑下面要說些什麼，沉鬱地回道：「暫未娶妻。」

「那朕給你指樁婚事可好？」

「回皇上，臣不……」他立刻離席而道，似有拒絕的意思，但是途中察覺到我的眼神，將未完的話嚥了回去，「謹遵聖命。」

祈佑將犀利的目光投放至蘇景宏身上，「蘇將軍，朕聽聞你府上尚有一女，似乎剛過及笄之齡，朕將你的女兒配婚給展大人如何？」

蘇景宏也立刻離席，「皇上，展大人年少才俊，配小女實在委屈了。」

「蘇將軍，既然是皇上賜婚，你還要推托？」太后的目光凜然掃向蘇景宏。

他垂首猶豫良久，「臣……遵旨。」

這一次的賜婚來得突然卻又讓我感覺是蓄謀已久，如今展慕天正是培植勢力之時，祈佑突然將手握重兵的蘇景宏之女賜婚給他，其意思再明顯不過了，不正是在助其一臂之力嗎，而今展、蘇兩家一聯姻，展慕天等於又往上爬了幾分。我之所以用眼神示意展慕天讓他不要拒絕，正是猜到祈佑的用心，若展慕天拒絕了就擺明了在與祈佑作對，那祈佑今後還會信任他嗎？如果一位大臣連皇上的信任都無法得到，就永遠只能做個默默無聞的小官。我不希望展慕天因一時意氣，到時候萬劫不復。

除夕之宴就在一場賜婚下結束了。花夕在身後爲我掌燈，寒風蕭瑟侵襲在我們身上。路上的雪依舊未融盡，濕了我的靴子，腳底冰涼。我特別希望能快些回到宮裡，這樣就能快些脫掉那被冰雪浸透的靴襪，用暖爐烘烤雙腳，躺進被窩。

「辰主子，走得累了吧？」蘇思雲乘著玉輦由我身旁而過，慵懶地躺靠著睨著我，「哎，誰叫你沒品級呢，只好委屈你步行而歸了。」

我莞爾一笑，「是呀，蘇貴人貴寵六宮，乘玉輦是身分的象徵。」

聽到此處她得意地笑了起來，「知道就好。」

「但是男人的心你知道嗎？『妻不如妾，妾不如偷』，男人通常都是喜新厭舊的，更何況皇上？他身邊美女如雲，三年一次選妃，來來回回徘徊在他身邊的女人不計其數。你又怎能保證他對你十年如一？況且你的身分……」我驀地將聲音頓住，注視著她漸漸變色的臉。「下面的，就不用我繼續說了吧？蘇貴人是聰明人。」

「只要我一天不吐露心中的秘密，皇上他就不會動我。」她的手緩緩拂上額間的珍珠花鈿，笑得格外清麗嫵媚。

「你跟了皇上這麼多年，竟還是一點不瞭解他嗎？兩年多了，你若是再拖下去，皇上的耐性可是要被你磨光的。」我的步伐未停，同她的玉輦並肩而行。

「皇上不會動我的。」她放聲一笑，魅惑之聲迴盪在空寂的夜裡，格外驚悚。此刻見到的她與往日見到的她根本就是兩個人，她終於在我面前露出眞面目了，這就是蘇思雲呀。她又憑什麼肯定祈佑不會動她？她只不過知道幕後人的秘密而已，用得著如此張狂嗎？

「馥雅公主，我勸你還是好自爲之吧。你想單憑一人之力來報仇，簡直是異想天開，識時務就快些離開亓國。」

「很抱歉，讓你失望了。我還打算留下爲皇上生個孩子。」

她的臉色因我這話而變色，冷聲冷語道：「那也要你生得下來。」

「拭目以待吧，蘇貴人。」我的孩子已經被你們害過一次了，我還會那麼傻讓你們再害一次？

雪壓白絮飛，濃郁冷香撲。

最後我與蘇思雲分道揚鑣。這一路上我同她的言語間充滿了火藥味，這是我們第一次正面叫板吧，或許我與她的戰爭才剛剛開始。我也期待著與她的這一場爭鬥，我想，會非常有趣。

我與花夕轉入迴廊的拐角之處，正見韓冥迎風而立，梁上搖曳的燭火映得他半邊臉忽明忽暗，影子也拉了好長好長。我迎上他，與他並肩立在風中，如刀的冷凜之風將我的臉蛋畫得有些疼痛。花夕很識趣地後退至拐角邊緣，避開了我們。

「冥衣侯是在等我？」我率先開口，淡淡之聲隨著冷風飄散。

「是。」

「有事嗎？」

「謝謝你沒有將姐姐的事說出，那日，對不起，我必須保護我的姐姐。」

「我能問一句嗎？」見他點頭應允，我才開口道，「你與太后，到底是什麼關係？姐弟？情人？」韓冥的身子一怔，終於將仰望黑夜穹天的視線收回，轉投放在我身上，「恩人。」

得到答案我頷首了然，「還有個問題，能問嗎？」

見他再次點頭，我深深地吸了一口氣，對上他那對殤淡的瞳，一字一句地問道：「五年前，我被靈水依毀容跌下山崖，你是如何發現並救到我的？」

他的神色不變，卻沒有說話。我淺淺一笑，目光幾乎能看到他的心底。曾經我沒有詢問他如何救到我，是因爲不想提那段傷心不堪的往事，而如今我之所以問起，是因爲發現這個問題已經不得不問了。但是我想，他是不會告訴我的，於是我又問道，「聽說天下第一神醫醫術高超，卻從不輕易救人。當日你居然能找到他爲我易容，你眞是挺厲害的。」

但見他微微啓口，只說了一句，「潘玉，不要管這些事了。」

「你讓我不要管？你要讓我的孩子白白死去嗎？」我略微有些激動地提高了聲音，想到孩子，眼眶有些濕潤。我強忍著淚水扯出笑容，放低聲音道，「你不懂一個母親對孩子的愛，正如你當初欺騙我，祈佑對我下了麝香。」

「那件事，對不起。」他的聲音並無多大的起伏。

我諷刺地一笑，「不要再對我說對不起了，我們早就兩不相欠了。」我將就要滑落的淚水逼了回去，側首道，「花夕，回宮。」

「是。」一聞我言，花夕邁著小步朝我奔跑而來。我沒有再看韓冥一眼，邁著沉重的步伐朝迴廊深處走去。花夕凝視著我的側臉，有些擔心地問：「主子，您哭了？」

「沒有。」我矢口否認，看著霧雪堆積在樹杈之上，聽積雪點點滴滴融化的聲音，清脆悅耳，「幫我給展大人帶個話，查查蘇思雲的身分。」頓了一頓，又想到韓冥，隨即道，「還有韓冥的身分。」

蘇思雲如此肯定祈佑不會動她，爲什麼？

韓冥，眾多謎團似乎都糾結在他身上，和他有關係嗎？我不信，韓冥……是個好人，至少我一直都是這樣認爲的。

元宵節那天，宮人都忙碌了起來，紛紛拿起細竹與紅紙做著燈籠，然後懸掛在樹幹之上，等待夜幕來臨時燃起燭火許願；還有人折起紙船，中間擺放一支紅燭，任其隨波逐浪。宮人每到元宵佳節都會做這樣一件事，他們都希望願望成眞，這也算是一種心靈的慰藉吧。

夜幕低垂，這個昭鳳宮被幻若流霞的璀璨之光籠罩著，豔紅的燭光將禿樹映得爍爍明豔。寒風侵襲，燭火搖曳，黏在燈籠上的願望被風吹得飄揚而起。我站在樹下沐浴著風中之光，遙望高掛樹上的燈籠，一片祥和的紅耀花了眼。

我被那一個個願望吸引住了，不禁凝神唸起：

佑父母身體健康，女兒非常掛念你們。

早日脫離這陰暗的深宮，恢復平凡的生活。

……

唸了許多願望才發覺幾乎是千篇一律掛念父母、脫離皇宮，其中也不免有幾個期望自己飛上枝頭的願望。其實人各有志，有人期望平凡安逸，就會有人期望榮華富貴，二者是永遠存在的。你平凡安逸註定要承受生活給你帶來的種種苦痛，你榮華富貴註定迷失本性而一人獨立孤獨之巔。

「主子你看，這是展大人費了好一番精力為您找到的暮顏花。」花夕捧著一盆藍色的花走至我面前，「您瞧，多美。說是祝您元宵快樂，早日為皇上懷上龍子。」

我悻悻一笑，嗅著花散發出的強烈香氣。曾經在書上看過所謂的暮顏花卻沒親眼看見過，曾經在他面前隨性感歎暮顏花的花意很像我與祈佑的愛情，沒想到這麼難見的暮顏花卻被他找來了。據說它只有一夜的生命，那今夜就是它最後一夜的生命了？與曇花倒是相像。

伸手將花接過，指尖輕輕撫摸著那紫色的花瓣，「展大人有心了。」最近的他應該籌備著與蘇景宏小女兒蘇月的婚事吧，聽說婚期是在二月初七，好巧不巧與我的生辰撞在同一日。聽說祈佑還會親自為他們主婚，如果可以，我眞想隨祈佑一同前去看看慕天的妻子。但若我主動提及，定然會使祈佑懷疑我與他的關係。最好……他能主動對我提起，如何能讓他主動提起呢？

帶著滿腹心思來到碧波青藻的湖岸邊，將暮顏花擱置腳邊，伸手探進冰涼的湖水之中，凍寒之感傳遍整個手臂，稍後才適應了水溫，將停靠在四周的小紙船紛紛朝湖心蕩漾而去。

看那一帆帆的小船，我想起了現在朝廷正商討的大事，以韓家為首上書請求祈佑立后，首選鄧夫人，其次陸昭儀。詳細的消息我倒不是很清楚，有些日子沒見到慕天了，興許是為籌備婚事太忙了吧。

「多少暗愁密意，唯有天知。」我滿腹悲涼，猶自吟起，彷彿又看見多年前與連城共放孔明燈之景，他的願望是我能夠幸福。幸福卻好像離我越來越遠了，本以為有了我們的孩子，可以將對他所有的愧疚補償在孩子身上，對他的虧欠也能少一些。

忽見湖中倒影，祈佑不知何時已立於我身後，我錯愕地回首仰頭望他。他的目光深沉幽暗，「你在想什麼，來到你身邊這麼久都沒有覺察到。」

我立刻起身，雙腿間的麻木讓我險些沒站穩，他立刻扶住我，「小心。」

我眼前突然一片黑暗一下子沒了思考，無力地癱靠在他懷中，晃了晃自己險些失去知覺的額頭。他擔憂地爲我揉著額頭，「頭暈了吧，看你蹲在岸邊那麼久。」

含著七分笑，三分嬌嗔，朝他懷中鑽了鑽，「我在想，若能同你一起許願就好了。」

「我這不是來了嗎？」他見我的狀態稍有好轉，便將手移放至我的額頭鬢髮之上，「你想許什麼願望？」

我稍作沉思，才道：「爲你生個孩子，但我希望是個女孩……承歡。承歡膝下，我們一家三口共度天倫。」

他將懷中的我收緊了幾分，「不行，要生個皇子。將來你可是要做皇后的，做了皇后若沒有皇子會被朝廷大臣們議論的。」他的聲音有些強硬，我的笑容卻有些黯淡，苦笑一聲，「朝廷的大臣不正在給你找皇后嘛。」

他的臉色立刻沉了下來，有些難看，有著蓄勢待發的怒火。我剛就在奇怪他來到我身邊之時似乎有些怏怏不快，原來是因爲封后這件事。我立刻問道：「怎麼了？」

「韓家眞是越來越大膽了，聯合眾多官員逼我立后，滿口的仁義大理說得頭頭是道。鄧夫人？說來說去還不是爲了他們自己的利益才推舉她。」他冷哼一聲，「這後宮之事想來由太后打理太久了，我是該好好整頓一下了。」

我由他懷中掙脫而出，朝他露出甜甜的笑顏，「祈佑，別想那些不開心的事了，你是個好皇帝，你能將這個天下治理好，同時也能將這個後宮整頓好。」見他臉色稍有緩和，我便蹲下身子將暮顏花捧起，「你看，暮顏花。」

他陪我一起蹲下，輕輕撫摸上花瓣，「很美，但是人比花更嬌豔。」

「貧嘴。」我巧然一笑，略有所指地笑道，「你可知道暮顏花的花意？」見他瞳中的茫然，我便徐徐而述道，「暮顏花的花意是爲了愛能燦爛一瞬，隨之逝去。它的精神，就像曇花一現，美麗過，卻僅僅是那短短一瞬間。」

他的眉頭因我的話而漸漸開始深鎖，似乎欲將我看透，「馥雅，我們之間的愛絕對不會是那一瞬間的燦爛。」

我亦默默，良久只道：「希望如此。」

他見我有些黯然，便不再與我繼續談及這個傷感的話題，只道：「你知道二月初七就是展慕天的大婚嗎？」

「略有耳聞。」

「知道爲何要選在二月初七嗎？」他又問，這一問可將我問得驚愕，他的意思難道是……

他握著我的雙手，溫和地笑道：「二月初七是你的生辰，我可沒有忘記。到時候我將親自爲其主婚，順便攜你出宮。你不是一向喜歡宮外那自由的生活嗎？」

我欣喜地撲到他懷中，急急地脫口道：「君無戲言。」

方才我還在愁如何才能讓祈佑主動提起帶我出宮之事，卻沒想到，他早就準備好了二月初七攜我出宮。眞是，用心良苦啊。

腳旁擱置的那盆紫色鮮豔的暮顏花在此時竟開始慢慢枯萎而落，我驀然將眼簾緩緩而閉，不去看它凋零的樣子。暮顏花，滄海一粟，唯有一夜，璀璨過後，隨風而散。

第十章　幕後人之謎

展府。

處處紅幃喜緞，熙來攘往的官員幾乎能將門檻踩破，個個衣著光鮮，捧著手中的賀禮幾欲將展府的院落堆滿，可見如今展慕天在朝廷中的地位。更重要的是此刻有皇上親臨，上自王侯將相下至芝麻小官皆來展府湊上一腳，但眾多沒有接到帖子的官員還是被隨祈佑而來的禁衛軍攔在府外。

此時正值初春，下起綿綿細雨，給許多人造成了不便，也正是伴隨著這場霏霏細雨，一對新人踏著紅毯朝正坐主位的我和祈佑漸步而來。兩側隨行的花童由手中拋出血紅玫瑰，那一片片花瓣撒在他們髮頭間，有些殘留其上，有些滾落而下。

展慕天與蘇月皆是一襲紅妝嫁衣，但是木然的表情卻印證了二人對這樁婚事的不願。我細細打量蘇月，頭頂厚重繁複的鳳冠，額前零落的珠翠隨著她的步伐相互交鳴，鏗鏘作響。她的身材甚爲嬌小玲瓏，臉上卻散發著脫俗的靈動之氣，氣質與蘇姚一般無二。

他們二人跪在我們面前奉上了茶。展慕天在我面前自始至終都很平穩，平靜的目光恭謹地掃過我與祈佑；而蘇月則是垂首奉茶，沒看我們一眼。

一連串瑣碎的婚禮儀式終於在一聲「送入洞房」下結束。我有些疲累地靠在椅子上，祈佑則同蘇景宏說起了話。在他身邊，我總覺得蘇景宏對我頗有敵意，於是盈盈一拜藉口煩悶便離堂而去。

綿綿小雨依舊，飄灑在我的髮絲之上，沁涼的微雨拍打在我頰上凝結成細微的水珠。我走入幽靜的小院竟嗅到了一股淡淡的熟悉之香，是殘留著的梅香。我覓香而尋，曲徑通幽，刹那間，數百株梅闖入眼簾。褪粉梅梢，歸來舊處。

「姐姐。」展慕天一臉黯然地佇立在我身後，竟不知何時出現的，那樣無聲無息。

「你府上竟種植了這麼多梅。」看得出來，他今天心情非常不好，對這樁婚事極度不滿意，我也不便與他繼續提成親之事，轉而談起了這滿園的梅樹。

他點了點頭，又想起什麼似的衝我勉強扯出一笑，「姐姐生辰快樂。」

我一愣，奇怪他爲何會知道，轉念又想起元宵那日祈佑提起我的生辰，想必隨行的花夕也聽見了吧，於是了然一笑，「謝謝。」

他沉默片刻，「既然今日是姐姐生辰，弟弟就送你個消息。」他掃望了一眼四下無人的梅林，才道，「韓冥，是天下第一神醫的徒弟。」

我一怔，天下第一神醫的徒弟？難怪能請到神醫爲我易容呢，原來他們竟有此等關係……不對！若他是天下第一神醫的徒弟……

展慕天此時又開口低語道：「據聞天下第一神醫又稱神秘老人，他一生只收過兩名徒弟，一個精修醫術一個精練武學。相信姐姐已經猜到，其中一個便是韓冥；而另一個，正是昱國的皇帝：連曦。」

婚禮完畢，祈佑本想帶我去好好觀賞這繁華的金陵城，我卻藉口不舒服推托了。祈佑不疑有他，趕忙將我帶回宮，尋來太醫爲我診脈。李太醫爲我煎了一副藥，祈佑親自將那黑汁一口一口地餵進我口中，直到碗見底他才放過我，讓我好生休息，明日再來看我。

祈佑前腳剛走我便吩咐花夕去太后殿請韓冥於錦承殿相見。我將一身的綾羅綢緞，珍珠翡翠全數取了下來，丟至妝台之上，換上一件單薄的蓮荷素衣，臉上脂粉也全數由清水洗盡。約莫過了半個時辰天色漸暗，樹影浮動，我才動身前往錦承殿。

那一路上，我走得很慢很慢，濛濛殘飛絮，深處杜鵑啼，如此悲傷的鳴叫似乎狠狠地敲擊在我心中。

直到錦承殿，在月光黯淡燈火微明的殿中，我看見了韓冥的背影，木然地朝他走去。他聞我腳步聲驀然回首。我的眼光在這已經黯淡無光的殿中掃視了一番，隨即輕笑，「知道我為何邀你來此嗎？」

他不說話，我繼續朝前走，聲聲腳步在空蕩殿中來回不斷地縈繞，「這，就是祈星背叛我與他之間的友情之地。他將我灌醉，套出了我的話，最後逼得祈佑不得不將你的妹妹——雲珠推出做替罪羔羊。」

他的目光隨著我的步伐而動，當我說起雲珠之時，他的臉色突然閃過一抹令人難以察覺的陰狠之氣。我注意到了，同時也笑了，「韓冥，你不讓我對祈佑說雲珠是你的妹妹，只因怕祈佑會因你與雲珠之間的關係而對你起戒心。其實你一直恨祈佑，恨祈佑將你妹妹當作替罪羔羊推了出去，所以你選擇與你的師兄連曦一同聯手對付祈佑！」

「我不懂你在說什麼。」他面無表情，神色並無起伏。

「你不懂？連城死之前，我清楚地記得你對我說『他的毒已侵入五臟六腑，你看看他的人中，早已被黑氣瀰漫，是死兆。』試問一個不懂醫術的人怎會說出這樣一番看似普通卻大有深意的話來？

「還有第一次，客棧中我對心婉下毒，你給了心婉一顆解毒丸，便穩下她的病情。我還記得你說過『幸好此毒的分量下得不多，否則華佗再世也救不了她』，一介武夫竟如此熟悉藥理。而那次巧遇連曦，並不是巧合，而是早有預謀吧。」

他突然笑了起來，「你似乎知道得很多。」

「韓冥，你口口聲聲要我去追尋自己的幸福，口口聲聲是爲了我好，其實你和連曦早就預謀好要將我送到昱國，你根本就知道孩子對一個女人的重要性，因爲你的姐姐也被人謀害導致不孕。你要借用我的仇恨來幫助連城，你要我用仇恨去對付祈佑，對不對？」我的聲音漸漸提高了許多，在空蕩幽深的大殿顯得如此淒厲。

終於，我的步伐在他面前停住，他的笑意越發大了，卻不說話。

我有些自嘲地笑道：「當年我被靈水依毀容，你爲何能救到我？我記得早在數日前你已經離開卞國，爲何又會出現在卞國？只有一個解釋，你還有未辦完的事，所以逗留在卞國遲遲未歸。爲何要在卞國逗留？是因爲有熟識之人吧？」

「你既已知曉，我就不隱瞞了。」他深深地吐出一口氣，似乎將所有煩悶之氣全數吐出。

「曾經，我是眞心幫助納蘭祈佑奪得皇位，更覺得他是個好皇帝，所以我選擇了幫助他，忠心他。可是，他竟利用了珠兒，我唯一的親人。

「其實早在三王大婚那日我便與珠兒相認了，一度想放棄仇恨與珠兒遠走，過一些平凡的日子。但是珠兒說她不走，她想一輩子陪在你與納蘭祈佑身邊，因爲，一個是她愛的男人，一個是她愛的姐姐。她對你們倆的情分是我始料未及的，所以我選擇留下，繼續復仇。

「記得那日在太后殿外，珠兒突然暈倒嗎？其實我與太后對她說的是『與納蘭祈星合作，將祈佑所作所爲全抖出來。』但是她不肯，她誓死都要保護納蘭祈佑的地位，只因她是如此愛他。後來珠兒因一封匿名信死於亂棍之下，我以爲是祈星做的，於是我慫恿納蘭祈佑殺其母后嫁禍祈星，來個一箭雙鵰，一爲我沈家報仇，二爲珠兒報仇。

「我以爲一切會就此結束，卻沒想到那日由你口中得知，送匿名信的人是納蘭祈佑身邊的公公！自那一刻起，仇恨就在我體內生根發芽，珠兒做的一切都是爲了納蘭祈佑，納蘭祈佑卻對珠兒做出這樣齒冷之事。我便找到了我的師兄，連曦。

「是的，我承認是刻意要將你送到連城身邊，想用你的仇恨來幫助連城。可是，你竟然懷孕了，讓我的謊言不攻自破。我百般要連曦勸阻連城，絕對不能讓你到亓國，連城卻因爲愛你，放你回來了。我們的計畫因爲連城的一時心軟，完全被打亂。

「你知道我們的計畫是什麼嗎？兩國交戰之時，利用你來要脅祈佑，讓祈佑心神大亂，這樣，他自然就打不好仗了；可連城偏偏要放你回來，眞是……一個『情』字弄人啊。」

他緩緩敘述一切，時不時發出幾聲冷笑，幾聲自嘲。我呆呆地聽著他口中的一切，雖然早就心知肚明，可是親耳聽到韓冥說出眞相時，竟還是如此傷心。連曦、連城、韓冥聯手欺騙了我，這次的陰謀可眞是煞費苦心啊，自六年前就開始籌謀了，如今被我揭發，那我應該會死在他手中吧。

突然我感到身後傳來一陣飛快的腳步聲，才回首便見到蘇思雲手握匕首，朝我狠狠刺了過來。一隻手臂將我摟過，一隻腳踢開了蘇思雲的手腕，匕首飛了出去，匡噹一聲掉落在地。蘇思雲撫著自己疼痛的手腕怒視韓冥，「早就叫你殺了這個女人，你卻偏偏要護著她！現在好了，她全知道了，你還要護著她！」

「沒人可以動她。」韓冥冷硬地吐出這句話，我訝異地側首望著他堅定的表情，但他眼中看不出這句話究竟是眞誠還是別有用心。

蘇思雲聽後哈哈大笑了起來，單手指著韓冥道：「你還怪我沉溺於納蘭祈佑那虛假的愛中不可自拔，那你自己呢？不同樣爲了一個女人，打亂了我們多年的計畫嗎？你比我可憐，至少我得到了納蘭祈佑的寵愛，和他甜蜜地相處了三年。而你呢，從來都沒有得到過她，甚至……連一絲絲的甜蜜都沒有。」

看著蘇思雲近乎瘋狂的臉，以及那悲傷的神色，我掙脫出韓冥的懷抱，低低喚了一聲，「連思。」她驀地怔住，狂笑之聲戛然而止，驚詫地凝視著我久久不能說話。我繼續道：「或許我該稱你爲連思吧。連曦曾經對我說過一個故事，那個故事中卻沒有提及他還有個妹妹……」

她驚詫地後退幾步，最後跌坐在地，輕笑出聲，「好久……都沒有人再叫我連思了，好像是連城大哥在陰山大敗那一次吧。六年了……我離鄉背井來到亓國整整六年，曦哥哥爲我僞造身分，讓我接近納蘭祈佑，更想讓我蒙得他的寵愛。到時候，我就能從他那兒刺探到更多的情報。

「我苦心與你結拜爲姐妹，只爲學你的儀態，喜好，舉止，神情，因爲納蘭祈佑愛你，若我能學到你幾分，得到納蘭祈佑的寵愛便易如反掌。終於，你的逃跑給了我一個機會，那夜我故意在納蘭祈佑會途經的地方用酷似你的聲音唱了一首〈疏影〉，他果眞誤認我是你，當夜就寵幸了我。

「往後，他待我眞的很好，又賜長生殿，又日夜專寵，我不禁陷入了他的柔情之中，甚至幾度忘記我來此的意圖是做奸細啊。我是來做奸細的，怎麼能胡亂動情呢？直到我懷上了納蘭祈佑的孩子，我選擇放棄自己奸細的身分，想與他長相廝守，想與他有一個孩子。幾度想對他說出我是昱國的奸細，但是我不能，因爲這是曦哥哥籌謀多年的計畫，我不能毀了它。

「直到你出現，納蘭祈佑對我的寵愛再不如前了，卻還是對我百依百順。直到曦哥哥用浣薇的手殺了我的孩子來警告我，可我仍舊一心一意向著祈佑，因爲孩子沒有了可以再生，當我知道你就是馥雅的時候，才徹底明白，納蘭祈佑從來都沒有眞正愛過我，他對我做的一切都是假象……或許，他早就知道我是連思，留下我只爲牽制曦哥哥。

「多可笑啊，我的愛竟是如此卑微不堪。」

她最後一句自嘲之聲讓我的心一痛，我相信，祈佑早就知道連思的眞實身分了，否則絕對不會如此包容她。是呵，我的到來確實壞了他們的計畫。

連思猛地瞪著韓冥，「早在她發現你與雲珠的關係時我就叫你殺了她，你就是不殺，偏偏要用我孩子的死來逐她出宮……可沒想到，她的孩子會被納蘭祈佑給弄沒了，哈哈！她的孩子可是曦哥哥一直想要的孩子，卻被你們那愚蠢的計畫給弄沒了！」她笑得格外詭異，神情似乎有些癲狂。

我凝視韓冥，「一直操控著所有事的幕後之人是你。」我早已經知道他的一切，卻還是想親耳聽見，聽見我從來不曾懷疑過的韓冥親口承認。

「是。」回答得既乾脆又俐落。

「當初靈月公主說的一切，也是你安排的？故意要我將注意力轉移到太后身上？」

「是姐姐要靈月說的，因爲她知道你已經開始懷疑我們了，不查出幕後之人是絕不會甘休的。所以她背著我叫靈月對你說那些話，因爲她想一個人承擔下所有罪名，一切只爲保我。她眞傻，眞傻。

「爲了幫我復仇，她捲入了後宮的權力之爭，與先后鬥得你死我活也不甘休；爲了幫我妹妹報仇，竟甘願背負奸細的罪名……她做的一切都是爲了我，卻從來沒計較過任何回報，她眞傻……」

他不禁露出苦澀一笑，卻是比哭還難看的表情，此番事實卻讓我更爲驚訝，原來那天的一切都是太后自做主張。我該慶幸的是，這一切並不是韓冥所爲，他並不是無情的人。但是仇恨眞的會讓人變……變得如此可怕，我不正是如此嗎？因爲仇恨，我溺死了浣薇，毒死了莫蘭……甚至想要利用祈佑的愛，來報復他故意將我推倒，害我的孩子死去。

「韓冥，殺了她。她已經知道我們做的一切了，不能留下。」連思突然不復了自己的情緒，將掉落在地的匕首撿起，遞給韓冥，「她根本不愛你，從來沒有愛過你，這樣也就沒有什麼捨不得的。」

韓冥接過了匕首，凝望那閃著寒光的匕首良久，再將目光轉向我。猶豫、矛盾在他臉上掙扎徘徊。片刻後，他拉過我的右手，將匕首遞至我手心，「我甘願死在你刀下，你可以爲那枉死的孩子報仇。」

握著匕首的我只覺得雙手冰涼，微微有些顫抖，鬆了鬆手卻又用力握緊。他是眞想讓我報仇，還是又一次苦肉計？當我還在猶豫到底該怎麼辦時，只聽一聲聲雙掌相擊之聲迴盪在大殿之中。我們三人齊目望向黑夜籠罩的錦承殿外，黑暗中閃出一個黑影，漸漸朝我們而來。

「好一場精妙絕倫的計謀，眞是精彩、精彩。」終於，那個身影走出黑暗，淒寂的月光傾灑在他身上。是祈佑，他全身上下都散發著冷凜陰鷙之氣，還有那始終無法掩蓋的殺氣，不只我驚訝他的到來，連韓冥與連思都難掩訝異。

他怎麼會來，難道他早就知道我會來見韓冥？難道他已經知道我與慕天的秘密聯繫嗎？

祈佑在離我們十步之遙停下了腳步，「怎麼不繼續說下去？」

他聲音方落，數十位黑衣鐵面人由四面八方湧現，將我們團團包圍著。難道，這就是祈佑口中所說的死士？什麼時候竟無聲無息地埋伏在大殿四周？由他們身形步伐來看，都是頂尖的高手。

「眞沒想到，朕一向信任的韓冥竟會是昱國的奸細。」他雙手置放在身後，睥睨著韓冥，瞳光深莫難測。

「你以爲我來亓國只是爲了當奸細？你錯了，我故意透露出奸細之事，讓你分神去清理他們，這樣你才會忽略此時的昱國，好讓他們有時間儲備糧食整頓軍隊，只是萬萬沒想到，我的身分會暴露得這麼快。」韓冥上前走了一步，掠過我身旁，遙遙與祈佑對峙著。

「朕沒想到，你會是雲珠的哥哥。」他清然一笑，卻沒有理會韓冥此刻說的話有多重要，目光悄然掠過我，給我使了個眼色，要我盡快脫離此處。我一接收到他的目光，正欲邁步朝右離開，卻被連思一把扣住，單手奪過我手中的匕首，「納蘭祈佑！」她衝著祈佑大吼了一聲，刀鋒狠狠抵著我的頸項。

祈佑見此景又朝前邁了一步，「放開她。」聲音中帶著濃重的警告意味。

「我會放開她，我只想問你一句話。」連思挾制我的手又用了幾分力，「告訴我，你是不是很早就知道我是連曦的妹妹？」

「是。」

聽了這個答案，連思沉默了一會兒，才輕笑一聲，我感覺到她的身子有些顫抖，「你從頭到尾都是在利用我？從來沒有眞正愛過我？」

「是，當朕知道你是連思時，就打算將你終生留在此處作爲人質，將來若兩軍對壘，你是一個很有利的籌碼。但是朕發覺，你背後還有更大的勢力，所以打消了囚禁你的念頭。」祈佑的目光漸漸由我身上轉向連思，「相處了近三年，說對你沒有感情是假的，但那只是一種習慣，習慣就成了自然。」

果然是知道的，我終於明白那日我說起連思會謀害我的孩子時，祈佑爲何能保證她不會。是呀，這個孩子按理來說，也是連思的姪兒，她怎會殘忍地去傷害大哥的孩子呢？再聽著祈佑當我的面承認了他對連思畢竟是有感情的，我竟有些慶幸，慶幸的是，祈佑畢竟還是個有情人。若他說對連思毫沒感情，或許我會眞的看不起他，與一個爲他放棄、付出如此之多的女人相處三年，竟只是殘忍的利用，一絲感情都不給，那就太可悲了。對祈佑是可悲，對連思是可悲，對我更是可悲。

「習慣？」她的聲音有些哽咽，呼吸略微有些沉重，「早就知道你給我的是杯毒酒，可是我偏偏要奮不顧身地飲下它，是啊，我已中毒太深。」

有冰涼的淚水滑落在我的頸項之上，冰涼刺骨，她哭了？爲祈佑而哭嗎？事到如今，她依舊會爲他而流淚。原來她對祈佑的愛一直都如此深，深到放棄了自己的責任，深到自傷都心甘情願。

韓冥緩緩後退幾步，將我與連思一同擋住，出聲詢問道：「納蘭祈佑，如果今日我要利用潘玉的命來要脅你放我們安全回到昱國的話，你會答應嗎？」

「你們逃不了的。」祈佑冷硬的聲音毫無起伏。

「你只要回答會不會放我們離去。」他毫不考慮地又問了一遍。只聽得四周陷入一片安靜，我雖然看不見祈佑的表情，但是我能想像到他的猶豫之色。是的，他是個天生的王者，但卻不會是一個好丈夫。

韓冥倏然轉身，直勾勾地盯著依舊被連思用匕首抵著的我，「你看見了嗎，他在猶豫。如果今日換了我是他，一定不會猶豫，甚至毫不考慮地放他們走。因爲……奸細放走了可以再抓，但是心愛之人若因此死去，就再也不會有第二個了。」他緩緩伸出手輕易地將連思抵著我的匕首移開，「利用心愛之人的命去完成自己的野心，我韓冥做不到。」

此刻我最想看到的是祈佑的表情，但是看不到，因爲一直被韓冥擋著。看到了又如何，他對我的利用還少嗎？「他是皇帝，必須權衡此事的輕重，我能理解。」淡淡一句話連我自己都聽不出眞假。

韓冥盯著我瞅了片刻，將我推了出去，「韓冥不會利用一個女人來保命。」

他的力氣很大，一把將我推出數步，我一個踉蹌險些摔倒，幸好我穩住了身子。衛組數十名高手一見我安全脫離，立刻將他們二人圍得更加嚴實，我終於看見了祈佑，看見他那隱忍的表情。我步步朝他走去，眸光徘徊在他那張俊顏之上，從何時起，他在我記憶中變得如此模糊了呢？是的，當祈佑說起他對連思有一種所謂「習慣」的感情時，我並不心痛，因爲我對連城也有著如他那般異樣的情愫，或許就是他口中的「習慣」。兩年日夜相處，他突然的離開只彷彿少了些什麼，心中空蕩蕩的。

恍惚聽見身後傳來一陣陣廝殺之聲，我的步伐停住，不敢往後看。我想，那會是一段非常血腥的畫面。韓冥的武功再高，要面對祈佑精心訓練的這批死士還是會難以逃脫吧。

我是在心軟嗎？他可是主導長生殿悲劇的幕後之人，我的孩子也是因他的計畫而死的。他該死，傷害我孩子的人都該死。

忘不了，雪地中曾背我走過那條艱難路途的人；忘不了，在我最淒涼那一刻說要守護我的人；忘不了，在我大婚那日背我上花轎的人；更加忘不了，那個爲了讓我尋找自己幸福而撒下善意謊言的人。陷害祈星是我這輩子最後悔的事，所以我不會恨你，更不想祈星的悲劇發生在你身上。

不。不能死。

我驀地回神，怔怔地望著祈佑，他堅定的眼神以及身上的殺氣使我沒有開口求他。我知道，韓冥在朝廷中不論黨羽、兵權都是祈佑的一大威脅，今夜韓冥若不死，明日韓冥將會利用自己掌握的權力來對抗祈佑。唯有韓冥死，皇權才得以保證，祈佑下手絕不會猶豫，也正因考慮到了這點，祈佑才會在韓冥拿我當籌碼來交換全身而退時猶豫了，皇權與愛情，他選擇的是皇權，所以成就了這樣一個成功的帝王；連城選擇的是愛情，所以他註定會失敗。可連城的失敗卻又成就了連曦的崛起，將來……祈佑與連曦會是天下二雄，如當年楚漢相爭，誰是劉邦，誰又會是項羽，日後總會有個答案的。

我與祈佑就如此沉默相對而立，他的目光中帶著虧欠。我盡量當作沒看見，我再也不能說服自己相信他了，期望他要美人不要江山？不，他不是商紂王，我更不是蘇妲己，他不是淫亂暴君，我更不會惑亂天下。我要的，只是爲我的孩子報仇，彌補對連城的虧欠。

突然間，廝殺之聲停止了，我的思緒再也無法轉動，僵硬地轉過頭凝望身後。韓冥身中數刀，全身上下傷痕累累，讓我想到父皇，那時他也是身中無數刀，最後血盡而亡。我一步步朝已經癱倒在地的韓冥走去，每走一步，心就漏跳一拍。連思站在韓冥身邊，韓冥的血已濺了她滿滿一身，臉上也殘留著點點血跡。

我在韓冥面前跪了下來，一股熱淚湧出眼眶，最後滴在光平的金磚之上，將殘餘的灰塵沖盡。他顫抖地抬起那滿是鮮血的手爲我抹去臉上的淚痕，絲絲情意流露在眸中。他用那氣若游絲的聲音笑道：「潘玉，我還是……喜歡那張平凡的臉……平凡乾淨的臉。」

我沒有躲開他的手，只是點頭，用力點頭。

「記得在桃園那一月一見……記得那日你爲我吟唱《念奴嬌》……記得我背你上花轎……那時，眞希望我便是你的新郎……迎著我心愛的妻子……回家……」他爲我抹擦淚痕的手漸漸沒了力氣，卻硬撐著想繼續爲我將淚抹乾淨，「一直喚你爲潘玉，只因……我愛的人始終是潘玉。」

我猛地抽緊心，哽澀地望著韓冥的表情。其實我一直都知道他爲何始終喚我爲「潘玉」，雖然這只是個假名，假到連我自己都忘記我還做過潘玉，可每當他喚起潘玉之時，便提醒著我，我還做過潘玉，我還爲了祈佑曾經不惜一切來到宮廷。潘玉……早已經不復在，韓冥卻仍舊要這樣提醒著我。

「韓冥——！」身後傳來歇斯底里的淒厲聲音。韓冥將即將緊閉的目光漸漸轉移到我身後，只喚了一聲，「姐姐……」臉上掛著安逸的笑，永遠地闔上了雙眼。

我似乎從來沒見過韓冥笑得如此輕鬆，或許是因爲已經徹底擺脫了仇恨給他帶來的壓抑，所以他才能這樣笑。是嗎，你終於能解脫了。可是我卻依舊被那無底深淵牢牢鎖住，這個枷鎖我是怎麼都甩不開了。

太后想到韓冥身邊見他最後一面，卻被衛組死死扣留在原地，不許接近。

「將蘇貴人與太后拿下，押進天牢。」祈佑踩著緩慢的步伐朝我們這邊走來，連思木然不動，任衛組之人銬上自己的雙手。她盯著祈佑，「你眞的要將我關進天牢嗎？如今我已經是你的習慣，突然沒了我，你還能習慣嗎？」

「任何習慣都能戒掉的。」平淡一句話卻如此無情地將連思硬生生打入地獄，「在朕眼裡，除了馥雅，其他女人一文不值。」

連思的目光瞅了一眼跪在地上的我，眸中竟然有著羨慕！我無聲冷笑，垂首望著臉漸漸蒼白冷卻的韓冥。「除了馥雅，其他女人一文不值。」我該爲這句話感到榮幸嗎？不，一點也不榮幸，反而覺得很悲涼，很好笑。

「朕不會殺你，你畢竟是連曦的親妹妹。」祈佑在我身邊停下了步伐，彎下身子將我托起，「馥雅助朕順利將亓國潛藏的奸細全數捕獲，晉封爲一品雅夫人。」

我順著他的力道而起，雙腳的麻木令我不得不倚靠著他，卻感覺他渾身如此冰涼，我的全身泛起簇簇寒慄。他今日能如此對待連思，難保他日不會如此待我……但，眞會有這麼一日嗎？

第十一章　笙簫冷華知

我看著祈佑將今夜所發生的一切處理好，隨後便拖著疲累的身子與沉重的心情與祈佑回到了昭鳳宮，翠微宛然風，絳幕掩香風。我環著自己微涼的雙臂跟在祈佑身後踏入高高的寢宮朱檻。寢宮之內寒氣甚重，但是看著他的背影我更覺得冷，彷彿那一剎那，我與他形同陌路，我不禁想問，這是我認識了八年的祈佑嗎？

「你現在一定在怪我借你的口套出了韓冥所有話，再次利用了你。」他背對著我站在寢宮中央，仰頭望著頂上那琉璃珠。

離他有三步之遙的我無聲笑了笑，怪？如今的我還有資格怪嗎？他從來都不相信任何人，即使是我，仍舊有所保留。「告訴我，你怎麼會知道我與韓冥在錦承殿見面？」

「你應該早就知道，心婉是我的人。」他一語道破，隨後又道，「不要怪我事先沒通知你，我知道你與韓冥的交情，若這事告知於你，你定然會心慈手軟。」

多麼冠冕堂皇的一句話啊，將利用我的責任推得一乾二淨。我朝前邁了好幾步，與他面對面而立，「你說的這一切，倒像是在為我好？」我嗤鼻一笑，對上他那雙深邃的眸子，「利用我對付我的朋友，這是為我好？」

「他有當你是朋友嗎？你的孩子可是他……」他的話還沒落音，我便激動地打斷，「是你，納蘭祈佑！害我孩子的那個人是你！」咄咄逼人的語氣令他有些失神，片刻不語。而我便繼續道：「韓冥從來沒有想過要害我的孩子，他只是想利用這件事讓你懷疑我，讓你將我送出宮。可他沒你聰明，更沒你絕情，當你發現長生殿發生的事有蹊蹺，當下便知道了事情的輕重，你故意推開了我，對不對？」

我一口氣說出了自己憋在心中多日不能宣洩的憤怒，他靜靜地盯著我，又一次沉默，屋內靜謐得讓我覺得格外詭異，片刻後他帶著自責愧疚道，「我承認，我是故意推開你，只是沒想到孩子會掉。」

酸澀的熱氣頃刻間濛上了我的眸，淚水在眼眶中打轉，他上前一步，我立刻後退一步。

「馥雅，對不起。」他手足無措地站在原地，「我們會有自己的孩子。」

「你難道不知道，我虧欠了連城多少情？你難道不知道，這個孩子對我有多重要？你難道不知道，我多想將對連城的虧欠放在這個孩子身上？你難道不知道……這個孩子是支撐我活下來的唯一理由？」淚水終於忍不住溢了出來，滴滴落在自己的手心，冷如寒冰。

他伸出有些顫抖的手爲我抹去臉上的淚痕，這次我沒有躲。平復了一下自己激動的情緒，勉強扯出一笑，「祈佑，每當我想起你對我的所作所爲，我想恨你。但你是我愛了八年的男人！如今我捨不得的，只有我們之間那一分情而已。」

「你也是我愛了八年的女人。」他非常認眞地說出這樣一句話，隨後將我狠狠擁入懷中，「我會補償你的。」

又是這樣一句話，記得什麼時候，他也對我說，會補償我，到如今，就是害死我的孩子作爲對我的補償嗎？我的手輕環上他腰際，聽著他的心跳聲，「你要眞想補償我，就給我一個孩子吧，我眞的很想要個孩子。男孩對嗎？這樣我才能做你的皇后，做你唯一的妻子。」

「你原諒我了？」他有些不敢相信地問，手又收攏了幾分，身子有些顫抖，「馥雅，你會是我的皇后。只要韓家的事穩定下來，我就會讓你做我唯一的妻子，我的皇后。」

「你知道嗎？我和展大人很早就認識了。」我試探性地將我一直不敢公諸於世的事說出來。如果我沒猜錯的話，祈佑一直都知道我與展慕天多次秘密見面，否則，以展慕天一人之力根本無法查出韓冥與連思的眞實身分。這當中只有一個原因，就是祈佑的人在暗中幫助他，當展慕天告訴我這些事的時候，他猜測我一定會去找韓冥，所以暗組之人才會事先埋伏在那兒。

他的身子一僵，隨後緩緩鬆弛，「我知道。」

果然是知道的，所以我現在對他坦承，正好可以去了他對我的疑心。我佯裝驚訝地說：「你知道？」

「嗯。」

「我與慕天算是舊相識了吧，記得那年我被靈水依毀容之後……」

就像是閒話家常那般，我娓娓對祈佑敘述起當年如何被人毀容，如何易容，再如何與展慕天有過一面之緣。還說起在昱國，連城對我種種的好。是的，我說這些，一爲坦白，因爲我與展慕天的事不可能瞞得過祈佑的耳目；二爲讓他愧疚，更爲讓他覺得，比起連城，他待我有多麼可惡，多麼狠。只有讓他覺得對我有太多太多虧欠，我才能眞正地生存在這個後宮，也只有這樣，我才能爲所欲爲。

昨夜韓冥死，韓太后、蘇貴人被囚，舉朝震驚。翌日展慕天被提升爲兵部尚書，韓冥所屬的一半兵權歸他所有，另一半兵權祈佑自己收回掌控。速度之快讓朝野都難以接受，直到他們眞正反應過來時，大事已經成定局，無可挽回。韓家的殘餘勢力剎那間群龍無首，成爲一盤散沙，相信祈佑會乘此機會逐個擊破吧。這就是祈佑的做事手法，雷厲風行，一刀見血。直到所有事情都解決之後，眾人才恍然大悟，這便是祈佑的手段。

而昭鳳宮也接到了兩道聖旨，一是冊封我爲正一品雅夫人的聖旨，而另一道則是放心婉離宮歸家的聖旨。

放心婉回家這道聖旨倒是令我有些驚訝，如今她才二十有四，提早六年離開皇宮是不可能的。除非，這是祈佑給她的承諾，只要她監視著我，將我的一舉一動都稟報給他知道，心婉就能提早離開這個皇宮。祈佑也說起昨日是她通風報信的，也就是說，心婉利用我得到了這個擺脫皇宮的機會。

我冷笑一聲，想離開皇宮？她在做夢。

妄想利用我得到離宮的機會，你以爲我會放過你嗎？

當下我便吩咐了花夕爲我辦一件事，乘此刻的心婉才離開昭鳳宮不久，去一處幽靜無人的地方劫殺她。不論她親自動手也好，還是命令隱藏在四處唯慕天命是從的人動手也好，我只要心婉走不出這皇宮。

我的手緊緊攀附著窗檻，瞭望淡香幾縷，玉宵雲海露，香林森森。大概等了一個時辰，花夕踏著平緩的步伐回來了，附在我耳邊輕聲道：「主子，已經處理好了。」

我將手由窗檻上移開，轉身步至桌前，端起花夕爲我準備好的龍井茶輕吮一口才問：「屍體呢？」

「拋屍枯井。」花夕冷淡地拋出這四個字，我便放心了。

「主子……」她有些遲疑地喚了聲，隨後將手攤開擺在我面前，「這是她臨死前，掙扎著遞交於我的帕子。」

我疑惑地凝望著花夕手中那素淨的綠帕，一手托茶，另一手取過帕子，那上面繡著幾行密密麻麻的字。

遼闊蒼穹，千林白如霜。

臥看碧天，雲煙掩藹間。

細葉舒眉，輕花吐絮，綠蔭垂暖，只恐遠歸來。

臨水夭桃，倚牆且酬春。

千里暮雲，瑤草碧何處。

隱隱青塚，畫戟朱翠，香凝今宵，遙知隔晚晴。

這詩……好熟悉。

我的記憶開始一點一滴地轉動回想，對了，這是心婉爲我作的詩呀。她爲何要將這首詩繡在帕子上？她是祈佑派來監視我的人不是嗎？她對我的好，皆是爲了能夠早點離開這血腥的皇宮啊。可她爲何要將這些字繡在帕子上？

「她臨死前說過什麼沒有？」我倏地回神，急急地問道。

花夕沉思片刻，才道：「隱隱約約聽見她說著……『皇妃』二字。」

聽到這兒，我的手一鬆，始終端在我手中的那杯茶狠狠摔在了地上，另一手的帕子也隨風飄走，在空中打了幾個旋才掉落在地，與那碎了的水杯與潑灑的茶水掉落在一起。

皇妃？

難道她早就知道，此刻的辰主子，便是那日的蒂皇妃？

第十二章　心緒暗淒迷

半年後。

長亭蟬韻請弦鳴，翩翩風雨落翠山。

我登上東宮深處幽靜的遙攬山望浮雲飄飄，風煙迷茫，感受這夏末暖風襲襟，蕭索風漫瞇眼。如今的我已貴爲正一品雅夫人，寵冠後宮半餘年，無人敢與我當面爭鋒。在後宮我有皇上撐腰，在朝廷我有權傾朝野的展慕天維護，此時的我早已貴不可言了。這半年間後宮發生了兩件大事：陸昭儀神秘失蹤，下落不明，宮中盛傳女鬼作祟；鄧夫人精神失常，時而狂性大發虐打緣雪公主，皇上憤怒之下將她遣送碧遲宮。這一切的一切都印證了，皇后之位非我莫屬，只等今日展慕天的凱旋了。

三個月前，慕天受皇命與昱國大將在兩國邊境開始了一場空前盛大的戰事。聽說，數日前傳來捷報，慕天勝利歸師。皇上對我說，只要慕天此次完勝而歸，就封他爲丞相。如今，他眞的勝利了，那皇上說的話可是要兌現的。

算算日子，今日也該到了。我聽花夕說，登上東宮的遙攬山便能一覽金陵勝景，也可以觀望到慕天的軍隊由金陵城進入。我希望第一眼就能見到他，看見他安然無恙我才能放下懸著的一顆心。

這次他是自請出征，我自是不同意。他才十七歲，從未參與過規模這麼巨大的烽火之戰，如何能與那身經百戰的昱國大將匹敵？他卻說國家興亡，匹夫有責，既爲保國也爲一搏，因爲他需要更大的權力擁護我登上皇后之位。朝廷中，以蘇景宏爲首的大臣，一直反對立我爲后，口口聲聲說我是紅顏禍水，更何況我至今仍無所出，不能母儀天下。

半年來，蘇家與展家由原本的親家變仇家，在朝廷分爲兩大派，一方擁護我，一方打壓我。但是他們的目光皆死死地盯著我的肚子，可半年來我的肚子根本沒有動靜。其實早在半年前我已經由太醫的口中得知，我身子異常虛弱，再加上有那一次流產，我早已是不孕之身。這個消息我沒有准許他傳出去，也不能讓他傳出去。

「叩叩叩……」

一聲聲虛無的聲音蔓延了空寂的山谷，我不禁收回思緒，凝神傾聽，一會兒才辨認出這個聲音是敲擊木魚之聲，心中疑惑頓生，這荒寂之處怎會有木魚聲呢？

「花夕，你聽見了嗎？」怕自己會聽錯，我問起一直佇立在我身側的花夕。

「聽見了。」花夕點點頭，也看出了我的疑惑，出聲爲我解釋道，「那是空明堂傳來的佛音，裡邊居住的是頗有盛名的靜慧師父。三年前，皇上命人將其請進宮，賜空明堂予她。」

「靜慧師父？爲何請她進宮？」這件事我還是第一次聽人提起，十分好奇。

「奴才也不知，只知皇上每月都會去一次，一待就是一日一夜。」

「領本宮去瞧瞧。」

帶著三分好奇七分疑惑，我與花夕漫步下山，荒煙四起，青山暮暮。我們一路覓著清脆的木魚聲，花了好大一番精力才找到空明堂所在。堂外野草漫身無人打理，略顯荒涼。花夕領路，我們走進了小院，院內有一簇簇含苞待放的白蘭花正享受著暖日拂照，濃郁無比的香氣縈繞鼻間。中間一片空曠小地上圍了一片菜園，裡面青綠的菜長得盛澤。欄外撒了許多米粒，許多麻雀黃鶯於此啄米而食，這一切的景象與尋常百姓家一般無二。我突感自己正身處世外桃源，而非殘酷血腥的後宮。

「施主來此處有何賜教？」一個蒼老婦人的聲音將正處於欣然之中的我喚醒，我朝聲音來源處望去，一名年近六旬的尼姑正手執念珠，用慈祥的目光望著我。

「您是靜慧師父？」我亦上前，恭謹地躬身行了個禮，似乎很久都沒有對誰如此恭敬了，在後宮一向都是他人與我行禮。我也不知怎的，一見到她便有一種崇敬的感覺。

「正是貧尼，不知施主何許人？怎會出現在此？」她始終保持著那溫和的笑，我似乎很久很久都沒有見到如此眞誠的笑容了。在後宮，眾妃嬪奴才無不對我阿諛奉承，帶著討好的微笑，久而久之我便認爲那就是所謂的笑，可今日見到她，卻發現，世上的笑唯有她這般表情才能稱之爲笑，眞的很乾淨。

「她是雅夫人。」花夕上前一步，將我的身分托出。

原本波瀾不驚的臉上浮現出一抹驚訝之色，從頭至腳將我打量了一番，隨後含笑點頭，「原來是雅夫人。」

「師父知道我？」

她不言不語，只是邀請我進入空明堂。堂內擺放了偌大一個用金鑄成的彌勒佛，佛前供奉著香油，四周皆瀰漫著一股淡淡的燭香。

靜慧師父與我面對面盤腿坐在彌勒佛前的兩個鵝黃色蒲團上，花夕則立在堂外守候著。堂內安靜得出奇，但這分靜卻不會讓我覺得恐慌。這半年間，我獨處寢宮之時，總覺得身旁有人在死死盯著我，所以不管何時何地我都要花夕陪著我，要多和我說話，否則，四周一安靜下來，我就會胡思亂想。

「夫人自踏進空明堂那一刻眉頭便深鎖，可見心中有千般事。而夫人的雙手始終緊握成拳，可見您內心的不安與恐懼。」

一聽她這樣說起，我才發覺自己的雙手眞的是緊緊握成拳的，慌忙鬆開了。不自在地笑了笑，卻又瞧見原本帶笑的彌勒佛突然怒目而視，凶煞地瞪著我。我打了一個冷戰，心跳怦怦加速，「它……爲何如此凶煞地看著我？」我有些害怕地問。

「施主，您請閉上眼睛。」她也不急著解釋，只是喚我閉上眼睛。我猶如著了魔般閉上雙目，接著便聽見一聲聲木魚傳入耳中。

「告訴貧尼，您第一個見到的是誰？」

「陸昭儀。」我喃喃脫口而出。腦海中閃現出的是那夜我用三尺白綾親手將其勒死後丟入曾埋葬心婉的那口枯井。

「現在，您又見到了誰？」

「鄧夫人。」畫面一轉，突然閃現出碧遲宮內鄧夫人大喊冤枉的淒厲之景。是我買通了鄧夫人身邊的宮女，在她飲的茶中投入幻靈散，只要飲下，腦海中便會產生幻覺，故而多次動手虐打兩歲的絳雪公主。

「爲何單單想到她們？」

「是我加害於她們。」

「爲何加害？」

「爲妹妹報仇。當年皇后、靜夫人、鄧夫人、陸昭儀四人將我的妹妹杖死於亂棍之下，我要爲她報仇。」多年前翩舞閣內，那一幕幕血腥的場面再次闖入我腦海。我跪著懇求她們饒過她，她們冷聲的譏嘲，還有始終保留著的血帕。

「夫人請想想快樂的事。」

「沒有。」

「夫人現在的願望。」

「沒有。」

「您可以睜開眼睛了。」

我倏然睜開眼簾，拿起衣袖拭了拭額頭，才發現汗水早已將衣袖浸濕，濕了好大一片。我不住喘息，平復內心的恐慌，剛才所發生的一切我竟想不起來了，「靜慧師父，我剛才說了什麼？」

她但笑不語，揚手一指那尊彌勒佛，「您瞧。」

順她所指望去，方才見到的凶煞彌勒佛已不復在，依舊是那慈眉善目，喜盈盈朝我笑的彌勒佛。

「爲何會這樣？」我漸漸平復了心中驚恐，出聲問道。

「心魔所致。」她的手不停地撫弄著念珠，神情格外安詳，「記得三年前，皇上第一回踏入此處，與您說了同樣一句話，『它爲何如此凶煞』，與您一樣，同爲心魔所致。」

「何爲心魔？」

「恨念、貪念、妄念、執念使您迷失了做人的本性，您有欲望，野心，但是您的內心深處卻在掙扎矛盾。您害怕，迷惑，驚慌。二者相斥，所以導致了您現在的心魔。」她一針見血地將我內心的想法說了出來，我的拳握得更緊了，冷汗漸漸由額頭上滲出。

「如何才能解開心魔呢？」

「摒棄心中的雜念，放下仇恨，不要再迷惑驚慌，這樣才能做回眞正的自己。」

「放下仇恨？」我冷笑一聲，說得何其容易，怎能說放就放下？「不可能，絕對不可能。」

她悠然歎了一聲，沉默半晌，「施主可有做過令自己後悔至今的事？」

她提起「後悔」二字，我的腦海中頃刻間閃現出祈星陪我一起捕捉螢火蟲的一幕幕，帶著傷感之聲點點頭，「有，我將他當作最好的朋友，因爲他總能逗我開心，逗我笑，更了解我。我無條件地給了他信任，但他回報我的卻是背叛，他害了我的妹妹。所以我恨他，我選擇了嫁禍他，最後他死了，就在我的面前死了，那一瞬間的恨煙消雲散，取而代之的卻是悔恨。事到如今我仍不能釋懷，從此再也沒有人喚我『丫頭』了。」

「如今您還有恨的人？」

「有。」我黯然垂首，緊握成拳的手緩緩鬆弛而下，「他是我最愛的人，卻傷我最深。我不能理解，既然他愛我，爲何要利用我達到他的目的。明知道我身子不好，還要將我推開，令我的孩子流產，他這樣配說愛我？以愛爲名在傷害我，利用我，這算愛？」

「那您想如何報仇？」

「他說過，只要我喜歡，就割下半壁江山予我玩樂。這是他說的話，就得兌現，不是嗎？現在我喜歡這個江山，我想玩這半壁江山了。」我帶著輕諷的笑容說著這句話。

「就算您將這半壁江山玩沒了，之後呢？就爲孩子報仇了嗎？您就能開心嗎？」她的手突然握緊了我的雙手，很暖，幾乎將我那冰冷的心暖熱了。「夫人知道嗎？您在說起這一番話之時，目光迷離，複雜，矛盾，貧尼知道您的內心也同樣在掙扎。貧尼只想說，有了先前的後悔，應該吸取教訓，不該再犯同樣的錯誤。人世間最大的痛苦莫過於兩個相愛之人竟相互仇恨利用，這條曲折複雜的道路您眞的想用血腥去解決？將那分曾經滄海桑田的愛扼殺？扼殺之後呢，您會如當年那般，後悔、自責，這就是您想要的？傷了他人，同時也傷自己？」

呆呆地望著她的唇一張一合，我的雙手再次握拳，「不，他不能原諒。原本我可以做母親的，正因爲他，所以我終身不孕，永遠失去了做母親的機會。」

她聽到此處，目光中含著悲憫，握著我的手又用了幾分力氣，「何苦將仇恨時刻埋在心裡，爲何不試著寬恕？這樣才能做回原來的自己，這樣才能解脫。」

「我找不到藉口去寬恕。」我淡淡地笑了一聲，那聲音連我自己都覺得迷惘，這就是笑嗎？

「夫人可知，如今烽火四起，亓、昱二國的形勢嚴峻，勢如水火，戰爭一觸即發。而夫人卻不顧亓國此時的危機，依舊爲皇上製造混亂，欲將其半壁江山毀了。您知道這樣會造成多大的威脅？亓國百姓何辜，夫人應該知道何謂大愛。」

驀地一怔，我由蒲團上彈坐而起，「靜慧師父言重了，馥雅何德何能竟會將亓國顛覆。當今皇上是個英明之主，他不僅聰明而且很有能耐，不是嗎？凡是對他有價值的東西，他都會不顧一切去利用，難道還愁贏不了昱國嗎？」

「夫人似乎對皇上有極深成見。」

淡淡地望了她一眼，終於產生了一些戒備，「靜慧師父是出家人，相信並非多言之徒，今日我與你談的這些，您不會四處亂傳的，對嗎？」我揮了揮沾了些許灰塵的衣袂，再整了整衣襟，看著她眞誠的目光，一顆懸著的心也漸漸放了下來，轉身朝空明堂外而去。

「貧尼期待夫人有空再來空明堂小坐，貧尼想與您說說皇上，再爲您消除心魔。」

聽見身後傳來她的聲音，我的步伐沒有停頓，依舊幾步朝前而去，裙角帶起了一陣陣暗塵之味，有些刺鼻。我自己也不明白，爲何會對一個初次見面的人說了這麼多隱藏於心的話，是因爲她那分眞誠的笑在牽引著我對她說的吧……但是說出來，我心裡確實好過了許多，不再如曾經那般迷惘，恐慌。

花飛柳絮殘，瀟湘昔日風定露。
斜陽映風散，赤紅染穹覓行雲。
蕭瑟添盡末，恨與宵長絕纖塵。

帶著沉重的心情離開了空明堂，我在東宮內的遊廊之上慢慢而行，緩緩遊蕩。也不知繞了多少個彎，卻依舊逗留在東宮的遊廊上不知道何去何從，似乎在那一瞬間已經忘記了回昭鳳宮的路。步伐突然停頓住，腦海一片空白，定定地盯著遊廊旁的朱紅石柱。方才靜慧師父一席話似乎深深埋進我的腦海中，敲打在我的心上。

我不禁自問：若眞的將祈佑的半壁江山玩沒了，我就能開心嗎？

我不知道，我只知道我恨他，恨他曾經對我欺騙，恨他對我利用，恨他親手害了我的孩子，所以我要報復他。我知道，這個江山是他心中最重要的東西，所以我要毀了他最重要的東西，正如他毀了我最重要的東西一般。

這半年來，我一直在培養自己的勢力，讓自己有足夠能力登上皇后之位，這樣才有更多資本與祈佑對抗。可是靜慧師父卻說我這是爲了一己私利而置亓國百姓不顧。是的，如今昱國與亓國的戰事迫在眉睫，當時我想的就是乘此時形勢之亂，培植自己的勢力，乘機清除朝中對我不利的大臣們。但是我沒想到，這樣卻是在惑亂亓國，將亓國的百姓推向水深火熱之地。

難道我眞的被仇恨蒙蔽了雙眼？何時起我已經變成了史書中那禍國殃民的「禍水」了？

頭一回，我質問起自己這半年的所作所爲，眞的錯了嗎？我，眞的做錯了嗎？不，我沒有錯，我的孩子難道就該死嗎？

「夫人……」花夕望著呆站原地的我，細聲輕語地喚了我一聲，我黯然回神，發覺現在的自己眞的很失態，忙整理好紊亂的心緒，攏了攏披在肩上的白錦天蠶絲質披風，準備收拾心情回昭鳳宮。才欲邁出步伐，便聽見遊廊的拐角另一處傳來竊竊私語之聲。

「這次展慕天打了個大勝仗，皇上似乎很開心，聽徐公公說，皇上似乎有意將丞相之位給他。」低沉細膩的女子之聲若有若無地傳來。

「若他眞坐上了丞相之位，那展家可就是權傾朝野了，這雅夫人必然勢頭更大，坐上皇后之位是遲早了。」另一個平穩的女子之聲也飄蕩而來。

聽出其中一個聲音正是楊容溪，我唇邊勾勒出淺淺的弧度，放慢腳步朝拐角處走去，耳朵也細細聆聽她們接下去說的話。

「皇后？哼。」一聲冷笑，「也要她能懷上龍子，若懷上龍子也不一定生個皇子，她離皇后之位還遠得很。」

「依皇上對她的寵愛程度來看，似乎並不打算等她產下龍子，便欲封她爲后。」楊容溪有些焦慮地放開了嗓門，「如今雅夫人在後宮一人獨大，在朝廷更有展慕天爲其撐腰，如若再做了皇后，怕是咱們都沒好日子過了。一定要想個辦法阻止她做皇后……」

「這你不用擔心，她與展慕天的關係縝密，經常私下有來往。我們可以用這件事來大做文章……比如說，雅夫人與展大人之間的姦情……」

我饒富興味地聽著她們興致勃勃地談著我與慕天，她們還在爲想到一個妙計而沾沾自喜時，我已經轉入拐角之處。映入眼簾的是香鬢雲墜、嬌眸水玉的妍貴人，迎風含笑、質雅高貴的楊美人。

我踩著悠然的步伐，帶著毫無起伏的聲音道：「預謀算計他人之時，最好先看清楚四周有沒有人。」

兩人臉上笑容一僵，側目望著我盈盈朝她們走去，臉色慘白一片，半晌才回神，咚的一聲跪在地上，顫抖道：「臣妾參見雅夫人。」

「這麼大的禮本宮怎敢受呢？」我走到她們面前，聲音依舊如常，垂眸掃視著地上已是冷汗連連的兩個人，「方才本宮聽見什麼來著？說誰與展大人有姦情？」

「臣妾隨口胡謅亂編的……」妍貴人全身都開始顫抖著，似乎將眼前的我當作比豺狼猛虎更可怕的東西。

我的臉色一凜，「胡謅亂編？你有幾分資格在這後宮胡謅亂編？」音量在剎那間提高，來回縈繞在這淒寂無人的迴廊之中，「花夕，給本宮掌嘴。」

「是，夫人。」

花夕領命，立刻提步上前，狠狠就給了妍貴人一個嘴巴子。伴隨著一聲清脆的巴掌之聲，妍貴人身子一偏，狠狠向右傾斜，撞上了那朱紅的石柱，悶響傳遍了四周。緊接著，楊容溪一聲尖叫在四處不斷縈繞迴響。我蹙了蹙眉，看著妍貴人的額頭撞在石柱上，血液傾灑其上，緩緩滑落而下，將雪白的地面染了紅紅一大片，我心駭然。

妍貴人被奴才七手八腳抬回了寢宮，我沒有跟隨而去，更不擔心她的傷勢如何，因爲這是她自作自受，妄想誣蔑我與慕天有姦情。是的，我的心早已經變得如此冷硬，再沒有任何事值得我去牽掛擔憂。也許有吧，我的弟弟慕天。方才聽到妍貴人預謀著想散播我與慕天有姦情的消息之時，我的心立刻漏跳了好幾拍，我不敢想像，若這個消息眞被散播出去，於我，於他，會有什麼影響。

盡管清者自清，但是誰又能堵住這悠悠眾口？傳多了，自然就會有人信。這宮闈的黑暗與爭權我早就領教過了，要在這個地方長久生存下來，只能讓他人不能生存下來。慕天剛立戰功回來，若是在此刻引起了什麼亂子，我很擔心祈佑會做出什麼事來。

深夜，花夕帶來一個消息，說是妍貴人的傷勢已無大礙，皇上親自前去探望。

親自去探望妍貴人？那妍貴人定會在他面前添醋加油地詆毀我了，若我沒有料錯，他馬上就會駕臨昭鳳宮。

果然，一聲「皇上駕到」證實了我的猜測，我起身相迎，還未站穩看清眼前之人就聽見他一聲質問，「妍貴人做了什麼事讓你如此動怒，竟拽著她往石柱上撞？」隱隱壓下的聲調卻仍舊無法掩飾他此時的怒氣，我知道，他一直都在容忍我。我在期待，什麼時候，他會到達忍耐的極限。我在等待，什麼時候，他再也包容不了我。

拽著她朝石柱上撞？我輕笑一聲，她還眞能將死的都說成活的，論嘴上功夫我還眞是比不上她了。

掛著淡淡的笑，我沉思著該如何回答他的話。是否認妍貴人的欲加之罪，還是直接將妍貴人欲散播我與慕天有姦情的消息告知？應該是選擇後者吧，這樣，就沒有人再膽敢用這件事來大做文章。

當我正欲開口時，他的臉上已經覆上了一層寒冰之霜，淡漠地凝視著我，複雜地開口道：「馥雅，不要將朕對你的容忍，當作你欺凌後宮妃嬪的資本。」

我微啓的唇因他這句話漸漸合上，手腳有些冰冷。這句話，是在警告我嗎？

他的目光鎖定在我臉上，流連了片刻，默然轉身欲離開。我淡淡出聲喊住了他，「祈佑，這就是你對我最後的容忍限度嗎？」

他的步伐僵在原地，沒有回頭，我細細打量他的背影，等待他說話。而他沉默了很久，才歎了一聲，「不是容忍。我一直在用心疼愛你，把你當作我生命中最重要的人在愛惜。」語罷，他未作停留，邁檻而出。

我立刻追了幾步，卻又停在門檻前，無力地倚靠在宮門之上，遙望他那毅然孤傲的身影漸漸離我遠去。篆香消，風蕭蕭，天慘黑雲高。我的心底五味雜陳，異常淒涼。

祈佑，你說的話依舊是如此動聽。

如今我們的愛情還剩下什麼？我想，僅僅是那最後的虧欠與最後的仇恨。

第十三章　鉛華盡鸞鳳

十日後，兵部尚書展慕天受封為當朝丞相，權傾朝野。

經過多日的爭論與皇上的堅持，今日對我的冊封聖旨與金印紫綬已經送到了昭鳳宮。宮中的奴才們一見聖旨到來，皆眉開眼笑地衝進寢宮請我出去接旨。我聞訊並沒有想像中的開心，也不理睬身後已經跪了滿滿一大片請我接旨的奴才們，只是獨倚銅鏡妝台前慵懶梳頭。

鳳冠霞帔，玲瓏翡翠，金鳳鈿簪。望著鏡中緻雅雍容，邪柔膩美的那張臉，我猛然將手中緊握的玉梳摔在地上。身後的奴才們皆戰戰兢兢地伏在地上，花夕開口道：「夫人，徐公公在外等候您出去接旨。」

我用銳利的眼神掃了眼已碎成兩半的玉梳，再望望伏了一地的奴才們，不禁冷笑起來，自上回祈佑帶著憤怒離開昭鳳宮已經整整十日，他未再踏入此處，而我也未再去見他。

如今的封后聖旨與金印紫綬送到這算什麼？一個責任？一個承諾？一分愧疚？我該出去接下那道聖旨的，這半年來我一直都在盼望這一天到來，而今已經到來，我卻怯懦了，甚至覺得自己很卑鄙，覺得自己的作法竟是如此不堪，現在的我似乎與祈佑曾經對我的利用一般無二。

從什麼時候開始變的呢？是由空明堂回來之後便開始後退了。

每日每夜我都在回憶著靜慧師父對我說的每一句話，每夜都無法安然入睡，只要一閉上眼睛，腦海中浮現的都是因我而受害的人。

浣薇、莫蘭、心婉、鄧夫人、陸昭儀，沒日沒夜地糾纏在我的腦海之中，回想往事，我竟親手害了這麼多人。這還是馥雅嗎？心狠手辣，冷血無情，被仇恨蒙蔽了自己的心，雙手沾滿了鮮血，更背負了一條條血債。曾經的那個馥雅公主呢？天眞無邪，嚮往自由，心繫天下，如今在我身上似乎再也找不到了，有的只是那個追逐權力，立誓報仇的邪惡女子了。

這就是我想要的？在仇恨中迷失人的本性，甚至放棄了做人該有的原則。

就算您將這半壁江山玩沒了，之後呢？就爲孩子報仇了嗎？您就能開心嗎？

何苦將仇恨時刻埋在心裡，爲何不試著寬恕？這樣才能做回原來的自己，才能解脫。

夫人卻不顧亓國此時的危機，依舊爲皇上製造混亂，欲將其半壁江山毀了。您知道這樣會造成多大的威脅？亓國百姓何辜，夫人知道何謂大愛嗎？

「夫人！」花夕又喚了一聲。

我一凜，猛將垂掛在耳上的玲瓏耳墜卸下。由於拉扯得太快，我的耳朵上一片疼痛之感蔓延著。我卻未理會，又將紫金鳳冠取下，頓時青絲如雲散落在頸邊垂至腰間。最後一把將身上那累贅的千褶鳳帔皇后衣脫下，拋落於腳邊，唯著薄涼的輕紗白衣於身。

見此情景，花夕驚呼一聲，「夫人，您做什麼？」

我不答，越過眾奴才，走至盛滿清水的盆邊，舀起一掌沁涼入骨的清水潑至臉上。清水將臉上那濃厚的脂粉洗了去，剎那間我覺得整個人都輕鬆了下來。對著清水中的倒影，我露出一抹笑容，很久很久，都沒有這樣輕鬆地笑過了。

貧尼期待夫人有空再來空明堂小坐，貧尼想爲您消除心魔。

我想，我該去見見靜慧師父了，我需要她爲我消除心魔。我已經無力再承受因每夜被夢魘糾纏而一日日消瘦，我的精神已經大不如前，很怕，若繼續這樣下去，我眞的會精神崩潰的。

我一身鵝黃素衣，未經敷粉施朱描繪秀容，任青絲披肩飛瀉，沒有讓奴才跟著我，獨自來到空明堂，堂內沒多大變化，依舊是那燭香彌漫滿堂，白霧縈繞四周將我團團包裹，彷彿走進了仙境一般。放眼瞭望空蕩的內堂，靜慧師父不在裡邊，於是我便在堂中等待著。

目光游移在這空明的殿堂，最後停留在那尊彌勒佛身上，它似乎比曾經更加和藹可親了。上前幾步，我提起裙襬跪在蒲團之上，雙掌輕合，閉上眼簾恭謹地拜著眼前的彌勒佛。三叩之後，我聽見腳步聲平穩地傳來，我緩緩睜開眼睛望著靜慧師父。她揭開裡堂的錦皇簾幕踏出，右手依舊執著那串念珠，眸中帶著讓我安心的笑。

「夫人來了。」她禮貌性地朝我行了個微禮，那表情似乎料定我會來。

「靜慧師父，我想，我需要你爲我消除心魔。」我依舊跪在蒲團之上，目光深深地凝聚在她身上，誠懇地請求。

她與我同跪蒲團之上，仰頭望彌勒佛，先恭謹地磕了三個頭，才穩住身子，娓娓而述，「既然要消除心魔，必須先解開心結，能告訴貧尼，此刻您正在想些什麼嗎？」

「今日，冊封皇后的聖旨來了，那是我期待已久的聖旨，但我卻不開心。那一瞬間，我想到的是靜慧師父您的話，更有那莫名的哀傷。」

「哀傷什麼？」

「我不知。似乎在心痛，曾經我願爲之付出一切的愛情到如今似乎僅剩下了淡漠。他對我再也沒有愛，僅有的是最後一分虧欠、內疚。我一直暗暗告誡自己必須堅定步伐，應該朝前走永遠不要回頭。可是今日我卻發現自己退卻了，竟遲遲不敢朝前走。在矛盾之中，我想到了靜慧師父，我希望您能爲我解開心結。」聲音中帶著迷惘，就連我自己也不知道爲何會這樣。或許當初我就不該踏入這空明堂，不該與她暢聊那麼多不爲外人道的心事。

「貧尼可以爲夫人解開心結，但是，結果如何，夫人必須勇敢地去承受。」她的語氣由最初的淡然轉變爲認眞而嚴肅。

聽她話裡有話，我略微有些遲疑，最終還是頷首而應，「我會承受的。」

良久，她深深吸了一口氣，才娓娓道來。

「記得您初來時自稱雅夫人，貧尼有些訝異，您問貧尼爲何會知道您。其實，每月皇上都會來空明堂一次，除了他的江山朝政，他談的最多的還是一名女子，叫馥雅。所以貧尼對您的大名再熟悉不過了。

「三年前，他第一次見到貧尼就說起了夫人，他說，爲了江山社稷，爲了天下百姓的安定，他必須犧牲自己心愛的女人來完成大愛。而這個大愛就是天下蒼生百姓。要統一天下，首先要做的便是穩定朝綱，但是朝綱上杜丞相隻手遮天，那時的皇上初登大寶很被動，手中兵權並沒有完全鞏固，根本沒有實力將杜丞相一家剷除，所以他必須先行謀畫，沒有辦法，需要的是時間，他只能逐個擊破，首先要對付的便是杜皇后，於是他狠下了心利用了夫人你。

「說完了這些，他爲此流下了熱淚，並在佛祖面前跪了七日七夜，一直在懺悔他對你所做的一切。第一次見到高高在上的帝王如此脆弱，貧尼感動了，所以會選擇進宮住入空明堂，皆因想將他的心魔除去。他置身於權力之中，故而迷失了本性，做出了許多令人髮指的殘忍事。但，這便是帝王呀，那分無奈與掙扎是常人所不能體會的。」

我的心很震撼，爲那在佛祖面前跪七日七夜而震撼，沒有人對我說起過這件事，我全然不知情。原本無力的全身漸漸緊繃起來，怔怔地想著那場面，長跪七日七夜懺悔嗎？

靜慧師父平靜地瞥了我一眼，給了我許久緩神的時間，才繼續道：「這三年間，每月貧尼都會爲他講佛經，讓他摒去那殘忍的本性，學會寬恕。因爲一個皇帝若是連那僅有的包容之心都沒有的話，就不配登上帝王之位。他悟性很高，很快就懂了，所以他去找回了自己的親哥哥，這是他懂得的包容之心。

「約一年前，他在貧尼面前方寸大亂，皆因他親手將夫人的孩子害死了。那夜，他的眼底滿布血絲，不斷地對貧尼說，他不是故意的，他是眞心實意想要將您腹中之子當作自己的親生孩子，沒想到您拽著他胳膊的手會那樣用力，更沒想到他一時未控制自己的力道將您推倒在地。

「我想，能讓這位帝王如此失去方寸的人，只有夫人您一個。」

我的手不斷握緊了又鬆開，鬆開了又握緊，腦海中不斷重複著她的話。我知道他對我的愧疚，也正因爲知道他對我的愧疚，所以我才利用了這分愧疚在後宮中我行我素，才得到了祈佑對我如此包容，不是嗎？如今的我與當年的祈佑有什麼分別呢？

我悠然一笑，「一句不是故意的就能夠將所有責任推卸嗎？原本我可以做母親的，我會有個孩子承歡膝下。正因爲他，所以我終身不孕，永遠失去了做母親的機會。」

她一怔，泰然的目光漸漸轉爲悲憫，「夫人是不孕之身？」

我自嘲地笑了笑，「很可悲吧？」

她悠悠長歎一聲，目光若有所思地盯著簾幕，似在沉思著什麼，片刻才點頭，「一個女人，若是沒有孩子，沒有愛人，沒有親人，更沒有信任的人，眞的是一件很悲哀的事情。貧尼終於能理解，爲何夫人會有如此深的仇恨。」

我黯然垂首，十指緊扣，用了很大的力氣。只聽得靜慧師父念叨一聲，「阿彌陀佛！」隨後由蒲團之上起身，於我身邊繞了一圈，「即便如此，貧尼也希望夫人能兼顧天下蒼生，莫爲一己之私而毀了天下，到時只會陷入無邊自責的深淵。夫人在仇恨中迷失了自己，貧尼相信夫人本性淳樸善良，否則，也不會得皇上如此憐惜。」

我閉目，閃入腦海中的又是那一幕幕驚擾得我深夜無法入睡的畫面。

父皇，母后，皇兄，雲珠，祈星，弈冰，溫靜若，連城，心婉，浣薇，莫蘭，韓冥，陸昭儀，鄧夫人，韓太后，連思……每個人的臉孔一遍遍閃現，飛速轉動。

我倏然睜開雙目，只覺額頭上的冷汗已經沿著臉頰滑落，「靜慧師父，告訴我，我該怎麼做。」

她沉默了許久，似乎在猶豫，卻還是開口說道：「了卻塵緣，淡看世俗。」

「靜慧師父在說什麼？」我一怔，十指驀地一顫，又問了一遍。

「唯有如此，夫人才能解脫。」她恭謹地朝我深深行了一個大禮，「有此事，夫人必須承受，不爲自己，爲天下。」

我直了直僵硬的身子，緩緩起身，含著悲然可笑的目光望著她，「爲何定天下要犧牲女人？」說罷，我轉身而去，沒有再回頭。

疾步而行，漸漸遠離空明堂。徘徊羊腸小徑，望柳綠青煙，水波蕩漾，殘絮散落在我的髮間，我伸手去接那點點柳絮，突然間我止住了步伐，靜慧師父怎會有如此大的膽子與我說「了卻塵緣，淡看世俗」這句話？是祈佑，一定是他授意靜慧師父這樣對我說，美其名曰是「爲天下」，實際上還是爲了他自己的私心，借他人之口讓我放棄一切。如今他竟也要這樣對付我了嗎？如果這眞的是祈佑的目的，那我就更不能放手了。

狠狠丟下手中的柳絮，我轉身朝空明堂而去，若我沒有猜錯，此時的祈佑定然在空明堂，他躲在那簾幕之後聽到了一切，既然他已經聽到了一切，我已經再沒什麼可顧慮的了。有些事情，是要自己親自去解決的。

我躡手躡腳地再次進入空明堂的小院。不出我所料，裡邊傳來隱約的談話聲，我悄悄躲在空明堂外的石柱後，側耳傾聽裡面的聲音，心漸漸沉入了谷底，果然是祈佑與靜慧師父的聲音。我沒有想到，這又是一次預謀，納蘭祈佑，你又一次欺騙了我。

我無力地癱靠在冰涼的石柱上，唇邊再次勾勒出自嘲的笑容，其實，世上最傻的女人就是我馥雅。我還如此自負，自認爲能與祈佑鬥。我果然是比不上他呵。

「『了卻塵緣，淡看世俗』，爲何要對她說這些？」祈佑聲音中夾著濃烈的憤怒之聲。

「貧尼也是再三考慮才說出這番話。皇上，貧尼看見了雅夫人的心，早已經被人傷得傷痕累累，這是她唯一的退路。若非如此，她永遠無法放棄心中的仇恨，將來……她必爲心魔所折磨，痛不欲生。」靜慧師父的聲音格外誠懇，「況且，皇上聽見了她對您的恨，還放心將她留在枕邊？」

「靜慧師父，你錯了，其實我一直心如明鏡。」他長長地歎了一口氣，「我早就知道如今馥雅對我的恨，自那日她狠心地用死鱔毒殺了莫蘭，我就知道，她的恨一直存在著。」

聽到此處，我不禁打了個寒戰，他知道莫蘭是我害的？他知道？我的思緒突然閃現出那日祈佑緊緊擁抱著我，焦急地說「幸好你沒事，幸好你沒吃鱔魚」。

「心婉，陸昭儀，鄧夫人，她做的一切，我都沒有去追究，只因那是我欠她的。終身不孕，是我給她最大的傷害，一輩子都還不完。但是，我依舊要冊封她爲皇后，這不僅僅是對她的虧欠，更是一個男人對一個女人的承諾。想用愛與包容來淡化她的仇恨之心，更想將所有最好的都給她，但是，我擔心，再也不能進入她的心底。」祈佑的聲音有些哽咽。

「皇上，如今正是烽煙四起之時，您不能將心思再放在兒女私情之上了。爲了天下，貧尼請您放手。」靜慧師父語氣中夾雜著焦慮，「您是明君，您應該兼濟天下，您的責任是統一天下。百姓再也不能承受連年來的戰爭，天下再也不能四分五裂了。」

「我很後悔。」

「後悔什麼？」

「篡位奪嫡。曾經以爲那個皇位是我永遠無法放下的一個夢，可事到如今，我累了。爲了坐這個皇位，我弒父，弒母，殺兄，利用我最想保護的女人，只爲鞏固這個皇位，爲了這個皇位眞的犧牲太多太多……就連我心愛之人也對我懷著仇恨之心。」祈佑的聲音如狂風驟雨來得那般猛烈，激動地嘶吼著，

「一切只為了這個皇位！只為了這個皇位！多少次我想丟棄這個皇位，帶著馥雅遠走天涯，過著神仙眷侶的日子……但是我不能，因為我是皇帝，我對亓國有責任。」

「貧尼一直都知道，您是個好皇帝。」

我更是不可置信地捂著嘴，他原來，一直都知道。

不要將朕對你的容忍，變成你欺凌後宮妃嬪的資本。

原來他一直都知道，所以他才會對我說這樣的話，原來他一直都知道我在後宮的所作所為，而且一直都在包容。

淚水終於無法克制地由眼眶中滴落，灼燙了我的臉頰，最後滴在手背。既然他都知道，還要留我在身邊，既然他知道我想危害他的江山，還是要留下我，甚至要封我為后。封后……只因，一個男人對一個女人的承諾。

我一定會給你一個名分，我要你做我納蘭祈佑名正言順的妻子。

九五之尊也是凡人，也嚮往天倫之樂。

捂著嘴的手悄然垂下，我邁步由石柱後走了出來，帶著淚水與哽咽，我問：「這些話，為什麼不早些告訴我？」

二人驀然側首朝我望來，眼中皆有著驚訝。我一步一步朝祈佑走了過去，淚水滴滴滾落，朦朧的目光怔怔地盯著眼眶中帶著淚水的祈佑，「如果，這些話你能親口對我說，或許現在的我就能少恨一些。可是，你從來沒有對我說過，從來沒有。」

「馥雅……」他動情地輕喃一句，溢滿眼眶的淚水悄然滑落。

「阿彌陀佛。」靜慧師父緊緊握著手中的念珠，「皇上與夫人之間似乎存在著很多難以解釋的誤會，貧尼只想說，若一對相愛之人不能敞開心房，午夜促膝長談，是一件悲哀事。」她歎息連連，「希望此刻，你們能放下一切，將心中所想道出。」

她深深鞠了個躬，轉身離堂，揭開簾幕走了進去。

空蕩蕩的大堂之中唯剩下我與祈佑，我們就這樣靜靜地對視著，千言萬語，卻不知從何說起。

水波透明碧如鏡，殘陽鋪水玉塵塘。

我與他再次泛舟湖上，黃昏日暮斜暉如火，鋪在我們身上，將半個身子染紅。他說，一直都想再次帶我來到這兒，想與我並肩去看那兩株由我們親手種植的梅樹。我的心情有些悵惘，悲涼，腦海中閃過的是那七日的平淡生活，若要說眞正的快樂，唯有那短短七日而已。

在湖面之上，祈佑並沒有動手划槳，而是靜坐不動，任風將水面捲起陣陣漣漪，蔓延至遠方。我們倆都垂首睇望著水中的倒影，沉默了有大半個時辰，依舊相對無言。夏末的暖風徐徐而吹，我們的小舟始終徘徊在湖中，始終到不了岸邊。

「靜慧師父說得對，若一對相愛之人不能敞開心房，午夜促膝長談，是一件很悲哀的事。仔細想來，我們眞的從來沒有交過心。曾經覺得自己很失敗，從來都沒有眞正走進你的心底，但是後來我瞭解了，你的身上永遠都留著那道防線，那道防線沒有任何人能夠逾越介入，包括我。」最先開口說話的是我，永遠都是我。他從來都不會主動對我交心，除非我質問他，否則，他永遠都是那個被動的人。

「我以爲，你都知道的。」他由水中的倒影瞧向我，直視我的眸，聲音中有淡淡的苦澀。

「是的，我都知道。」我好笑地點點頭，他這話說得對，我一直都知道的，「但我等待的是你親口對我說。」

我用力揮手，打破了平靜的湖面，更將我們二人的倒影打碎。水花濺起，濕了我的袖，也濕了我的髮，「那次因爲你利用我而逃去昱國，沒想到又被你抓了回來，你用七日的平凡生活想將我留下，可是我沒有選擇留下，不只是因我有連城的孩子，不只是因我對連城有深深的愧疚，還有一個更重要的原因。」我頓了頓，才道，「那七日，你確實對我很好很好，但是你對我的好只會將我推得更遠。七日，我一直在等，等你親口對我解釋皇陵下毒之事，但你始終沒有開口對我說起隻字片語，說明你還是不相信我。」

他的身上也濺到許多水漬，點點落在臉上，他未伸手去抹擦，而是很認眞地聽我說這些，然後深沉地給了我一句，「我以爲，不用我解釋，你能理解的。」

「是，我都知道。」我的心一窒，一股惱火之氣湧上心頭，我狠狠地拍打了一下湖面之上的水波，湖面剛恢復的寧靜再次被打破，我全身已經濺滿了水珠，我激動地朝他吼著，「每次你利用完我之後，就說『對不起，我會補償你的』，你不知道，在我眼裡，這句話是對我莫大的侮辱。你以爲我要的是補償嗎？不是，我想要你的解釋，我想聽你對我說出你的苦衷……雖然那苦衷我知道，但是我想聽你親口說！」

「爲什麼不問？」他的臉色漸漸浮現出迷茫，殤然，不解。

「問？你要我拿什麼顏面去質問那個我最愛的男人？」原本蜷曲而坐的我倏地由舟上起身，低頭俯視著依舊靜坐的他，「問你，爲什麼當初你們狠心地對我下毒？問你，爲什麼口口聲聲說愛的男人要利用我去鞏固皇權？你告訴我，情何以堪？我是個公主，請你讓我給自己留下那最後一絲驕傲好嗎？」酸澀的淚水襲上眼眶，一層層霧氣迷濛，我再看不清他的表情，眞的好模糊。

他似乎動了動口，我黯然打斷話頭，「就像那日在長生殿發生的一場變故，我一直都知道，你是故意推開我的。而你也明白，我早已經知道。但你沒有解釋，只是再次對我說『對不起，我會補償你』，對，你的補償就是讓我做皇后。那時，又一次讓我感受到自己被你侮辱。我的孩子，換來的竟只是皇后之位，你知道的，皇后之位我從來不稀罕。」

淚水無聲無息地滑下，淚痕蔓延，我的聲音越發顫抖著，「而剛才，我在空明堂所聽到的話正是一直希望你親口告訴我的話。如果，那一番話在半年前你能親口對我說，或許……我對你的恨就不會來得如此洶湧猛烈，更不會折磨得我痛不欲生，讓我踏上了那條不歸之路。」

祈佑緩緩站起身，與我面對面相望，他的表情是痛苦，自責的，眼眶也紅紅的，他在那一瞬間似乎老了，更滄桑了。

他問：「如果現在，我再對你說，還來得及嗎？」

他懇切的表情讓我一怔，這個表情是信任、不悔，與當年的漢成王一般無二。他由窗口攀爬而入，他對我說「所有計畫，停止」，是的，那是久違了的表情。自他登上皇位之後，再沒對我露出過此等表情，如今再見，我的內心洶湧澎湃無法止住。

我用力咬著下唇，沾了水漬未乾的手緊緊握拳，盯著眼前的他，許久都不說話，直到舌尖感受到那濃濃的血腥味，我才鬆開了緊咬著的唇，仰望蒼穹，大雁飛過。我悠悠開口吟道：

而今才道當時錯，心緒淒迷。

紅淚偷垂，滿眼春風百事非。
情知此後來無計，強說歡期。
一別如斯，落盡梨花月又西。

娓娓念罷，四周只剩下微波蕩漾，潺潺水聲。天色漸晚，風勢更大，這才將我們的小舟吹至岸邊。他率先上岸，後朝我伸出厚實纖長的手欲拉我上岸。我盯著他的手半晌，終於選擇將手交到他手心之中。我們的手都很涼，交握在一起卻更顯冰寒透骨。

踩著濃濃的野草，清晰的泥草味闖入我鼻間，我的心情由最初的緊繃而逐漸放開，僵硬的步伐漸漸放開，隨他一步一步地朝那曾經有著屬於我們七日回憶的小竹屋走去。夜風拍打在我們身上，將衣袂捲起，衣角飛揚，他伴著我的步伐緩緩而行。他遙遙望著初露頭角的明月被烏雲遮蓋著，散落在頸項的烏黑髮絲隨風微微擺動，他握著我的手緊了緊，「而今才道當時錯，會晚嗎？」

他見我沒說話，便苦澀一笑，看在我眼裡竟有那絲絲的疼痛，以及莫名的傷感。我動了動嘴角沙啞說道：「不晚。」

聞我此言，他淡淡地勾起了一笑，終於將沉著的臉鬆弛而下，不疾不徐地對我娓娓道來，「就從那日雲珠死後說起吧……

「將雲珠推出去頂罪我也於心不忍，但是沒有辦法，祈星知道得太多。直到那日我查到，祈星一直在民間四處尋訪那位幫你易容的神醫，想用這件事與包藏沈家之女的罪名來對付我。你知道，祈星已經不得不除，所以我利用你到天牢，將他逼死。

「其後杜家在朝廷爲禍，後宮由杜莞把持，朝廷由杜文林掌控，這是一件非常危險的事。我知道，要打壓杜家必須從杜莞身上下手，逐個擊破。原本我打算利用靜夫人來對付杜莞，可是我發現她與弈冰竟私下有染，還懷了一個孽子，我所有的計畫都被打亂。事到如今，我根本沒有多餘的時間再去找尋一個對皇后如此仇視，又有足夠智慧與杜莞鬥的女子，不得已，我選擇了你。因為雲珠的死，你早對杜莞有恨，所以我順水推舟，用皇陵下毒之事將你的仇恨點燃。更為了名正言順地給你寵愛，我選擇由你來揭發靜夫人與弈冰的姦情。可是我沒有想到，你對他們手下留情了，那一刻我就知道馥雅始終是馥雅，你的心不夠狠。正好，那日你為我推薦了一個叫尹晶的女子，她的氣質高傲脫俗，頭腦聰慧，更重要的是，她有一顆陰狠無比的心，所以我選擇了她。而我更不想再利用你，所以我將你冷落，再也不見你。

「在長生殿，我看見大皇子的慘死，又見蘇貴人一口咬定是你害死了孩子，我就知道，這又是一個圈套。當你要對我解釋事情的來龍去脈之時，我必須阻止你說，否則我在連思身上下的工夫就全毀了，所以我佯裝憤怒將你推開，但是沒有想到，你會因此流產，那一刻我就知道，與你之間好像再也無法挽回了。

「從莫蘭之死開始，我就知道你對我的恨，你對這後宮的恨。我每日每夜自責愧疚，回想多年來我對你所做的一切，竟是如此卑鄙，一次又一次利用了我最想保護的女人，將她傷得體無完膚。你恨我是理所應當，為了補償你，我對你的所作所為置若罔聞，因為這些都是我欠你的，你就算眞的想要毀掉我的江山，我也不會怪你。

「這半年來，每每午夜從噩夢中驚醒，我都會不禁回首多少年來我所做的一切，似乎都是為了保住這個皇位，穩定朝綱。這個皇位就是一個惡源，它讓我做了太多太多無法挽回的錯事，我想就此丟棄，但是理智告訴我，不能。我既然用這麼多人的血穩固了這個皇位，若就此丟棄，便是一個昏君，天下百姓將如何看待我？我對亓國有責任，所以我不能自私。」

聽他對那幾件事清楚明瞭地敘述，我的心結也已經慢慢打開，這些話我等了太久太久，今日能聽見他親口對我的解釋，所有的怨恨似乎消散了不少，「這些解釋正是我想聽的，但是你從來都不與我提及。所以我恨你，帶著那分恨，我也走上了一條不歸之路。」

「你還恨我嗎？」

「我不知道。但是靜慧師父說得對，如今亓國與昱國的交戰迫在眉睫，我不能執意欲毀你江山。百姓何辜？」

感覺到他握著我的手有些顫抖，我不禁用了幾分力氣回握著他。遍踏過漫漫草叢，將螢火蟲驚飛，漫天縈繞。那一瞬間的怦然心動，彷彿回到了八年前的那一幕，我鬆開了他的手，伸出手，幾隻螢火蟲停留在我的手心。我含笑望著對面的祈佑，有幾隻螢火蟲停留在他的髮梢之上，他的眼中映著滿滿的螢光，眼底深處藏著我。

「人生若只如初見，何事秋風悲畫扇？」喃喃吟出，我雙手用力一揮，停留在我手心的螢火蟲翩然而去。我在原地輕旋一個圈，髮絲舞動，「祈佑，我為你再舞一曲鳳舞九天，謝謝你這半年來對我的包容。」

他的目光中含著縷縷柔情，頷首而應。我後退數步，驚起了更多的螢火蟲，綠光包圍著我們兩人，猶如身在仙境。

翩翩若飛鴻地張開雙臂悠然轉動手臂，右腳足尖為軸，身輕舞旋轉，鵝黃輕紗裙如花蕊迸放吐燦，飛揚如絲。我沒有著華麗的舞衣，未佩戴繁複的首飾，一切都是如此簡單清平。

此舞，我一生只舞過三次，第一次在馥香宮，第二次爲了仇恨而在養心殿，這是第三次，也會是最後一次。

翩舞而起，帶著輕巧的步伐，一連三個飛躍，宛然天成，連貫如一。幾次對上他那柔情深鎖的目光，我盈盈回視，驀然回想起多年前的一切，恍若初見那般，他對我說：「馥雅公主是嗎？我們談筆交易如何？」

人生若只如初見。

這句話不該用在我們身上，我與他的初見就是一場交易，一次利用。

帶著微微的喘息聲，一舞終罷。未站穩，我已經被一雙手臂牢牢地鎖在懷中，他用了很大的力氣將我箍在胸前，瘖啞之聲由頭頂傳來，「馥雅，以後我什麼都和你說，不要再恨我了，好嗎？」

聽他穩健有力的心跳聲，我點頭，「好，以後我們都不要再相互折磨了。」

「你說眞的？」他壓抑不住激動地脫口而出，倏地鬆開了我，用銳利的眼光直視我眼底，打算從我的眼中看出眞假。我用唇邊的笑容，和毫無起伏的眸告訴他，我說的一切都是眞的。

我放棄仇恨不只是因爲祈佑對我的坦誠以及包容，更是爲了天下的百姓。亓國與昱國遲早要開戰，不論誰是最後的霸主，對天下百姓都是件好事。不該再爲一人之私而惑亂朝綱，有些事我是該放下了。

那夜，他帶我去看了我們種植的梅樹，經過一年來陽光的拂照，雨水的洗滌，它們長得很健壯。祈佑對我說，以後每年都要與我一同來此，親眼看著梅樹成長。

深夜蟬聲鳴叫，我們相擁眠於竹屋中。枕在他臂彎中，我一夜未眠，腦海中千回百轉地回想了好多好多。

初見，他溫柔地抱我上馬，我已被他那深深柔情的眼神吸引。

他大婚那日，不顧一切衝進我屋內，告訴我，如果這個皇位要用我來交換，他寧可不要。

毀容後的再次相識，他說，死生契闊，情定三生亦不悔。

大婚那夜，他說，我愛你。

後來，我們的愛情便在大婚後慘變，他對我無情地下毒，甚至於利用我們之間僅剩的愛情。這是對愛情的背叛！我雖然可以原諒，但是這分曾經純眞的愛情早已經被歲月斑駁的痕跡所毀，變得傷痕累累，我早已無力再承受這分愛了。

多少次倚靠在祈佑懷中，我捫心自問，我與他眞的能回到從前嗎？

答案是「不能」。

是的，愛情一旦失去了原本的純眞，就算我與他再怎麼相愛，始終都會有一道屏障擋在我們之間。那道屏障正是「欺騙」。這半年來，每當與他在一起，我想到更多的不是愛，而是欺騙。總會問，他這次又會有何目的？難道又是一個陰謀的開始？每日這樣猜忌，我早已經累了。

還有一道致命的屏障，正是我那逝去的孩子與連城，我無法說服自己安心地與一個殘害我孩子的男人在一起。孩子不會允許，連城更加不會允許。

靜慧師父說得對，唯有摒棄心中的雜念，放下仇恨，不要再迷惑驚慌，才能做回眞正的自己。

既然這分愛情早已經漸漸離我遠去，我與祈佑又何苦將愛強留在身邊，這樣的情只會拖累兩人的身心，從此更加陷入矛盾掙扎。

一陣晨露涼風由窗口滑入，我打了個寒戰，迷茫地望著濛濛亮的灰沉天色，我再次側首望著祈佑臉上那分明的線條。他睡得很安詳，臉上還掛著淡淡沐人的微笑，與他同床共枕這麼久，從來沒有見過他睡覺時掛著如此安靜的微笑。

我不禁伸出自己的指尖，輕輕撫摸他的臉，他動了動。我立刻抽回，生怕驚醒了他。很快他又安逸地沉入夢鄉。看著他的樣子，我的臉上露出甜蜜的笑，眞期望每日都能見到他這樣安詳不戴面具的笑容，但是我知道不可能，我們之間的阻礙太多太多。

即使心中會有遺憾，但那卻會是永遠的牽掛，於我於他也未嘗不是件好事。

想到這兒，我悄悄地下床穿好鞋子，輕手輕腳地走至竹門邊拉開。盡管我用了很小的力氣，依舊發出一聲細響。我回首而望，祈佑依舊安穩地躺在床上，睡得很酣甜，我深深地凝望他，低聲道：「祈佑，一定要做個好皇帝。」

說罷，我毫不猶豫地轉身離開了屋子，外頭下著濛濛細雨，天空格外灰暗，臉上髮上皆瀰漫著雨珠，但我始終沒有停住步伐，踏過滿是晨露的草叢，有漫身的葉草畫過臉頰，帶有絲絲疼痛。

抵達岸邊，我執起槳便乘舟而去，泛著透寒的湖面，霧氣皚皚升起，迷花了我的眼眸，乘著小舟漸漸泛入湖心，伴隨著微風，我回首望著岸邊那屬於我與祈佑兩人的竹屋。

以後，那兩株梅，只有煩你每年去看看了，馥雅再也不能陪你了。你是個好皇帝，不論最後你能不能統一天下，依舊是我眼裡的好皇帝，一定要兼濟天下，不要再被心魔控制。即使我與你一別兩方，也一定要珍重，珍重。

了卻塵緣，淡看世俗。

是的，要除去我心中的仇恨與迷惑，我必須了卻塵緣，淡看世俗。

「馥雅！你不要走。」

一個隨風飄蕩而來的聲音將我的思緒拉回，我驚詫地看著在湖岸邊焦急呼喊著我的祈佑，心中隱隱作痛。他何必追出來，他有他自己的責任，不能再枉顧兒女私情了。我更不想牽絆他的腳步，他應該去走他自己的路。曾經你能對我如此狠心，那麼這次，請你再狠心一次吧。

我朝他揮了揮手，向他告別，始終保持臉上的笑容，並不想表露悲傷。隨著小舟越漂越遠，在岸邊的他漸漸模糊在視線之中，我緩緩回身，更加用力地划著小舟朝對岸而去。

而身後那一聲聲的「馥雅」伴隨著涼風冷雨打在我的臉上，我已分不清臉上的是淚水還是雨水，滴滴滑落，只覺得透心涼。

納蘭祈佑。

與馥雅緊緊地擁臥在竹床上，我雖閉著眼睛卻一夜未眠，而馥雅也一夜未眠。我想了許多關於這八年來發生的事：親手將母后送入冷宮，將身爲太子的哥哥逐出皇宮，將父皇用慢性毒藥一點一點地毒死，最後爲了鞏固皇位將對我情深義重的雲珠推了出去，再派韓冥殺我母后嫁禍祈星，派人溺死明太妃，利用馥雅欲除去杜莞……我做了那麼多殘忍的事，這真的是我想要的嗎？

馥雅，你真的能原諒我對你做過的錯事嗎？你真的能夠釋懷那個孩子被我親手殺了嗎？

突然感覺到有一雙冰涼略帶顫抖的手撫摸上我的眉心，我的呼吸一窒，但是很快便平靜了下來。突然感覺她立刻抽回了手，周圍安靜得讓我恐慌，第一次這樣的安靜竟讓我覺得……我彷彿要失去她一般。

良久，只聞馥雅輕聲一歎，細到讓我覺得她是否曾經有過歎息。

她悄悄地爬下了床，拉開了竹門，我卻始終沒有睜開眼睛，不知道是否該留住她，如果離開我是她的選擇，這樣她能開心……那我便放她走，可是，爲何心卻如此疼痛。

「祈佑，一定要做個好皇帝。」

她低低地說了一句話，我驀然睜開雙眼，由床上彈坐而起，望著那敞開的竹門，我的腦海中一片空白。她是要走了嗎？她眞的要走了？

她要我做個好皇帝……可是她不知道，我也想做個好丈夫，想補償曾經加諸她身上的痛苦。如果可以，我寧願不要這個皇位，若早知道搶奪到這個皇位要失去這麼多，我斷然不會選擇這個皇位。

她一直想要自由，從第一眼見她開始我就知道，她不屬於皇宮，她屬於這個乾淨的荒原山澗。是我硬將她拉入這個血腥的權力之爭，將原本純眞無邪的她變得如此世俗。

我該放她走的，我該讓她解脫的，可是……我捨不得，眞的捨不得。不可以走！

一想到這裡，我連鞋都未穿便急急追了出去。腦海中只有一個念頭，若此次放開了她，我會後悔一輩子。

當我追到岸邊時，只見馥雅已經乘舟漸漸離我遠去，涼風習習拍打在我身上。我知道馥雅要去空明堂，靜慧師父對我說過，如今唯一讓她解脫的辦法，只有了卻塵緣，但我不想放手，更放不開。

「馥雅，不要走！」我放聲朝湖中央喊去，她朝我望了過來，沒有說話，只是朝我揮了揮手。我看不清她的表情，似乎……在對我笑。

良久，她轉過身，留給我一個淒楚的背影，漸漸朝岸邊移去。我一聲聲地喊著她的名字，但是她沒有回頭，毅然踏上了對岸。

不能走，不能走。

我縱身一躍跳入湖中，奮力朝湖對岸游去，沁涼的湖水與點點細雨將我的眼眸浸濕。二十七年來，我從來沒有如此恐懼過，此刻我才知道，原來馥雅在我的心中竟如此重要，甚至超越了我苦心經營的皇位。

片刻我才游到對岸，帶著疲累與濕淋淋的身子一刻也未停，朝空明堂奔去。此時的雨卻越下越大，我赤足踩過坎坷泥濘的小徑直奔而去。

可是，當我抵達的時候，空明堂的門卻是緊緊閉著的，我用力拍打著厚重的朱門，帶著喘氣聲大喊：「馥雅，你出來，我有話對你說。」

也不知道拍打了多久，裡面卻沒有任何人回應，我無力地將額頭靠在朱門之上，雙手緊緊握拳，深深平息著內心的激動，「馥雅，朕求你，我求你……求你出來與我見一面。我有話對你說……」

大雨不斷地拍打在我身上，雨珠一滴滴由我額頭上流淌而下，我不知道自己是否哭了，只覺得眼眶酸酸的，很疼。

「咯吱！」

門緩緩被打開，我欣喜地抬起頭，見到的卻不是馥雅，是靜慧師父。她雙手捧著一把烏黑的長髮朝我行了一個禮，我憤怒地盯著她，「馥雅是朕的雅夫人，你沒有資格落她的髮，你有什麼資格落她的髮！」我第一次對她如此不敬。

「皇上，貧尼並未落夫人的髮。這半截青絲是夫人親手剪下要我交給您的，她說，斷青絲，斷情絲。」

我顫抖地接過她手中那半截青絲，目光流連而上，再次掠過靜慧師父，朝她身後的內堂望去。馥雅背對著我雙手合掌跪在彌勒佛前，原本美麗烏黑的髮絲已經被剪了半截，她的心意竟如此決絕？

「馥雅……」我沙啞地喚了一句，她沒有回頭，朝彌勒佛磕下一個重重的響頭，「皇上請回，貧尼已經落髮，與皇上之緣就此斬斷，請不要再糾纏。」她的聲音很是平穩，毫無起伏，似乎眞的決心要遁入空門。

我深深地凝望她的背影，「你眞能放下八年的感情？」

「能。」沒有猶豫，很肯定的一句話讓我的心一窒，呼吸彷彿都無法平穩。

「我知道你想要過平凡的日子。」我頓了頓，心中下了一個很大的決定，「只要你現在對我說，我一定放下一切與你遠走。」

不只馥雅的身子猛然一僵，就連靜慧師父都用不敢相信的目光望著我，頃刻間跪下，「皇上！您不能衝動。」

馥雅的身子鬆弛下來，開口笑道：「皇上，您明知道馥雅絕對不會開口讓您放下一切的，您現在這樣說，不是在爲難我嗎？」

「我是認眞的。」

「不，你是衝動的。你不可能放下皇位，因爲你是個兼濟天下的帝王，爲一個女人放棄江山不是你會做的事，你現在這樣說，只是想將我留下，盡一切所能將我留下，如果我眞的點頭同意了，你會後悔的，你不屬於平凡，你屬於天下；所以，皇上請離開吧，拿得起放得下才是一個帝王眞正該做的事。今日我的斷髮就已了卻一切，仇恨，情愛，以後皆與我無關。」

我愣愣地聽著她的一字一句，心裡有著無法說出的苦澀，或許……她說的是眞的。在皇位與愛情中，我不可能放棄皇位，如果此刻，我只是一個平凡的王爺，我絕對會毫不猶豫地放棄王位，但是此刻的我是皇帝，我的無奈與苦澀只有自己知道，我對這個天下有責任，我對百姓有責任。

「皇上可聽過『當時只道是尋常』這句話？如今請你放下，多年之後再想起此事，只當它是件平常事。」馥雅依舊背對著我，用那清淡如水的聲音道。

我無力地後退幾步，腳踩入冰涼的泥水之中，冷笑出聲，「好，好，朕放你，朕放你……」我重複著這句話，猛然轉身，投身茫茫大雨之中，離開了空明堂。

始終面對彌勒佛閉目漠對的馥雅依舊如常跪在佛前，合起的雙掌微微顫抖，一滴淚水由眼角滴落。執念，怨念，妄念，恨念，愛念……今日，她終於能將它們全部放下了。

第六卷　十一年前夢一場

曾經你認為我是紅顏禍水，刻意想將我拉入佛家，我並不怪你，因為那時的我確實做錯了很多事。可如今為了這個天下，你竟然如此矛盾地想將我推出去，甚至不承認我是佛家弟子，這讓我非常恨你。

第一章　冷雨黯殤淚

元祐五年，七月初，昱國主動挑釁亓國，在其邊境搖旗擊鼓吶喊示威。亓宣帝盛怒之下命蘇景宏大將軍揮師而下。

元祐五年，十月中，昱、亓二國交戰多日，兩軍兵力相當，烽火硝煙下雙方死傷無數，血流成河。

元祐五年，臘月初，亓、昱二國戰事連連，烽煙四起，百姓民不聊生，街頭巷尾冷清寥落，異常淒涼。

元祐六年，正月初，亓宣帝廢除歷來三年一次的選秀大典，兢兢業業處理政事，遠女色，近賢臣。

元祐六年，四月下旬，戰事迫在眉睫，亓宣帝領數十萬精兵親征，眾將士氣大增，捷報飛來，完勝歸朝。

元祐六年，八月中，連年征戰，死傷無數，白幡飄飄，舉國同殤，哀樂遍野。

我在空明堂待了一年又三個月，爲靜慧師父的俗家弟子，她替我取了個名號「靜心」，如今的我正如這個名字一般，心中那分夢魘早已經在這一年間被靜慧師父消除，對於這紅塵我早已不再有過多的眷戀。

祈佑那次離開後便再也沒有進入空明堂，也沒有來找過靜慧師父，我知道每天朝中都有紛亂的戰事，他早已應接不暇了，加之對我的失望，看來他這回是眞的要放我了，在心中我是欣慰的，因爲他能看開，我的內疚也就沒有那麼深刻了。倒是花夕與慕天經常會來空明堂看我，我卻是閉門不見，若眞要了卻紅塵世俗，就不應再與塵世間的人有任何瓜葛。否則，我如何靜下心來消除心中的心魔？

我對靜慧師父承諾過，待到祈佑統一了天下，我便會將剩下半截青絲徹底剪去。撫上自己頸邊的髮，冰涼柔軟的感覺縈繞在我手心，半年前已被我揮剪而斷的青絲，經過這段時間，髮絲亦長長了。

朝政之事靜慧師父在一年之後才向我提起，因爲那時的我心情已經平復了許多，她再提及塵間事時，我已經沒有當初那分衝動與記掛，或許這就是佛家的眞正境界——目空一切。

雖然自問不能目空一切，但是對於曾經的傷痛我卻是早已淡漠，每每想起再不會是痛徹心扉，只是莞爾一笑，看作世間一場大戲。

孤雁畫過飄著淡淡浮雲的蒼穹，嫋嫋青煙籠罩半山腰，深不見底，恍若懸空。天邊的瀲灩雲彩映紅了半邊天，那幻火流光的晚霞將這個秋日映照得更加淒涼。

今日是國殤日，我與靜慧師父一同登上了那座遙攬山，瞭望金陵城內一片淒涼之景，靜慧師父潸然落淚，「天下之爭，百姓何辜呀。」

「師父還是沒有眞正做到佛家所謂的看破紅塵，你的心還是牽掛著這個天下。」手中撥弄著念珠，我淺笑感歎著。

那道淚痕依舊掛在她那略顯滄桑的面容之上，她沒有伸手去抹，任其蔓延而下，「靜心，你會怪爲師嗎？」

「師父何出此言？」我深爲不解，用疑惑的目光瞅著她。

「當年在你踏入空明堂，自稱雅夫人之時，貧尼就打算點化你出家。是貧尼自私，希望你能離開皇上，甚至……貧尼第一眼就認定你是禍國殃民的紅顏禍水。」她滿目的愧疚之色，垂首盯著手中那串念珠，繼續道：「如今與你相處了這麼長一段時間，爲師才發現，當初爲師爲了天下大義慫恿你遁入空門確實是一個錯誤。你本有很深的慧根，本性又是如此善良，只要爲師稍稍爲你點化，解開心結，你就能成爲一個好皇后，母儀天下輔助皇上的好皇后。」

聽到此處，我嫣然一笑，「師父認爲，靜心若眞放棄了仇恨，還會願意坐上皇后的位子嗎？不，皇后的位子我從來都沒有眞正地想要過，我想要的只是一段平凡的生活與一段乾淨的愛情。皇上給不了我平凡的生活，更給不了我乾淨的愛情，我與他終究是要一處相隔，兩地相思。這是一段遺憾的愛情，但遺憾也是一種美，對嗎？」

「你是眞的看開了。」她抬起始終低垂著的頭，眼眶中有閃閃的淚光，盯著我異常冷靜的眸，「靜心，國破家亡已在千鈞一髮之際，不是亓國亡，便是昱國滅。」

「師父，你一定是希望亓國勝，對嗎？」

「你不希望嗎？」

「身爲亓國子民，固然希望自己的國家能稱霸，祈佑若一統天下，百姓定然不會再處於水深火熱之中。但師父能說昱國的皇帝便不是個好皇帝？記得九年前的昱國，領土稀少，只是在兵力上稍勝一籌。而今的昱國，自連曦登位，短短兩年的時間已經吞併夏國，兵力更能與亓國匹敵。您說，若昱國的皇帝不是個好皇帝，怎會將那個國家領向空前盛世呢？您又敢說，連曦若統一天下一定就會比祈佑做得差嗎？」

靜慧師父的目光深深鎖定我，似乎想將我看透，目光變化莫測讓人費解。良久，她才收回視線，「你比爲師看得透啊。」她長歎一聲，朝前走了幾步，深深凝視那淒涼的街道，街道上早已沒了遊玩的孩子，叫賣的小販，這就是戰爭給天下子民帶來的傷痛啊。

「興許是爲師根本不瞭解昱國的皇帝吧，如靜心所言，或許他會做得比亓國皇帝更好，但是……貧尼心中卻早已認定，統一天下，能爲百姓帶來安樂的，只有納蘭祈佑。」她口中的肯定與目光中的堅定深深打動了我，我知道，靜慧師父一直都很心疼祈佑，甚至將他當作自己的孩子在疼愛。

祈佑是可恨的，也是孤單的，他的半生幾乎沒有快樂，他的夙願只是統一天下，彌補自己曾經篡位弒父殺母的悔恨。他必須用自己的行動來告訴地下的父皇母后，他做這個皇帝做得很好，就算是百年之後離開人世，也有臉面去見九泉之下的父母。

而連曦，他有帝王之才，卻是因仇恨而生。

他要統一天下是爲了幫連城報仇，爲了踏平亓國，殺了我與祈佑。光這一點，他的胸懷就沒有祈佑寬廣，他只爲恨，而祈佑爲天下。

秋雨如絲，淅淅瀝瀝，連綿不絕。

漫天的雨洗滌了原本乾燥的地面，濃濃的塵土味充斥鼻間，我伸手接了幾滴雨珠，沁涼的感覺縈繞我的手心。

在風雨縹緲間，遠處竟有人影緩緩而來，我凝目而望，認出了雨中之人，是蘇姚，她懷中摟著一個男孩，約莫七歲左右，長得眉清目秀，充滿靈性的眼珠四處流轉著，我很詫異，難道是專程來找我的？

如今我已是個不問俗世之人，她找我又會有什麼目的呢？

一想到這，我的腦海中閃現出一個不好的預感，我與蘇姚素來沒有過多往來，僅僅是九年前太子選妃那刻彼此有些熟稔而已，今日她的到來讓我心念一動，難道發生了什麼事？

當蘇姚將懷中的孩子放下時，目光帶著屬於大家閨秀應有的淺笑，眼眸最深處卻隱藏著一絲絲擔憂與矛盾。

我恭謹地答禮，「不知王妃到訪，有何事賜教？」

「我想與你談談當今天下的紛爭。」蘇姚的手輕撫著孩子額頭，眼中滿是慈愛，卻不直視我的目光，似乎在躲閃著什麼。

「如今靜心已皈依佛家，天下之事與我再無干係。」我低頭輕笑，對於蘇姚突如其來的話並不多加詢問。

「天下之事豈是我們說不過問便能不過問的？」蘇姚邁進了佛堂之內，目光巡視四周，「這世間的情愛塵緣不是你說放就能放下的。」

聽她話裡有話，我也不再與她拐彎抹角地打太極，「王妃有話請直說。」

她輕彎下身子替孩子擦了擦臉上殘留的雨珠，「亦凡，你去堂內找靜慧師父說話，母親有話與這位嬸嬸說。」

「嗯。」他很聽話地點點頭，踮起腳在她臉頰上落下一個吻，然後邁著小腿跑進了空明堂內堂。看著他們母子情深，我的笑容漸漸浮現，世間最純眞無私的情莫過於母子之情。從始至終，我一直都羨慕蘇姚，因爲她有一個那麼疼愛她的丈夫，一個如此可愛的兒子，人生得此，死而無憾。

蘇姚慢慢將目光由飛奔進堂內的納蘭亦凡身上收回，「雅夫人……」她這一聲「雅夫人」突然敲擊了我的心，多年往事突然歷歷在目揮之不去，不禁讓我心驚。蘇姚一定有大事想要對我說，而且……只能對我說。

「『雅夫人』這三個字早已不存在，還望王妃莫再喊了。」

蘇姚怔怔地盯著我許久，似乎在猶豫該不該開口，那眼底的矛盾掙扎清晰可見，「蘇姚來此是想求你兩件事。」

我的步伐環繞著內堂走了幾步，最後雙膝跪在蒲團之上，靜待她的下文。

「希望你能勸說展丞相，莫再與我父親爭鬥於朝堂了。此時兩國正處於對壘之中，若朝中重臣還相互敵對，對亓國來說內耗甚鉅。」她也上前，緩緩跪在另一個蒲團之上，雙手合掌叩拜彌勒佛。

「靜心何德何能勸阻得了展丞相？」我淡淡一聲輕笑，見她張口欲言，忙打斷道，「王妃請說第二件事。」

她的美眸流轉，輕輕飄向我全身，「不知你是否知道，韓太后曾經私下做生意，積攢了一大筆錢偷偷運往昱國。如今昱國對戰事胸有成竹，而亓國兵士卻因連年征戰身心疲憊，國庫也日漸空虛。」

「王妃的意思是？」

「如今在前線作戰的是納蘭祈殞，只希望你能前去爭取一些時間，只要亓國能喘一口氣，便有把握打贏這場仗。」

「是皇上的意思？」

「不，皇上根本不知此事，是家父的意思……」

蘇姚的聲音漸漸變小變弱，而我的笑容卻扯得更大，原來我的遁入空門與看破紅塵竟然還是換不來自己想要的安寧。在這場天下爭奪中，還是要將我扯進去嗎？那我一年多的沉寂又該算什麼呢？悲哀？可笑？

「家父？當年你父親在朝堂之上當著百官面前說我是紅顏禍水，說我會禍國殃民。而今日你的父親卻要你來求我？這又是為什麼？」

「家父從來不輕易低頭求人的，但如今是為了天下大義，所以請求你幫這個忙。亓國百姓的安危皆攥在你的手心裡了，我們都知道，你與祈殞的母親有七分神似，又曾是昱國先皇的妃子。如果你能出面，我相信……」

「天下大義就要犧牲一個女人的尊嚴嗎？」緊握念珠的手心一個用力，線斷珠落，一顆顆摔落在地發出刺耳聲響，劈劈啪啪……滾落一地。

蘇姚有些動容，眼睛蒙上一層霧氣，「我知道，在皓那裡我聽了你許多事，我知道，你是個可憐人。踏入空明堂之時我也有過猶豫，也不想打擾你此刻寧靜的生活……但是沒有辦法，這個天下，一定要統一。」

「天下統一，與我何干？」我奮力由蒲團上站起，臉色有些慘白，手腳漸漸冰冷。

「我一直以為你會是個深明大義的女子，卻未曾想到，你的心如此冷如冰。」

這一句話讓我瘋狂地笑了起來，淚水潸然滑過臉頰，「深明大義？我從來都不知道，穩定江山要靠一名女子。」

「雅夫人……」

「讓你父親來求我。」我頓時停止了自己的笑聲，凌厲地瞅著蘇姚，「他堂堂一個大將軍，竟要女兒來開這個口，豈不好笑？」

一直有些神離的她撐起了自己的身子，臉色甚為慘白，更多的是愧疚。她，也是逼不得已才來此求我。

「你走吧，讓你父親來見我。」驀地轉身，揭開簾幕朝內堂而去，一抬眸，靜慧師父正用複雜的目光凝視著我。

一雙小手扯了扯我的裙襬，「嬸嬸不要和我母親吵架……」

我垂首俯視納蘭亦凡，胸口一熱，淚水就滾落而下，「沒有吵架……你快出去看看你娘吧。」

納蘭亦凡那雙靈動的眼瞥了我許久，丟下一句：「嬸嬸不哭。」便跑出了內堂。

卻因這一句「嬸嬸不哭」，我的淚水更加肆意，衝到靜慧師父懷中便大哭了起來，「世人為何都如此自私……」

靜慧師父什麼都不說，只是輕輕拍著我的脊背安撫我，似乎也在沉思些什麼。

與靜慧師父打坐於堂內，相對沉默良久，直到夜幕低垂，外邊的大雨仍舊紛紛灑灑地撲打在地。

「您與王妃的談話我全聽見了，您作何打算？」靜慧師父終於忍不住開口了。

「您想要靜心作何打算？」我彎下身子將佛珠一顆一顆撿起，聲音毫無起伏地問道。

「我們確實沒有權利為你選擇道路，但是為師想為這天下說一句話，希望你明白大義。」

我冷聲笑了笑，早就料到她會說這樣的話，現實畢竟是現實，我終究還是擺脫不了命運的作弄啊。

手中的動作依舊沒有停下，我一顆一顆將珠子收攏於手心，「我說過，連曦若能做皇帝，不一定比祈佑差。」

她的聲音突然感覺有些蒼老無力，歎息聲源源而出，「您是祈佑的妃子，您的心應該向著他。」

「師父說錯了，如今的我只是一名了卻紅塵的佛家弟子。」

「髮未落，您依舊還是雅夫人。」

緊握於手心的佛珠滾落一地，驀然對上靜慧師父的眼睛，「靜慧師父，曾經你認爲我是紅顏禍水，刻意想將我拉入佛家，我並不怪你，因爲那時的我確實做錯了很多事。可如今爲了這個天下，你竟然如此矛盾地想將我推出去，甚至不承認我是佛家弟子，這讓我非常恨你。」

我猛然由蒲團上站起身，衝出了空明堂，才邁出幾步，遙遙大雨中站著一位兩鬢斑白的老人家，不是蘇景宏還能是誰？他眞的來見我了，是來求我的嗎？

「雅夫人，臣爲當初一直與您敵對之事特地向您賠罪。」雨水侵襲了他一身，眸中更是迷離不清，我看不出他的眞實意圖。

「賠罪？我怎麼看不出你賠罪的誠意。」我揚眉一笑，隔著紛落的雨簾望他，但是藏於袖中的手卻握拳顫抖著。

他聽罷，毫無猶豫地彎下雙膝，跪在泥濘的水窪之上，「臣向雅夫人賠罪。」

我站得筆直，迎接他這重重的一跪。這是他們欠我的，既然欠了就該補償，這一跪，我受之無愧。

「好，這賠罪我接受了。」

「這麼說雅夫人您答應了？」他滿懷期待地看著我。

我笑容非但未斂，反而笑得更加放肆，「我可沒說答應，這賠罪是你自願的。」

「你！」他臉色一變正要發怒，卻將那熊熊的怒火按了下來，「雅夫人，您是善良之人……」

「我可記得蘇將軍當年義正詞嚴地說我是個禍水，若將來繼續留在皇上身邊會覆滅亓國，而今我卻變成了善良之人，蘇將軍您變得可眞快呵。」

「當年是臣對夫人有偏見，臣知罪了。只求夫人能忘記當年一切恩怨，爲天下百姓做一件好事，這樣的話，亓國的百姓都會牢記您的恩惠的。」他激動地朝我喊著，最後伏身朝我叩了一個響頭，「求夫人看在亓國百姓面上幫一個小忙吧。」

小忙？原來在他們眼中，讓一個女子出賣尊嚴去請求敵國寬容期限竟是一個小忙？是呀，自戰國時期開始，女子在男人眼中不是一無是處便是紅顏禍水，女人的地位更是卑微不堪，男人因天下而犧牲一名女子也是理所應當。這就是女子的悲哀嗎？女人眞的不如男人嗎？

「很抱歉，我並不在乎受不受萬民愛戴。」最看不慣他們口口聲聲說是爲了天下，犧牲的卻是他人的性命與尊嚴。

「夫人——」他見我要走，立刻扯開嗓門衝我大喊，「皇上是您摯愛的夫君，他最大的心願便是一統天下……而您從來沒有爲他付出過什麼……」

「我沒有爲他付出過什麼？」我步伐一頓，倏然望著蘇景宏，似在喃喃自語，又似在質問他。我眞的沒有爲他付出過什麼？哈哈，原來我從來沒有爲他付出過什麼……

「夫人……」

「好了，你們說怎麼辦就怎麼辦。我聽你們的便是了。」我的聲音漸漸變弱，變無力。就當作這是我爲祈佑做的最後一件事吧，反正待在空明堂內也只是渾渾噩噩度此殘生，如今有這麼好的機會讓我受百姓敬仰，又有什麼放不下的呢？雖然知道連曦此時對我的恨，雖然知道自己去了很可能萬劫不復，雖然知道自己很可能因此而送命……

「還有，馥雅會答應此事並不是爲了天下百姓，所以百姓不必敬仰我；更不是爲了祈佑，所以祈佑更不必愧疚。馥雅是爲了自己，希望自己……能夠解脫。」

黯然回首，轉入空明堂，沒有再落淚。

於我，於天下，於百姓，於祈佑，我再不欠誰的了。

此次的決定就當作……曾經惑亂後宮半年的補償吧。

緩緩取出祈殞曾交給我的鳳血玉，終於能派上用場了。原來馥雅是個敗者，竟然要用他人母親的信物來達到自己的目的，確實可悲。

芳上翠微，松竹撼秋風，時雨潤秋草。

在空明堂的後院有一片竹林，林間的草棚簷下滴著殘雨。

大雨方罷，空氣中無不瀰漫著令人舒暢的清涼香甜氣味，我與展慕天相對坐於草棚間，那一陣風煙離散將我們的衣襟捲起，髮絲凌亂。花夕守在棚外，眼神緊盯四周以防有人偷聽。

我熟稔地爲慕天倒了一杯雨前茶遞與他，他卻是將茶杯緊捏在指尖不飲。

「慕天，很久沒見了，近來可好？」看他眉頭深鎖，欲言又止的樣子，我倒是先開口說話了。

「好。」他冷硬地吐出一個字，覺得對我太過冷淡，便又道，「蘇月已有六個月身孕，我快當父親了。」

「恭喜呀。」我眞心地爲他感到開心，「你現在還會與蘇景宏將軍爭鬥於朝野？」

「那蘇老頭子確實可氣，迂腐又庸俗，滿口仁義道理喋喋不休，只會紙上談兵……」他一說起蘇景宏即臉色一變，數不盡的怨言由口中吐出，可見這些日子蘇家與展家的鬥爭何等凌厲。

我不禁含笑望他，認眞地問：「蘇將軍眞有那麼差嗎？」

他沉思了一下便搖頭，「其實他在戰場上還是英明的將領，思路清晰，用兵果斷。就是冥頑不化，思想過於迂腐罷了。」

「慕天，你有沒有想過與蘇將軍和好？爲天下百姓，爲你的妻子，也爲將來出生的孩子……畢竟你們兩家是親家。」終於，我開始緩緩切入正題。

「姐姐此次見慕天就是爲了說這件事？弟弟不懂，既已決定要遁入空門，爲何還要管朝廷之事？」他的眉頭皺得更緊了，口氣中有質問與不解。

「弟弟先與我談談如今亓國與昱國的形勢。」

一聽我提起二國的形勢，他幽幽歎了一聲，神色有些悲涼，「兩國的戰爭形勢異常嚴峻，攪得天下百姓民不聊生，仗已經打了快兩個年頭，弟弟只希望戰爭能快些結束。」

「你認爲亓國與昱國，誰更有獲勝的把握？」我試探性一問，想知道蘇姚所言是否屬實。

「如今……亓國占了下風。姐姐知道常年征戰必須要有糧草，而今戰事不斷，根本沒有喘息的時間，國庫也日漸空虛。原本昱國該是與亓國一般，糧草無法調配，可是韓太后當年在昱國所積攢的錢財一筆一筆運送至昱國，讓他們的國庫得以充足。若要繼續打持久戰，亓國一定會輸的……」他憂慮的目光不停巡視四周，隨後飄回我身上，用淡淡的笑安慰道：「不怕，咱們亓國有一位戰無不勝的好皇帝，亓國一定能克服此次困難。」

原來蘇姚說的是眞話，亓國國庫眞的漸漸空虛了，俗話說得好，三軍未動，糧草先行。一個國家若連買糧草的錢都沒有，這場仗是無論如何都無法打贏的，祈佑就算再聰明，也是註定要輸的。

「弟弟既然知道亓國的形勢危在旦夕，爲何不能拋開私人恩怨與蘇大將軍聯手保衛亓國？蘇將軍有領兵作戰的能力，你有聰慧的頭腦以及統軍能力，若二人聯手就如銅牆鐵壁，沒有人能戰勝得了你們。」

他有些無奈地苦笑，「我也有考慮過這件事，可是我與蘇老頭子一對上眼意見就相左，他頑固不化的思想我接受不了。」

「身爲將士，即使拋頭顱灑熱血也在所不惜，更何況你現在只是退讓一步。只有朝廷上下一心，才能合作無間地放手作戰，你與蘇家的恩怨就此擱一擱，待到將來天下統一後，你與他再算帳也不遲呀。」爲自己倒下一杯茶，置唇邊輕輕吹了吹，再一口飲盡，「弟弟是明事理之人，你知道私人恩怨與天下大義孰輕孰重。」

展慕天的神色突然黯然，盯著杯中之水良久，似乎在考慮我的話。

我與他一起沉默，「慕天，你眞的認爲祈佑比連曦更適合一統天下嗎？」

「姐姐問的話眞奇怪。」他古怪地瞅了我一眼，「當然是當今皇上啊。」

我自嘲地一笑，「也對。」身爲亓國子民，誰不希望自己的君主能統一天下啊，我問的話，眞的非常奇怪。

「慕天，希望你能在此事上愼重決定，畢竟是爲了……天下大義。」如今的我也說起了天下大義，可笑透頂，原來用嘴巴說「天下大義」這四個字眞的很容易。

慕天與花夕離開之後，我便一人獨跪於空明堂，閉目念佛。或許，這會是最後一次於此地禮佛了，我欠亓國的也該還清了。

這幾日發生的事讓我明白了一個道理，永遠不要欠人情，因爲將來是要你加倍還的，更不能犯錯，因爲要爲自己曾經的罪孽做出加倍的彌補。

祈佑與我同爲一處，卻兩地相思。

父母與我骨肉至親，卻天人兩隔。

孩子與我同爲一體，卻慘死腹中。

連城與我舉案齊眉，卻黯然殞逝。

如今的我已是孤身一人，爲這個天下做一些事又如何。連曦雖是個可怕之人，卻也是有血性之人，他對連城的兄弟之情，我甚爲感動。而連城是我害死的，如今我若去了昱國受他報復，我也沒有任何怨言。

如果我一人的犧牲眞的能換來天下的安定，那也死而無悔不是嗎？怕只怕我的犧牲換不來連曦的通融……我想，以連曦的個性還有對我們的仇恨，的確很難放棄這大好時機。我的籌碼也就只有那枚鳳血玉吧，只能從祈殞身上下手……只能這樣。

「夫人，軍服已爲您準備好了，乘天色已晚，守衛很難將您認出之下，速速離開吧。」靜慧師父雙手捧著一套銀色盔甲立於我面前。

停下了正在敲打木魚的手，再將手中的念珠擺下，起身將盔甲接過。靜慧師父沒敢看我的眼睛，淡淡地迴避了，「鳳闕門邊有蘇將軍的人接應，到時候你有權杖可隨蘇將軍手下安然離開皇宮。一出皇宮有三大高手護衛你進入昱國，而貧尼能為你瞞皇上多久便瞞多久……但是夫人的離開遲早是會被發現的，倒是難為了蘇將軍，將來要承受欺君大罪……」

靜慧師父喋喋不休地念叨著，我面無表情，心裡卻在冷笑。

「倒是難為了蘇將軍，將來要承受欺君大罪……」

這句話是在為蘇景宏擔憂，卻沒有人擔心眼前的我到了昱國會不會有危險。世人都是如此嗎……如果可以選擇，來生我願為男不為女，便不用背負上紅顏禍水之名，更不用為了男子口中所謂的江山而出賣了一個女子應有的尊嚴。

第二章　鳳血憶手足

一個月後。

展慕天在空明堂外躊躇良久，姐姐依舊不見他，每次都被靜慧師父攔在門外，說是姐姐不想見任何人，更不願再過問這世俗之事，也請他不要再來空明堂了。

他很奇怪，上回姐姐主動召他前來空明堂，勸慰他應與蘇景宏摒去嫌隙穩定朝綱，甚至詢問兩國交戰的情形。他清楚地看見她眼中的憂慮，若她眞的不再過問世俗之事，怎會如此？

越想越覺得那日的姐姐很奇怪，目光中有著決絕、掙扎，所以這一個月內他想方設法想要見到姐姐，問問她是否有苦衷，可她就是不出來相見。

難道出了什麼事？

一想到此他便以輕功躍上屋簷，無聲無息地閃入空明堂後院。後院很安靜，秋日涼爽的風將地上的塵土捲起，有些刺鼻。

他揮手將面前的灰塵拂去，再偷溜進了後堂，舉目望去，後堂竟空無一人！

看著空空如也的後堂，他心中閃過一抹陰霾，難道……姐姐這一個月來根本不在空明堂？如果不在的話，她會去哪裡？靜慧師父爲何要如此欺瞞他？

千百個疑問頓時闖入心頭，他雙手緊握成拳，憤怒地揭簾闖進空明堂正堂。

靜慧師父跪在彌勒佛前喃喃念著佛經，卻被一陣腳步聲驚醒，她望著眼前怒氣凜然的展慕天，先是一陣訝異，隨後便平靜下來。

「老尼姑，我姐姐呢？」展慕天的聲音中夾雜著憤怒，聲音一圈一圈地環繞、瀰漫在空寂的正堂內。

「這一日，終於是來了。」她長歎一聲，目光中有些許迷離之色。

「老尼姑，我姐姐到底在哪兒，你把她弄哪兒去了？」展慕天見她平靜的表情，怒火更是沖湧上腦門，箭步上前便掐住她的脖子。

力氣很大，手上青筋突起，眼光投射出一道道欲致她於死地的寒光。

靜慧師父對他的舉動沒有掙扎，早在二月前送走馥雅時她已經做好了死的準備，而今若死在他手上，自己也能減少些罪惡感了。記得當初送走馥雅後，她每夜都睡不安穩，無限的愧疚之情一古腦湧上心頭。

身爲一個女人，她很清楚那分恥辱，更何況是像馥雅這般驕傲的女子，讓她選擇踏上那條不歸路會有多麼令人難堪。她與蘇將軍是自私的，明知道將她送往昱國非但解決不了這場鬥爭，而且很可能還會讓她因此送命，但如今也別無他法了，哪怕只有一絲希望，他們都不能放棄。

漸漸地，展慕天鬆開了手，一把將奄奄一息渾身無力的靜慧師父揪起，「老尼姑，本相這就帶你去見皇上，看你在皇上面前如何解釋。」

御書房內，蘇景宏單膝跪地，目光鎮定，靜慧師父則被展慕天一把丟在地上，她雙手無力地撐著才得以支撐整個身子。展慕天的神色異常冰冷，目不轉睛地盯著面前兩個人，如果可以，他會毫不猶豫宰了他們兩個人。

祈佑無力地靠坐在案前龍椅之上，眼中布滿血絲，似乎幾個日夜沒有睡，下顎生出了些許鬍碴，異常頹唐滄桑。他仰著頭，眼睛一眨不眨地盯著澄透如鏡閃閃發亮的琉璃板，耳邊不斷迴響著蘇景宏與靜慧師父所說的話。

「皇上，是貧尼慫恿夫人去昱國的。」

「皇上，是臣逼雅夫人走的，您要殺要剮，臣都不會吭一聲的。」

魅音魔語一遍又一遍地在腦海中重複著，折磨得他身心俱裂。靜慧師父，他一直將她當作母親一般尊敬，蘇景宏則是他最信任的一位臣子。今日他們二人竟合夥將馥雅逼去昱國，妄想用她來緩和這場戰爭。是他的錯，當初他之所以不派人監視空明堂，只因想給馥雅一個安寧的日子，給她想要的生活，更不想讓這些俗人去打擾她……但換來的竟然是這樣的結果，他應該派人去監視空明堂的。

馥雅，我又狠狠地在你身上畫了一刀。

「啊——」祈佑突然瘋狂地嘶吼了一聲，由龍椅上彈起，一把將桌案掀翻。奏摺、書籍、墨硯幾乎全數傾打在蘇景宏與靜慧師父身上，二人都沒有躲，如木偶般在原地絲毫不動。

「你們以爲一個女人能阻止連曦的進攻？連曦他不只恨朕更恨馥雅！」他的目光含著悲憤，聲音近乎癲狂卻帶著顫抖，「馥雅她到底做錯了什麼，你們竟要將她往絕路上推。她也是個女人，一個再平凡不過的女人，她想要的只是安定的生活，這一點奢求你們都不能滿足她？」

蘇景宏直勾勾盯著面前這個皇上，這再也不是他以往所識那個冷靜睿智的皇帝，頭一回見他如此激動。他一直以爲像祈佑這樣的皇帝絕對不會因爲一個女人而丟了冷靜，他很平靜地說：「皇上，如果臣有個女兒酷似袁夫人，又是昱國皇帝親哥哥的妃子，臣也會毫不猶豫地將其送往昱國。不論她是否成功，即使有一絲希望臣都會試。因爲這是爲了大義，天下大義，黎民百姓。」

「好一個蘇景宏！」祈佑含著殺意的目光瞪著他，「這個天下的大義難道只能犧牲一個女人去完成？」仰天大笑幾聲，讓人覺得渾身戰慄，那聲音不斷充斥在御書房，就連守在門外的侍衛們都有些驚懼，戰戰兢兢地望了一眼緊閉著的御書房大門，奇怪到底是什麼事能引得皇上如此激動。

只聽御書房傳出鏘一聲長劍出鞘之聲。

祈佑手中緊握著一柄透著寒光的劍，光芒泛冷，直逼眾人。

「你要將朕的馥雅朝死路上推，朕也要殺了你！」祈佑氣紅了雙眼，提劍便衝向蘇景宏。

展慕天一見形勢不好，也沒多想便跪擋在蘇景宏身前，雙手死死握住祈佑那柄劍的劍鋒，血緩緩滴落蔓延，灑在地上好大一片。「皇上您不能殺蘇將軍，他做的一切……是爲您，爲亓國，爲天下。他縱有千般不是，您也不能殺他啊，如今亓、昱二國的形勢緊張，若您再殺了蘇將軍，必然會引起朝野大亂，昱國便更能肆無忌憚地長驅直入，到時候形勢將一發不可收拾。」他從來沒想過自己有一日會跪在皇上面前爲蘇景宏求情，在心中，他是恨不得將他千刀萬剮方甘休。但他不能如此自私，必須考慮到亓國的安危。

也許是被那刺目的鮮血所震撼，近乎瘋狂的祈佑逐漸冷靜了下來，手中的劍也緩緩鬆開，最後掉至地面。他的瞳中漸漸浮現出水氣，一連後退數步，「滾……都給朕滾出去。」

聽著皇上略帶哽咽的聲音，三人默默叩首，一齊從御書房內退出。

三人並肩立於御書房外，蒼穹慘白飄浮雲，風簌簌吹在他們身上，皆各懷心思。

「沒想到，展相會爲本將軍求情。」蘇景宏瞥了一眼展慕天的手心，血似乎沒有停下的意思，依舊源源不斷朝外湧。

展慕天冷哼一聲，「你以爲本相在爲你求情……要不是看在你對亓國還有莫大用處，本相第一個提刀宰了你。」

蘇景宏並未因展慕天此言動怒，反倒哈哈大笑了起來，「一直以爲展相是個公私不分，獨攬大權欲顚覆朝廷的人，今日才發現，原來展相也一直心繫朝廷。」

靜慧師父由寬大的袖子上撕扯出一條長長的布，欲爲展慕天包紮，他卻回絕了，「老尼姑，少假惺惺了，如果我姐姐在昱國眞出了什麼事，你一定要陪葬。」

靜慧師父很肯定地笑道：「貧尼倒覺得，夫人她不會出事。因爲在昱國，有祈殞！」

這一言倒是點醒了展慕天，讓他心中沒有了憂慮，如果現在的祈殞鐵了心要保姐姐的話，姐姐定能安然度過危機。不爲其他原因，只因如今的祈殞手握重兵，是攻打亓國必不可少的一名良將，只有他才最熟悉亓國一切路線以及布陣，昱國之所以能如此放肆地攻打亓國，全因軍中有祈殞。

希望姐姐在昱國眞能安然無恙，希望祈殞眞能保住姐姐。

雨後曉輕寒，花落今朝又吹去，波上清風，畫船明月。

一路上爲了避免讓人認出身分，我們繞了好大個彎朝昱國而去，一路顚簸，時間白駒過隙一晃便去了大半個月，如今的我們已離開了亓國邊境，進入昱國。蘇景宏的侍衛一路緊盯著我，生怕我會乘他們不注意逃跑了，我只能無奈地在心中苦笑，若我要逃，當初就不會答應他們來昱國了。

車輪碾過的地方皆有刀槍畫過的斑駁痕跡，有些血跡雖被雨水沖刷卻仍舊保留著淡淡的猩紅之色，這裡曾經也是烽火硝煙的戰場，也有日連旗影的殺戮，更是戰鼓宣揚的墳場。這一處處踏過的地方皆是用那鮮血與屍首堆砌的，戰爭是殘酷的，它破壞了多少幸福美滿的家庭，剝奪了多少燦爛的生命。

雖然這樣的殺戮讓許多人妻離子散，但唯有如今的殘酷才能有將來的安定。祈佑是對的，這個天下一定要統一，不能如我一般婦人之仁，有些事只能用鮮血去解決。

當我還是馥雅公主的時候，養在深宮不識人間愁苦，從小的願望就是做一個無憂無慮的公主，陪伴在父皇母后身邊一輩子。

對，那時候的我是很天真，從來沒有想過要為夏國做些什麼，當初父皇未經我應允便將我賜婚給連城時，我大發脾氣，甚至幾度恨父皇。其實那個時候我還年幼，只知一味任性，沒有考慮到父皇的憂慮，也不能理解父皇害怕這個國家被亓國吞併的恐懼。

這近十年來風雨飄搖，我在昱國與亓國之間來回徘徊，一來二往，那些苦難早已經不算什麼了，我能如此堅強地活下來，不正是因為有了這些苦難嗎？如果沒有經歷這些，或許我還是個天真的小公主，永遠活在他人的羽翼之下，甚至在前進的路途中迷失了自己。

如今我已不再抱怨父皇母后的慘死，也不抱怨祈佑的愛情利用，更不抱怨自己無力生子。畢竟我曾經得到過父皇母后無盡的寵愛，也曾經得到過祈佑無悔的付出，而孩子……也許是我在這個世間唯一的遺憾了。

當年岳飛以「宗社為重，而不知有死生；恢復為急，而不知有利害，知有華夷之限，君父之仇，而不知有身家之禍」精忠報國的高風亮節讓世人讚譽有佳，我雖是女子比不上岳飛能夠精忠報國，至少現在的我還能爲亓國做些什麼，即使是死在昱國又有何妨，畢竟我自己努力過了，爲天下做了一件本不該是女子所爲的事。

「夫人，前邊就是昱國軍隊駐紮的軍營了。」一直趕著馬車的侍衛聲音由外邊隱隱傳來，我放眼望去，那烽火硝煙的戰場之上煙霧瀰漫，秋風塞水。

駐守邊防的士兵手持長槍擋住了我們馬車的去路，「站住，你們是誰？」

我揭簾而下，黃沙漠漠，大風侵袂。我將手中的鳳血玉交給士兵，「軍爺，我們請求見你們元帥納蘭祈殞，有要事稟報，您只要將這枚玉交給他，他便知道了。」

士兵接過這枚玉觀察了許久，猶豫地望了望我，隨後戒備地問：「你們由南而來，是亓國人？」

我見他目光中閃露疑惑的光芒，厲聲呵斥道：「不管我們是哪國人，重要的是現在我有重要軍情要稟報你們元帥。你若再耽擱分毫，延誤軍情，怕是腦袋都難保。」

被我眼中的厲色駭住，他動了動神色，俯身在另一個駐守士兵耳旁低語了幾句，便匆匆朝軍帳內飛奔而去。

約莫過了一刻，那名士兵匆匆跑了出來，「姑娘，元帥請您進軍帳，不過您身後這幾名侍衛不能進去。」

我點點頭，回首望著這大半月一路與我同行的他們，淡淡笑道：「你們已經將我送到昱國軍營，算是不辱使命可以回亓國了。告訴蘇景宏將軍，馥雅這條命算是釘在昱國了，他所求之事我會盡我所能。」

他們雙手抱拳，單膝跪下，很誠懇地吐出三個字：「謝夫人。」

他們乘著馬車絕塵離去，在滾滾黃沙之中，馬車漸遠，最後消失不見。我轉身走進了軍營，是時候面對一些事了。

元帥主帳內昏昏暗暗的，有些陰涼之氣襲來，我站在中央凝望著閉目靜坐的祈殞，他自我進來開始就沒說話，始終緊閉雙目，似乎不願見我。也許，他已經猜到我來此的目的了吧。

既然他不說話，我便也不說話，畢竟我是來求人的，低人一等。

就這樣乾站著有一個時辰，他終於深深吸了一口氣，倏地睜開雙目，眸子中再也不是當初的憂鬱哀傷，取而代之的倒是那經過常年征戰磨煉出的滄桑堅毅。戰爭，眞的會使一個人改變。

「我知道你來的目的。」他將一直緊緊握在手心的鳳血玉攤放在桌案上，「若不是這枚鳳血玉，我是斷然不會見你的。」

聽他低沉的聲音闖入耳中，我沒有說話，等待著下文。

「你這樣可值得？爲納蘭祈佑做那麼多，最後他還是將你推入昱國，妄想用你一個女人來求情？」祈殞譏諷地笑了笑，「如若現在你身邊站著連城的孩子，或許連曦能夠網開一面，但是很可惜，你與連城的孩子被祈佑親手殺了。」

我一怔，臉色有些蒼白，「孩子的死是上天的懲罰，不能怪任何人。」

「事到如今你竟還執迷不悟地幫祈佑說話？」他的神情有些激動，「若不是祈佑，敏敏也不會死！」

「敏姐姐……死了？」我猶如頭上炸開一個晴天霹靂，腦海中瞬間閃過在昱國納蘭敏曾經對我的關懷與開導，那一顰一笑深深地銘刻在我的心中。

「早在兩年前，病死在夏國。」提起納蘭敏，祈殞目光中閃爍著傷痛，「都是納蘭祈佑，若不是他謀害父皇，我怎會想要爭奪那個皇位，敏敏也不會因獨在異鄉飽受思鄉之苦，憂鬱成心病……」

腦海中那瞬間的空白漸漸斂去，我平復了心中的難過，「爲何要一味責怪祈佑？你的父皇對祈佑又做過什麼呢？自幼就唆使他對付自己的母后與哥哥，甚至承諾將太子之位給他。後來祈佑做到了，納蘭憲雲給他的又是什麼呢？是欺騙與背叛，他要立的太子是你，納蘭祈殞啊。從小就被母親冷落，之後又被自己所尊敬的父親欺騙的感覺，你能體會嗎？」

「我從來沒有想過要那個皇位，我甚至一度對父皇說，我不要那個皇位。我不會和祈佑爭的，可是爲什麼呢，父皇也是他的父親，他怎麼能如此狠心地將他毒害！」

「你的父皇最疼愛的就是你這個兒子，其他兒子在他眼中根本一文不値，爲了你，他利用了祈佑，做了這麼多就是爲了將皇位給你，已經由不得你說不要。既然他要扶你做太子，那擋路的人都得死，而祈佑正是第一個威脅……祈佑若不先下手爲強，他就會死在納蘭憲雲手中，你難道沒有想過嗎？你只會一味地將責任推給祈佑，卻沒想過你的父皇對祈佑做過什麼！」

祈殞一聲諷刺的輕笑傳入耳中，看著他眼眶紅紅，瞳中帶著迷濛的水氣，我才驚覺自己的話說得太重，「祈殞，對不起，我知道你從小也在孤單中成長。」

終於他忍不住落下了淚，像個孩子般脆弱地看著我，將眼前的我當作他的母親凝望，淚水一滴滴墜落桌上，「母妃……」

聽他對著我喊出「母妃」二字，我心頭一酸，更覺得自己剛才對他說的話太重。畢竟我是頂著一張與袁夫人極為相似的面容在指責他，「祈殞，對不起……」我又一次道歉。

「從小我就看著弟弟們依偎在母親懷中，那幸福甜蜜的笑容讓我好妒忌，總會問嬤嬤為什麼我沒有母親，嬤嬤總是黯然低下頭不再說話。直到那日，父皇對我說，母妃是被皇后害死的，要我記住殺母之仇。還對我說，為了讓我安全地成長，他不能將太多的寵愛給我，他要我堅強，要我等他為母妃報仇。」他的手指輕輕地撫摸過鳳血玉，目光中帶著深深的情愫，「一直陪伴我走過這麼多年的除了這枚鳳血玉便是母妃的畫像，雖然我從未見過母妃，但我卻深深地感覺到母妃就在我身邊，一直陪伴著我。

「這麼多年來，我一直在等待父皇為母妃報仇，只要母妃大仇得報，我便能安心地度過餘生了。直到你的出現……那張面容不是我的母妃又會是誰呢？你一定很奇怪當初父皇為什麼逼你走卻不殺你吧，其實這是他給我的承諾，只要剷除了東宮與一切障礙後，他就會要人將你帶回來，做我的王妃。這是彌補，對母妃的彌補，對我的彌補。

「或許父皇對他的其他女人與兒子是冷酷無情的，但他對母妃、對我都是有情的，在我心中，父皇不論做了多少錯事，他都是我的好父親，是一個摯愛我母妃的好父親。在這個世上，唯一疼愛我的人就只有父皇了，可是納蘭祈佑為何要殺父皇呢？父皇也是他的父親……雖然，父皇一直都在利用他……」

說到這裡，納蘭祈殞的聲音已經哽咽，緊捏鳳血玉的手已經泛白，毫無血色。

原來生在帝王家的皇子都會有一段屬於自己的悲傷，我不該去妄議誰對誰錯，更不該只站在祈佑的角度去看待納蘭憲雲所作所為。站在納蘭憲雲的角度上看，他為自己心愛之人報仇沒有錯，他要將自己的皇位傳給納蘭祈殞也沒有錯。

錯的只是他們用錯了方式，傷害了至親之人。

最是無情帝王家，原來這句話的含意在此。

我上前幾步，拿出帕子爲祈殞擦拭臉上的淚痕，指尖撫過他的額頭、髮絲，就像一個母親在撫慰自己的孩子。

祈殞的身子有些顫抖，卻很安靜地靠在我懷中，像一個受傷後尋找到自己港灣的孩子，「母妃……」他動情地喚了一聲。

拍著他的脊背，我的聲音也開始哽咽，「母妃在這兒，你有什麼傷心難過，盡管說出來、哭出來，一切都會過去的。」

「母妃，殞兒好想你，二十九年了，您怎麼捨得拋下孩兒一人在世上……您與父皇在天上已經相聚了吧，孩兒也想與你們團聚，只是……父皇的大仇未報，孩兒不能去，不能去……」

一聲聲呢喃敲打著我的心，我也想到了自己的父皇與母后。

母后，當年若不是你要我爲夏國報仇，我也隨你們去了，也不會苟且偷生了近十年之久。母后，如果當初你能帶馥雅一起走，或許我還能保留當初天眞無邪的心性。

躺在軍帳中，眼睛一眨不眨地盯著帳頂，還有大風呼呼自耳邊咆哮吹過。外邊隱隱約約傳來廝殺與哀號的聲音，我一刻也不敢閉眼，我知道那是殺戮的聲音。還有連天號角以及戰鼓宣揚，聲震雲天。

記得晌午之時將士來報，亓軍正飛速朝昱軍境地來犯，聽聞他們兵分四路循序漸進地欲將昱軍包圍，而昱軍只要一個不留神便會處於四面楚歌的境地。

祈殞聽聞消息，當即便披上盔甲，執起長槍出帳整頓軍隊迎戰。我默默站在軍帳中遙望他遠去的背影，剛毅挺拔，帶了幾分決絕之態。

頭一次覺得自己竟是如此卑鄙，帶著亓國所謂的責任來到昱國軍帳懇求祈殞能夠退兵勸慰連曦……雖然，明知道那是不可能的，大好機會就在眼前，連曦沒有理由放手。如今只是在比誰於這場戰役中能堅持下來，這是一場持久戰。

但是亓國堅持不了，沒有錢糧，他們必敗。

不知又躺了多久，忍不住，終於下榻，想出去看看外邊的情況到底如何。但在揭簾的一剎那，我看見漫天滾滾的黃沙席捲了整個軍隊，在月光照耀下，帥旗飄飄紅幡飛揚，那是屬於勝利的旗幟，他們凱旋。

昱軍勝了？

祈殞下馬，表情卻沒有勝利的喜悅。我迎了上去，接過他手中的銀色頭盔，問他：「勝了嗎？」

「嗯。」他淡淡地應了一聲，揭簾進帳。

我趕緊跟了上去，「為何不開心？」

他呆呆地站在原地，背對著我的身影有些蒼涼，「我屠殺的……是我的子民。」

我怔住了。

「每次戰爭結束後，看著滿地的橫屍，我都會對自己說，那是我的子民，亓國的子民，我竟幫著昱國在對付自己的……家人。」

我的手緊緊將頭盔捧在懷中，聽他將亓軍的戰士稱做「家人」，心中似乎也被什麼東西扯動著，

「既然不想對付自己的家人，爲何不停止？」

「停不下來了，更何況，我要爲父皇報仇。」他由懷中掏出了那枚鳳血玉，轉身遞至我面前，「你收回去吧，我不可能放過亓國的。不是他死，便是我亡。」

我沒有伸手接過，只是喃喃吟道，「本是同根生，相煎何太急？」

「這句話說得好笑，祈佑何曾當我是同根生？」

「祈佑給過你機會的，就像當初給過祈星機會。」我將頭盔放至桌案，娓娓而道，「當年祈佑知道祈星對他萌生反意，非但沒有著手對付祈星，反而將靈月公主賜婚於韓冥，爲的只是想讓祈星懂得，他並不想對付自己的哥哥。但是祈星沒有退讓，反而一步一步緊逼，甚至害死了雲珠，祈佑沒有辦法，只能將祈星陷害致死。

「對於你，他早就知道你手中有遺詔，爲何先對付的人不是你而是祈星？難道祈星的威脅比你的威脅更大嗎？不是，是因爲你長年以來都很安分，並沒有表露出反意，所以祈佑沒有對付你。祈佑做的這些難道不是顧念兄弟之情嗎？如果不是你們逼他，他怎會如此對你們？」

他黯然垂首，「其實……這些我都知道。我也曾猶豫過，掙扎過……但是祈佑對父皇的所作所爲……」

「我真的不想再爲祈佑說好話，會讓你覺得我有私心。但我只是想請你也站在祈佑的立場上想想，納蘭憲雲對祈佑的所作所爲。」

那夜祈殞一夜未眠，手持長槍佇立在帳外吹著秋末的寒風，帳內燭火通明，耀花了我的眼眸。我側著身子盯著簾帳被大風不時地吹起，祈殞的身影隱隱約約地闖入視線。

難道生在帝王家的孩子註定要終身孤獨，永遠在矛盾隱忍中掙扎徘徊嗎？祈殞如是，祈星如是，祈佑亦如是。

世人都羨慕身爲帝王之家的子孫，因爲在宮廷能享受錦衣玉食，更有無比的尊榮與權力。但他們可曾想過這宮闈權爭的可怕，只要一個不小心便陷入他人精心設下的局，萬劫不復。爲皇位，兄弟相殘之例比比皆是，這其中的苦也唯有處在局中之人才能體會。

曾經看史冊中皇位爭奪之殘酷，我一直都不大敢相信。但這十年間所發生的一切卻讓我眞正看見了血腥的爭奪，就連自己都陷入這陰謀漩渦而不得出。

其實每個人都有一段悲傷的過往，而我們也在這悲傷中學會成長。直到現在我仍舊相信「人之初，性本善」這六個字，沒有人一出生就會害人，都是因環境所迫啊。正如我當初爲雅夫人之時，在朝廷百官眼中我與擾亂朝綱的禍水並無兩樣，但那也是爲形勢所迫，所以現在的我早已摒去了許多怨恨，放開自己的心去接受了這一切。

祈佑，如今的你是否已知馥雅離開了亓國，你又會抱以何種態度看待這件事呢？

直到清晨第一道曙光破空而出，光芒照耀至我的眼眸時，祈殞揭簾而至，瞳中滿是血絲。

「我們……回昱國。」他沙啞地吐出這幾個字，使我有些詫異，由床上彈坐而起，「回昱國？」

他勉強扯出一笑，「去見連曦，你親口將自己的想法告訴他……我能做的只有這些了。」他緩步移至榻邊，將一直緊握在手心中的鳳血玉交到我手上，「這枚玉你收好，就當作紀念。」

鳳血玉攤放在我手心，溫熱的感覺傳遍整個手臂。昨夜……他一直都在掙扎吧。

「你知道，連曦不僅恨祈佑更恨你，此行你怕是凶多吉少……但是我會盡自己所能保你一日便是一日，其他的還要靠你自己了。」他揉了揉自己的額頭，轉身便出帳整頓軍隊。

但我僅能坐在榻上，一個字也說不出來，只是啞然地望著他的背影消失在簾帳之外。是該慶幸自己生得一張與袁夫人極爲相似的臉蛋吧……否則此行，根本毫無機會可言。

祈殞此次派了手下一名可信的副將坐鎭軍中，自己則領了一小股軍隊攜我隨行，可是我卻怯懦了，眞的要去求連曦嗎？

連曦打這一場仗花了多大的心血與財力，甚至將自己的妹妹都賠了進去……難道連曦有錯嗎？他爲大哥報仇，他要一統天下有什麼錯呢？爲何我卻要他放過此時的大好機會，如若我是連曦，斷然不會因爲一個女人的求情而放棄。

我要如何開這個口去爲祈佑求情，而連曦又爲什麼要答應我放過害死他大哥的男人呢？

第三章　鳳闕死生約

昱國鳳闕殿。

樓外屛山秀，夜闌畫棟壁壘，薄霧微涼隴寒月。

迴廊百燈通明，風曳燭火，影度迴廊。

再踏入這重重宮殿，曾經與連城的記憶一擁而上。

曾經我與他牽手並肩走過這重重遊廊，他對我悉心的關懷與天下無雙的體貼彷彿歷歷在目，似乎連城根本沒有離我而去，我與他只是暫時分別了一段時間而已。

我從來沒有否認過我對連城的情與意，只是他對我的愛遠遠要比我對他的情更多更濃，所以我與他之間註定平衡不了，註定有一方會虧欠另一方。

原本我打算用那個孩子與我的一生陪伴來還連城對我的情，因爲這個世上再也找不到如他這般對我好的男人了。我與他在一起永遠不用擔心他會利用我，永遠不用擔心他會半路放開我的手獨自離去，更不用擔心他會對我怒目而視，最後留給我一個捕捉不到的背影。

但是連城卻爲了我而死，上天這樣註定我與他之間要永遠虧欠著……永遠也還不清，糾纏不清。

「元帥，您現在最好不要進去，皇上與皇后……」在鳳闕殿外候著的公公很是爲難地擋住了我們的去路。

祈殞帶著異樣的目光瞅了瞅緊閉著的朱門，「又在鬧？」

「是。」公公有些無奈地笑了笑，「今日皇上納了一位妃，所以皇后便前來質問……」

祈殞聽罷，了然一笑，似乎已經習以爲常，「那本帥在外候著便是。」

話音方落，朱門便被人用力拉開，一陣風將我們的衣角帶起，微微的塵土氣息闖入鼻間。出來的是一名妙齡女子，面容上有淡淡憤怒，還夾雜著絲絲委屈，眼角有淚珠懸掛，眉宇間淨是楚楚動人。一襲瑰色鳳袍鋪落一地，全身被珠光寶氣圍繞著，我猜她便是連曦的皇后，我的堂妹湘雲公主。

她注意到我們的存在，水眸掠過祈殞掃向他身後的我，神色驀地一凜，「元帥從何時起也喜歡送美人兒到皇上這兒來了，本宮看她早過雙十，年紀不小了。皇上的口味可重，你將這上了年紀的女子送給皇上，也不怕惱了聖顏？」

祈殞並不解釋，只是恭敬地朝她拘了個禮，「若皇后沒其他事，恕本帥先行覲見皇上。」絲毫不顧她此刻的惱怒之色，攜我踏入了鳳闕殿。

在踏入鳳闕殿時，總覺得背後一道涼颼颼的視線，定是湘雲吧。眞沒想到，連曦立了個妒婦爲后。殿內燭火塡滿了每個角落，幻火流光。我們的腳步聲聲迴響傳遍四周，每走近一步我的心便漏跳幾拍，總覺得自己做了虧心事，對連曦產生了莫名的虧欠。

「臣納蘭祈殞參見皇上。」祈殞抱拳單膝跪下，我頭也不敢抬，隨著祈殞一同跪下。

「納蘭祈殞，你可知擅離職守之罪。」連曦一開口便是質問，更因方才與皇后的一番糾纏，聲音中隱夾怒火。

「臣只是爲皇上帶來一名舊識，她很想見皇上一面，更有事相求。」

「舊識？」

只覺空蕩的步子一聲聲接近，我的心劇烈跳動著，一股無形的壓力油然上心頭。

祈殞遲疑了片刻才道：「她是夏國的馥雅公主。」

步伐一僵，殿內的空氣頓時凝結，四處瀰漫著一股詭異的氣息。我的目光有些凌亂地盯著赤金的地面。

半晌，連曦的聲音才傳來，「好了，你可以先下去了。」

「遵旨。」祈殞臨走時很不安心地瞥了我一眼，彷彿此刻的我處在水深火熱之中，而我也嗅到了一絲嗜血的氣息。

待祈殞走後，殿內更加沉寂，就連呼吸都沉重了起來。鬱鬱的冷寂讓我的心由最初的焦慮轉為壓抑，他也不說話，就怔怔地站在我跟前。他不說話我便也不說話，頭垂得老低，一時也忘記了自己此行的目的。

「你隨我來。」良久他才吐出這樣一句話，未等我有反應便率先離去。

我強忍著膝蓋上的疼痛，一路尾隨他朝鳳闕殿內走去，鵝黃色翼錦紗在殿中四處覆蓋舞動，朦朧如淡淡的煙徐徐而飄，連曦那寬鬆的龍袍拂在地上擦出淡淡的聲音。麒麟大鼎中的青煙裊裊散出，有那淡淡的沉香之味。

這是寢宮，連城曾經住過這裡……這裡面有許多許多的回憶，頃刻間湧上心頭。

連曦走至花梨木雕製的龍床旁，彎下身子用力拍了龍床三下，頓時那赤金流黃的牆面上敞開一道石門。

是密室。

連曦頭也沒回，徒步走了進去，我不言不語地隨他一同走了進去。

密室內陰暗又寒涼，我雙手互環摩擦了許久，眼波四處巡視四周的一切，直到我看見那個牌位之時，步伐猛地頓住。

上邊清清楚楚地寫著「昱世宗連城之靈位」，連曦如此有心，竟在此爲連城設靈位。

連曦移步至靈位之前抽出三支香點燃，虔誠地拜了三下，隨後插入靈前那滿是香灰的鼎爐中，輕煙升起，「你難道不想拜祭一下大哥嗎？」

正在愣神的我聽到他這話立刻回神，拿起三支香便點燃而後跪下，含著絲絲水氣凝望上邊的幾個字，「連城，對不起，馥雅對不起你。」

「你當然對不起，當天若不是你要爲祈佑擋那三支毒箭，我大哥怎會爲了你而擋下三支毒箭致死！」他驀地蹲下身子，單手狠狠掐著我的頸項，目光中含著駭人的殺氣。

我的手緊緊握著那三支香，呼吸很是困難。連曦的話勾起了我一直不願回想起的那一幕，淚水再也控制不住由眼角滑落。連城死前那一刻的記憶我封閉在內心最深處，不敢回憶。連曦……若要殺我，我也沒有任何怨言，因爲這條命是連城的，連曦若欲討要回來理所應當。

在快要窒息之時，連曦才鬆開了手，我得到解脫立刻呼吸著周遭的涼氣。

「爲什麼你執意去找韓冥要眞相，爲什麼得到眞相你仍不回來，你若回來了……大哥怎會死……怎會爲了你而親征亓國……」他神色悲痛，雙拳緊握，青筋浮現。

「我答應過連城一定會回來。不是我不願回來……而是被祈佑扣留……」

連曦側目望了我一眼，冷笑出聲，平復了自己的情緒，「你在如此危難的時刻前來昱國為了什麼？」

「為了……為了……」我猶豫著要怎麼說出口，他卻笑了起來，笑聲卻是如此令人難以琢磨，順勢輕巧地將我的話接下，「為了要我停止戰爭，給亓國喘口氣的機會，對嗎？」

「是。我希望你公平一點，若按實力你根本不是祈佑的對手，你靠的只是倒戈的祈殞，還有韓太后秘密運來昱國的一筆筆錢財。你作為一個帝王，你用的手段……」

他凌厲一聲打斷，「你別與我提那所謂的手段，納蘭祈佑用的手段比我少嗎？我至少不會用自己的女人去鞏固這個皇位……而你，馥雅公主，一輩子都在被祈佑利用，卻不能迷途知返，甚至犧牲自己的尊嚴來昱國求我。」

聽他的聲音淩厲，我心中的怒氣也湧上心頭，出聲質問道：「對，你是沒有利用自己的女人，但卻將自己的妹妹推給了亓國，甚至派人殺了自己妹妹的親生兒子。你比起祈佑，又能好到什麼地方去呢。」

「所以不要用作為一個帝王該有的德行來要求我，作為帝王就該利用自己身邊所能利用的一切。」

利用自己身邊所能利用的一切。

我在心中重複著這一句話，連曦作為帝王果然夠狠，比起祈佑甚至有過之而無不及。如今祈佑的狠遠遠比不上連曦，因為祈佑知道自己的母后是愛著他的，更得到了親哥哥的諒解，這一切已經教會祈佑這個世間上還存在著親情，他在靜慧師父那兒除去多年心魔，也學會了寬恕包容。

而連曦從小就生活在眾人的歧視與白眼之下，承受著無盡的委屈，母親還被大娘親手推入井中致死，這樣的環境早就造就了連曦的冷心。爲了連城，所以他沒有報復大娘，只因他眞的當連城是大哥，更感恩於連城的相救。可是後來，這個世上唯一的親人也離他而去了，而且還是死在自己的箭下，這樣的痛苦造就了現在的連曦。

祈佑是在這黑暗的角落中慢慢尋找到了光明，而連曦卻是在光明中漸漸迷失了本性。

突然之間我們倆陷入了沉默，我的全身力氣彷彿被人抽空，無力地癱坐在冰涼的地面，只能以雙手勉力支撐自己的身子。

良久，連曦淡淡地問道：「你會心疼嗎？」

突如其來的問話讓我一時間沒能反應過來，側目凝望蹲在身旁的他，「什麼？」

他陰鷙地笑了笑，「原本只是想用思兒的孩子之死逼你出宮，卻沒算計到大哥的孩子也因那一場變故而喪失。孩子死去你傷心嗎？我想你會慶幸，孩子沒有了，你就不再有負擔，可以名正言順待在納蘭祈佑身邊，對嗎？」

我對於他的自我理解感到好笑，「你是這樣看我的？」

他不理會我，只是自顧自地繼續說：「記得我對你說過什麼嗎，倘若你傷害了大哥，我定不會放過你。」

「我記得，所以此次來，我是抱必死之心而來的。」

「爲了祈佑，你抱必死之心？」

我卻是含著薄笑否認道：「你錯了，我不是爲了祈佑，我是爲了天下。」

「天下？好一個冠冕堂皇的藉口。」他的聲音中帶著絲絲笑意，渲染在空氣中異常扭曲凜然。

我對他的嘲諷置若罔聞，「連曦，你爭天下為的是什麼？」

「為大哥報仇，將納蘭祈佑踩在腳底下。」他說這句話的時候帶著陰狠與戾氣。

「你是為了仇恨爭天下，若這個天下眞的到你手中，你要做的第一件事是什麼呢？誅殺祈佑嗎？」我輕笑一聲，直直地望進他的眸中繼續說，「當天下長年處在戰亂之中，百姓苦不堪言，你統一天下第一件事要做的卻是報復仇人而非安定天下，你眞認為自己有資格做皇帝嗎？」

他聽完我的話，良久才問：「納蘭祈佑，就有資格嗎？」

「是，他那個皇位得來雖不光彩，曾經的他也是為了仇恨而想得天下。現在他卻不再是那個為了仇恨而一心想得到皇位的人了，他說，這個天下四分五裂得太久，必須統一。而這場大戰是在所難免的，唯有用鮮血才能解決一切。不管這途中流了多少血，死了多少人，那是必然的，與其半年一小仗兩年一大仗地打來打去，不如一次將血流盡。」

「說來說去，你還是向著納蘭祈佑，你心中除了他，就看不到其他人了嗎？」他猛然捏住我的雙肩，我蹙了蹙眉頭悶哼一聲。

「我是就事論事。」我強忍著椎心的疼痛一字一句地說，「如果你也能兼濟天下，我絕對不會為祈佑說話。因為我相信……你並不比祈佑差。」

他緊捏著我雙肩的手依舊沒有鬆開，而是冷冷地笑了起來，最後轉為狂放的大笑。那笑聲如暗夜鬼魅一般充斥著整個密室，回音陣陣。

良久他才平復了一下情緒，犀利地盯著我，「馥雅，你永遠是辰妃，永遠是昱國的人。昱國若統一天下，你便與昱國同生；昱國若被亓國毀滅，你便與昱國同葬。」

我被連曦一路拖拽著出了鳳闕殿，樣子有些狼狽。一直守在外面的祈殞一見我們出來立刻退居一旁，「參見皇上。」

「祈殞，你現在立刻回邊防駐守，你擅離職守的罪過往後再與你算。」連曦一把將我拖了過來，推至兩名侍衛身邊，像是丟一件物品一樣，淡漠地對他們說，「帶辰妃去昭陽宮好好看守著。」

祈殞有些不能理解此刻連曦的舉動，疑惑地想開口說些什麼，「皇上……」

連曦一言打斷了他說的話，「祈殞，你現在就連夜回營，若是讓亓軍知道此刻的主帥竟擅離軍營，我軍處境必然堪慮。」

對上祈殞的眼神，我默默地朝他搖了搖頭，示意他不要再說下去，連曦的心意是沒人能左右的。

「是。」祈殞恭敬地拜別之後，毅然投身於漫漫黑夜之中，臨走時我看見他眼中的猶豫掙扎。想必他也很想求連曦給亓國一段喘息的機會吧，可是他始終沒有開口，我們都知道，依連曦的堅持，是絕不可能放過這大好時機的。

「辰妃，請。」兩名侍衛口氣恭謹卻很強硬。

沒有再看連曦的表情，我隨著他們一同轉身步出那重重遊廊。

蒼茫靄霧將樓台宮殿重重籠罩，孤風吹落枝上殘葉，片片捲入萋草之內。浮雲遮月，星疏幾點，我再一次踏入了昭陽宮。

猶記得最後一次與連城的分別便是在昭陽宮內，那日下了好大一場雨，連城依舊來到昭陽宮，他說只為品我一杯雨前茶。我曾答應過，待我由亓國回來後天天為他泡雨前茶，卻沒想到那日是最後一杯。

如果那時連城能當場揭穿我已經懷孕的事實，或許一切都會不一樣吧。

可是他不會，他從來不會厲色以對，更不曾對我說一句重話。在這個世上再也找不到比連城對我還好的人，我多次問自己，爲什麼不愛連城，卻終究找不到答案。

對於連城永遠只是感動多過心動。

當我踏入昭陽宮的時候，出來相迎的是蘭蘭與幽草，她們倆再見我已經沒有當初的激動，而是平靜地向我福身喚：「辰妃。」

我與她們之間的距離似乎一下子疏遠了好多，記得曾經我與蘭蘭、幽草默契十足，總是能有很多話說。看她們眼底的冷漠，那一瞬間我便知道她們在恨我、怪我，是我害死了連城。

她們爲我打來了溫水梳洗，最後吹滅燭火便去外邊守候著我。

漆黑的屋子讓我感覺到冰涼與孤獨，曾經我與連城在這床榻同榻而寢，衾枕之上似乎還殘留著他的氣味，那樣熟悉。

我緊緊摟著覆蓋在身的被褥，淚水一滴一滴地滑落，心中一遍又一遍地默念著「對不起」。

夜漸漸深了，有扇窗半掩著，涼風吹了進來，將雪白的帷帳捲起。只聽見一聲細微的開門聲，一個人影飄了進來，寢宮內頓時陷入一片詭異的氣氛。

見那身影躡手躡腳地輕步朝寢榻走來，會是誰，難道是刺客？不會呀，昭陽宮裡裡外外早就被連曦派來的侍衛圍得嚴嚴實實，又有哪個刺客有這麼大的本領能正大光明地推開寢宮之門前來行刺？我雙手緊緊拽著被褥，屏住呼吸，想看清楚到底是誰，但周圍實在太暗，就連月光都被烏雲籠罩。那一瞬間我看見有一道微弱的閃光滑過我的眼眸，是刀光。

我立刻由寢榻之上彈起，將厚重的被褥整個朝榻邊的人丟了去。那人閃身擋過，匕首狠狠朝我頸項刺來，我在床上一個翻滾才躲過，有一縷髮絲卻被鋒利的匕首削去，我忙抓起衾枕再次擋住來人又一刀。

不等那人有反應，我立刻衝外面大喊著，「來人，有刺客。」這夜靜得可怕，我的冷汗由脊背滲出，浸濕了我的寢衣。

「幽草，快住手。」蘭蘭是第一個衝進寢宮的，她放大聲音朝面前欲置我於死地的人喊著。

幽草？我被蘭蘭喊的名字怔住，呆呆地望著面前那個黑影，怎麼會是幽草？她……要殺我？

當我怔住的時候，她沒有顧忌其他，拿起匕首朝我胸膛刺來。這一刀我的反應慢了許多，雖然閃過，手臂卻被狠狠割開，血與疼無盡蔓延在我的右臂。血腥味充斥四周，我有一股反胃的噁心，也顧不了其他，便赤足跳下床。她死命地抓著我的胳膊不讓我逃，另一手緊捏著匕首一寸寸朝我逼近。我立刻扣住她執匕首的手腕，相互間的纏鬥將寢宮內的桌凳翻倒，瓷器也乒乒乓乓摔了一地。

蘭蘭在一旁幫不上忙，只能衝著外面大喊，「來人呀，來人呀。」

終於，那群侍衛舉著火把姍姍來遲，將瘋狂的幽草制住，寢宮隨即點上了紅燭，燈火通明。閃耀的光芒將幽草那張扭曲的臉完全呈現出來，她的眸子中不再乾淨無邪，而是憤恨陰狠，她自始至終都用仇恨的目光盯著我。

我捂著自己流血不止的手臂，鮮血將我雪白的寢衣染紅了一大片，額頭上的汗也不斷地淌出，「幽草，爲什麼要刺殺我？」

「因爲你該死，是你害死了皇上，是你！」她的雙臂被侍衛壓著，卻還是掙扎不休。

聽著她瘋狂怒吼，看著她悲痛欲絕的目光，我再也無法說出一個字，原來幽草是爲了連城才來刺殺我，原來是爲了連城。雖早知幽草強抑下自己對連城的暗戀之情，但今日由她對我的仇恨才知道，原來她對連城的愛竟已到了這樣的程度。

「曾經我認爲你與皇上是天作之合，你們倆站在一起就像一對璧人，如此般配。記得那日你被張副將鞭打得遍體鱗傷，大夫說已無力回天之時，皇上眼中那傷痛難過的淚……我便知道皇上對你的情有多深，從那時起我便斷了對皇上的念想，更知道自己只是個奴才，沒有資格和主子爭什麼。

「後來你又一次逃跑，皇上嘴上雖然沒有說什麼，但是可以看出他的難過……直到你做了辰妃，我便忠心地伺候你，眞正當你是我的主子，只因你是皇上的摯愛。可是你最後還是離他而去，導致皇上親征……最後爲你而死。

「你一直都在傷害皇上，讓皇上傷心難過，爲什麼……皇上那麼優秀的人你爲什麼不懂得珍惜，爲什麼要一次又一次傷害他。你知道，皇上傷心，我的心就像被人拿刀子狠狠畫過……」幽草激動地說完這番話，已經泣不成聲，淚涕淌了一臉。

我無力地跌坐在凳上，聽她一字一句指責，語氣間皆是對連城的綿綿情意，我還能說什麼呢？

直到連曦到來，陰冷的目光掃視著受傷的我與幽草，隨後衝著呆站原地的侍衛說：「辰妃都傷成這樣，你們還傻站著做什麼，請太醫！」

傻傻看著眼前一切的侍衛這才恍然回神，匆匆出了寢宮去請太醫。

連曦將目光投放至幽草身上，冷冷地吐出幾個字，「刺殺辰妃，杖死。」

「幽草是爲連城報仇，沒有罪。」我的一句話引來幽草與連曦注視，我迎視著連曦略帶詫異的目光，「不是嗎，皇上？」

寢宮內沉寂半晌，連曦的嘴角勾勒出一抹似笑非笑的表情，「將幽草押入死牢。」

幽草在眾侍衛簇擁之下被押了出去，太醫也姍姍來遲地爲我清洗傷口再上藥，最後用雪白的紗布將傷口包紮好，還開了幾副藥，囑咐我必喝。

御醫與在場的奴才們被連曦遣退後，寢宮只剩下我們兩人。又是與他獨處，每每與他獨處的時候我便有著無形的壓力，沉重地壓在胸口上喘不過氣來。

他突然朝我伸出手來眞嚇了我一大跳，身子立刻向凳子後挪了挪，戒備地望著他。他見我的反應卻笑了，「我只是想爲你把脈。」說罷便扯過我的手腕，稍停了片刻，眉頭卻緊皺著，「你不能懷孕了？」

對他的問話我沒有做出任何反應，倒是他拉過小凳與我相對而坐，「我可以讓你再次有生育之能……」

我帶著一聲笑將他後面的話打斷，「又需要我爲你做什麼呢？你認爲現在的我還會在乎自己是否能夠做母親嗎？你不是恨我想殺我嗎，我不能生育你應該很開心的。」

他的目光閃過，似乎在掙扎什麼，良久才自嘲地一笑，由懷裡掏出一條金黃錦布，「若不是因爲這個，我早就殺了你。」

盯著他緊攥在手的錦布，上面似乎寫了什麼東西，想仔細看卻看不清楚。連曦見我費力看著卻看不清楚，便順手將它朝我丟來，我立刻用雙手接住，急忙打開看裡面寫的東西，是連城的字：此次親征，凶多吉少。若爲兄不能歸來，務必代兄照顧辰妃，照顧孩子。

「沒錯，我恨你，更想殺你，但是我卻肩負了照顧你的責任。你說……我是該聽大哥的話照顧你，還是爲大哥報仇殺了你？」他淩厲的鋒芒乍顯。

此刻我的腦海已是一片空白，不知道自己還能說些什麼，原來連城竟是如此用心良苦。

「大哥的交代我從來未曾拒絕，這次也不例外。既然我不能殺你，那就會聽大哥的話，照顧你，你依舊是昱國的辰妃，除了我，沒人可以動你。」

第四章　冬梅傲初雪

自上回幽草行刺之後，一連半個月連曦再也沒有來過昭陽宮，我知道如今天下紛爭，戰事連綿，國事繁忙，他哪有那麼多閒工夫來理會我。況且，他也不願意見我吧，每次我與他對話總會圍繞著一個話題——連城。

看連曦如此堅定要對付亓國的態度，我知道此次我來昱國是白費工夫了。不能怪連曦，換了誰都不會放棄的。

而我則是天天被關在寢宮裡，每走一步都會有蘭蘭跟在身邊，幾尺之外還有眾侍衛跟隨著。我就像一個被關在宮殿裡的囚徒，沒有自由。我該慶幸連曦沒有殺我吧，此次前來昱國最壞的打算便是死，且還得看連曦想用什麼樣的手段將我折磨死去，卻沒想到，因爲連城一段遺言，我居然還活得好好的。

連城，你眞是天下最最傻的傻瓜了，馥雅哪裡值得你愛，甚至讓你爲我付出生命。

現在還處於初冬時節，今年的雪似乎來得很早，記得以往在亓國都是冬至過後才降雪，這就是北方與南方的氣候之別吧。

蕭瑟白雪孤城飄飄，風雪捲殘蒼茫如瀑，枯枝上銀裝素裹地結著透明的冰，飛雪亂舞如鱗甲之片紛紛墜落。身在邊關的將士一定正與酷寒抗爭著吧，可憐爲了統一天下竟要犧牲那麼多條性命。

再望窗外那片香雪海，雪虐風號梅自開，粉色殘瓣自飄零。梅花傲立於雪中美麗地綻放，嬌豔欲滴，色澤在這漫漫飛雪的襯托下更顯粉嫩嬌俏。

還記得初次見你，你在夏宮的雪海林間翩然起舞，舞姿頗有流音回雪、漫步雲端之感，乍望而去，宛若仙子，撼動我心。

初聽見連城這句話時我只覺他輕浮，對我的情更是脆弱不堪。我一直認爲若愛情是建立在容貌之上，那是長久不了的。

可是後來我才眞正明白，那分迷戀早已在他心中轉化爲愛情，無私的愛，甚至用生命在愛。

遙望遠處，一名衣著單薄的男子正站在梅林間緩緩朝這兒走來。怎麼一到昱國想起的都是連城，睡覺，走路，就連賞梅都會看見連城的身影……人眞的不能舊地重遊，否則一定會精神崩潰。

但是再見到連城，我的臉上也浮現出笑容，風雪縹緲中我緊緊盯著越走越近的人影，臉色最後一僵，是連曦。

他蹙著眉頭凝望笑得燦爛的我，步伐一僵，衝我道：「笑那麼燦爛做什麼？」

笑容漸漸斂去，我有點尷尬地收回視線，「沒什麼，你怎麼有空來昭陽宮？」我連忙轉移話題。

「不知道，走著走著便來到此處。」

「我看你挺煩悶，前線戰況如何？」我現在最關心的還是前線的戰況，到如今我仍希望亓國能勝，因爲連曦還是被仇恨蒙蔽了雙眼。說我有私心也罷，我眞的不希望祈佑敗，但是以現在的情形看來，若連曦繼續打持久戰，祈佑的失敗似乎已成定局。

他步至檀香桌前，爲自己倒下一杯熱氣騰騰的龍井，「老樣子，沒多大進展。」

「你是眞的打算打持久戰嗎？折磨將士的身心，浪費百姓辛苦得來的糧食？」

「不打持久戰昱國必敗於亓，亓國的兵力與昱國的兵力相當，但昱國有一小半軍隊是由夏國軍隊併入，單憑短短幾年時間，將士們的心根本無法契合在一起，相較亓國便遜色許多。所以，我只能打持久戰。」連曦今日與我說話的口氣比起以前倒是平和了許多，不再會動不動便諷刺我，也不會總在我面前提起連城的死。

「持久戰，勞民傷財，延續兩年的戰爭使百姓早已經身心疲憊了。」

他輕笑一聲，端起茶吮了一小口，似在回味茶香，「只要能贏，不論付出多大的代價我都在所不惜。」

他眞的已經被仇恨蒙蔽了雙眼，或許連曦是個皇帝之才，但是連百姓死活都不顧的人若統一天下，必然是蒼生之苦。「亓國百姓的現狀我姑且不說，我現在同你說說昱國此時的情形吧。」

見他沒有打斷我的話，便娓娓而道：「祈殞一路護送我來到昱國那幾天路途中，有在襁褓中嗷嗷待哺的嬰兒，有年邁體弱的老者，有與丈夫分別多年獨守空閨的婦人……你知道他們現在吃的是什麼嗎？是用清水煮草根、樹皮啊，而你是高高在上的皇帝，你吃穿的是錦衣玉食，哪能體會到百姓們的疾苦？打持久戰，你說得輕鬆，但是幫你完成這四個字的是頂著風雪駐守在邊關的將士，你卻還在宮裡與皇后娘娘因爲納妃之事爭執不休。捫心自問，你作爲一個皇帝，盡到了對天下臣民的責任嗎？」

不知道是不是自己說的話讓他動容了，此刻的他端著杯，就連茶灑了出來都沒發覺，良久才淺淺開口道：「我爲什麼做皇帝，想必你是很清楚的。」

「不要再拿連城做藉口了，做錯了就是做錯了。」我輕輕地將窗關上，冰冷的寒風已經無法灌入寢宮，「我不再勸你留時間給亓國喘息，只希望你能顧及昱國百姓的苦難，速戰速決吧。」

他低低地重複了一遍，「速戰速決？」

「一向自負的連曦，難道不敢與亓國來一回眞正的戰爭嗎？即使你敗了，那也是戰死沙場，死得重於泰山。將來的史冊上會記載著你的豐功偉績，而不是枉顧天下臣民安危，一味拖延戰事而取得勝利。況且，這次你未必會輸！」

「到頭來，你爲的還是納蘭祈佑啊。」

「連曦，你總是喜歡扭曲我的本意。這個世上除了連城，你是否誰也不信任？這樣會活得很累……就像數年前的祈佑，也像數年前的我。」

語罷，忽聞一聲清脆的聲音由寢宮外傳來，聲聲蕩漾整個寢宮，「二叔，二叔……下雪了……」

連曦只是聞其聲，臉上便露出了淺淺笑意，直到一個女娃啪搭啪搭地在嬤嬤牽引之下跑進寢宮，撲進了連曦懷中。連曦將她抱了滿懷，「初雪怎麼來了？」

「二叔，下雪了，你要陪我去玩兒。」她如八爪章魚般黏在連曦身上，笑得異常開心。尤其是她兩靨之下那兩個深深的酒窩，隨著她說話時的笑容而深淺凹凸起伏，現在的她都如此可人，想必將來定是個美人胚子。

連曦厚實的大掌輕輕撫摸著她的腦門，眼中含著寵溺，「讓母妃陪你去好嗎？」連曦將目光轉向一時摸不著頭腦的我。

「母妃？」

「母妃？」

我與初雪異口同聲，聲音配合在一起卻是如此和諧。

「是呀，她是你父皇的妻子，也就是你的母妃。」連曦畫了畫她粉嫩的頰，聲音很輕柔，這樣的連曦我還是第一次見，簡直就像個……慈父。

初雪炯炯有神的目光轉到我臉上，水汪汪的大眼流連在我身上，似乎想將我看個仔細。片刻後，她帶著稚嫩的聲音輕道：「母妃……」

她是……連城的孩子？她在叫我母妃……

連曦將懷中的孩子交到我手中，我立刻接過，摟著她的時候雙手有微微顫抖，「初雪眞乖。」我克制不住地在她頰上印下一吻。

初雪「咯咯」地笑了起來，探起身子也在我臉上親了一口，「母妃你眞漂亮。」

連曦深深凝望著我們兩人，不再是冷漠，不再是陰狠，而是縷縷笑意。此刻的三人如此溫馨，可謂其樂融融，如同一家三口。可是只有我們知道，我們三人之間有著千絲萬縷的關係，卻永遠不會是一家三口。

連曦說：「她是我大哥唯一的孩子，三年前在冬日下的第一場雪時出生，所以蘭嬪爲她取名初雪。」

這是蘭嬪的孩子？原來我離開昱國已是三年過去了，連城唯一的孩子此刻就在我懷中。我想，我找到可以補償連城的方法了，初雪……

此後的日子，初雪天天往昭陽宮跑，她的歡聲笑語縈繞著原本淒涼冷寂的宮殿。她很依賴我，總是賴在我的懷抱裡聽我給她講故事，唱童謠，一遍一遍地喚著「母妃」二字，彷彿怎麼叫都叫不夠。有初雪陪伴的這段日子眞的很開心，雖然她不是我的親生孩子，但是我卻將她看得比親生孩子還要重要。因爲初雪常來，以致連曦也經常來昭陽宮，他對初雪很好，應該是愛屋及烏的關係吧，他也將初雪視如己出。

連曦說，初雪的母親是蘭嬪，她在產出孩子、並親自爲她取了名字後便懸梁自盡了，只因蘭嬪是亓國派來的奸細，所以她便要死。提起蘭嬪我又想到了連思，此刻的她還在大牢裡嗎？其實連思並不可恨，只是可悲，被親哥哥利用，就連自己的孩子也被親哥哥謀殺，愛情卻仍得不到相同的回應。

我問過連曦爲何捨得將自己的親妹妹送去亓國，他只是淡淡地勾了勾嘴角說，只有親妹妹才能相信，卻沒想到最後連親妹妹都背叛了他。曾讓韓冥警告過她多次，她仍執迷不悟，爲了懲罰她，所以殺了她的孩子。他還說，自己的妹妹都會背叛他，這個世上還有誰能信？

我想，如今的連曦再也不相信任何人了。

萬里飛霜，白雪連天，大雪斷斷續續下了半個月，將昭陽宮籠罩在銀裝素裹中，白茫茫一片。寒銀冬染宮，紅梅耐冷霜滿天，清香數點裘朱扉。我摟著初雪站在宮前迴廊，遙望紛紛雪花綿綿不絕地落了滿地，我與她的呼吸夾在一起如輕煙飄散。

她的手攀著我的脖子悄悄附在我耳邊問：「母妃，您知道初雪的娘親是誰嗎？爲什麼我沒有娘親呢，每次問起二叔與嬷嬷，他們都不告訴我。」

聽她稚嫩的聲音刻意壓低，生怕被人聽見一般，我黯然地收攏了雙臂，「初雪，我就是你的母妃，是你的娘親。」連曦不告訴初雪蘭嬪的事是正確的，她還是個三歲不到的孩子，不該承受這些的。如果可以，我願永遠做她的娘親，如果我有命活到那個時候……

「辰妃，你何時成了初雪的娘親了？」風雪交加之下傳來一個凜然的聲音，湘雲皇后在眾位奴才的簇擁之下朝我款步而來，石青緞綴四團夔龍銀鼠皮褂沾染了點點雪花，靈蛇髻嵌著耀眼的鳳冠，在她的步伐之下鏗鏘作響。

我摟著初雪後退幾步，深覺她此刻的神情似乎像是來找碴兒的，初雪又趴在我耳邊小聲說：「她好凶。」

「或許該稱你爲堂姐吧，想不到你還有命活著。」她的雙手藏在潔白如雪的狐裘套中，停佇在雪中沒有進廊。隔著片片鵝毛大雪我們相對而望，時間有片刻的靜止。

湘雲雖然被金黃的大傘籠罩著，仍有雪花紛揚上身，她的睫毛上沾染了幾抹雪花，長長的睫毛一扇一扇的，更顯得她的眸子閃閃耀眼。配合她那張淡抹脂粉的臉蛋與櫻桃小嘴，那樣貌簡直像是被人精心雕琢過一般。湘雲確實是個異常嬌美的女子，尤其是那一身雍容的鳳袍將她的氣質襯得更加高貴，很有皇后之風。

須臾，我打破了此刻的沉寂，「不知皇后來昭陽宮有何賜教？」

「賜教倒不敢，只是很好奇，你對初雪如此好，不免讓人覺得你是別有用心。」她探出一手，將落在肩上的雪花拂了去。

「初雪自幼喪母，我膝下無子，自然將所有的疼愛給了初雪，這怎是別有用心？」

她的情緒微微有些波動，「你明知皇上視初雪爲命根子，只要她想要的，哪怕是再難找，皇上都會命人找來。」

我淡淡回視著她那凜然的眼睛，「那又如何？」

一聲冷哼由鼻腔中發出，「用初雪來綁皇上的心，確實很厲害。」

「看來皇后誤會了，皇上對我只是出於責任。」

「責任？現在皇上天天往你昭陽宮跑，他去皇后殿都沒那麼勤快呢……你身爲納蘭祈佑的妃子，又身爲連城的妃子，更身爲當今皇上的嫂子，竟如此不知廉恥地用此等下流的手段勾搭皇上。我怎麼不知道馥雅堂姐對男人也這麼有手段呢！」怒氣頃刻間灑出，皇后的儀態蕩然無存，目光凜凜地直射於我。

初雪突然由我懷中跳下，衝到她腳邊用力推著她，「不准你罵母妃。」無奈，初雪的力氣太小，非但沒推開湘雲，反倒讓自己狠狠摔坐在地。

我上前一把將初雪抱起，「皇后娘娘，您可是當朝母儀天下的皇后，如此不顧情面地當著這麼多奴才的面如市井村婦般罵人，確實有失身分。」

她上前一步，橫手指著我的鼻子，「我有失身分？丟人的是你吧，現在昱國可是傳得沸沸揚揚，先帝的辰妃勾引自己的小叔子，傳得要多難聽有多難聽，丟了你的臉面不打緊，皇上可是九五之尊，哪能陪你丟這個人！」

聽了她的話我錯愕了，外面是這樣傳的？

近日來連曦的確經常來到昭陽宮，一坐便是幾個時辰，但是每回初雪都在場，我與連曦也不過偶爾對弈品聊天下事，大多時候都是在逗初雪玩……我與連曦之間怎會被天下人傳爲……勾引小叔子這麼難聽？

我今日總算是明白了「人言可畏」四個字的眞正含意。

「二叔！」初雪突然大叫了一聲，小小的身子朝不遠處撲了過去。

我與湘雲皆側首望著如冰雕般站在昭陽宮朱門內不遠處的連曦，他那烏黑的髮與金黃的龍袍覆蓋了許多雪花，可見已經站在那兒很久了。

初雪撲到他的懷中大哭起來，「二叔，皇后欺負母妃，欺負初雪……你要爲我們作主啊。」她哭得肝腸寸斷，那聲音與風雪呼嘯夾雜在一起，好不淒涼。

連曦將初雪摟在懷中，目光卻冷冷地盯著湘雲，用不大不小的聲音說：「滾！」

湘雲的臉色有些煞白，「皇上，臣妾是爲你好。」

「朕叫你滾！」又是一句陰狠的話語，將她的話硬生生地堵了回去。

四周都是奴才，她這樣被連曦羞辱，臉面自然掛不住，羞憤地衝出了昭陽宮。

連曦摟著初雪緩緩朝我而來，初雪那肝腸寸斷的哭聲也已經漸漸止住，正倚在連曦懷中衝我笑了，那淚眼中還帶著未盡的淚珠，甚是令人疼惜。

連曦在我面前停住步伐，「湘雲就是這個脾氣。」

「其實皇后說得對，你以後還是少來昭陽宮吧。雖然清者自清，但畢竟人言可畏。」我朝連曦笑了笑，看著連曦與他懷中的初雪，緩緩回到寢宮內，最後我緊緊將宮門閉上，將連曦與初雪阻隔在外。

初雪環著連曦的頸項，望著那緊閉的朱門，眨巴著水汪汪的眼睛問：「二叔，母妃生氣了麼？」

連曦不說話，只是寵愛地衝初雪笑了笑，眼底的溫柔，只有對著初雪時才有。他對初雪早就視如己出，不僅因爲她是連城的孩子，更因她的可愛、天眞，還有那純潔無邪的笑容。

「母妃生氣了，怎麼辦？要是她再也不理我們怎麼辦？」初雪拽著連曦的手臂，稚嫩的聲音飄散在風雪中，似冬日裡最純潔的一抹天籟之音。

爲初雪拂去額頭上沾染的雪花，他問：「初雪想怎麼辦？」

初雪充滿靈氣的眼珠一轉，立刻由連曦身上躍了下來，「二叔，我們堆雪人哄母妃開心好嗎？堆一個初雪，一個母妃，再堆個二叔。」

她的話讓連曦愣住，爲初雪突然有這樣一個想法感到驚奇，而他心中似乎也有些期待，於是含著笑點頭，「好，二叔陪你一起堆。」

冬雪宛然，寒風依舊，花枝搖曳，紅梅飄落。

在昭陽宮內那片白茫茫的雪地間，一大一小兩個身影忙前忙後地堆著雪人，一個個腳印踩了滿地交錯，孩子銀鈴般的笑聲讓男子冰冷的心漸漸融化。這樣的溫馨情景卻好似少了些什麼……是母親，這樣才更像一家人。

也不知過了多久，三個雪人終於堆完，初雪那白嫩的小手早已凍得鮮紅，但是她卻笑得燦爛，指著那個最小的雪人說：「這個是初雪。」說完，再指著最大的那個雪人說：「這個是二叔。」

最後再指著中間那個，卻頓了好久都說不出話。當連曦奇怪於此刻的安靜，側首凝望初雪之時，才發現，初雪的眼淚已經在眼眶中打轉，那可憐兮兮的樣子令他詫異，「初雪，怎麼了？」

「這個……是娘親。」初雪哽咽地將話語艱難地吐出，淚水卻已滾滾落下，一把撲到連曦懷中說，「初雪一直以爲自己很可憐，沒有爹爹，沒有娘親。現在才知道，原來二叔就是我的爹爹，母妃就是我的娘親……是嗎？」

連曦的身子一僵，目光深邃地盯著懷中這個哭得傷心的孩子，內心最深處似乎被什麼扯動著，那是他心中最軟弱的地方——渴望。

初雪此刻的心情他又何嘗不知呢，自己不也曾與她一樣渴望親情，希望父親母親能與他共享天倫，一家三口其樂融融地在一起。但那永遠只會是奢望，父親與母親中間永遠夾了一個大娘，若沒有大娘，自己也不用承受那麼多……穆馨如，是她害死母親的！是她！

突然，連曦的眼光變狠，變沉，變陰鬱。曾經因爲連城而刻意壓下的仇恨突然一湧，塡滿了他整個心頭。

「二叔，你弄痛我了！」

初雪一聲低呼，讓險些失去理智的連曦回神，才發現自己摟著初雪的手臂收攏得很緊很緊，她險些窒息。

立刻將手臂鬆開，將初雪摟起，「初雪，二叔現在要去辦一件事……」

初雪疑惑地問：「什麼事？」

在雪中一直前行的那名男子似乎沒有聽到初雪的問話，喃喃自語道：「有一件事，一定要辦、一定要辦……」眼中那堅定帶有仇恨的目光已經讓他目空一切，沒有任何人能阻止他此刻的決定。

也許，連曦最初就是因恨而生，他的一生都生存在仇恨中，無法自拔。

明月幽愴，宮寂輕紗拂。

冷侵燭曳，熏香沉滿殿。

在皇上身邊伺候的張公公走在太后殿空蕩的遊廊中，一路上的奴才早已用藉口摒了去。咯吱一聲推開太后寢宮的門，裡面很是陰暗，唯有一盞燭火在漆黑中閃耀，輕紗飄拂在四周更顯淒冷空寂。

太后一身素裝，安靜地坐在床頭，那微弱的燭火忽明忽暗地映射在她臉上，而她虛無的目光始終注視著那抹燭光。今夜，奴才突然間消失，她就覺得事情不對勁，果然啊，她的猜測沒有錯。

張公公恭謹地低垂著身子道：「奴才奉皇上之命給太后娘娘帶一樣東西與一句話。」

太后的目光轉到他身上，她悠悠歎了口氣，「這一日，終於來了。」自連城死後連曦繼位，她過了近三年提心吊膽的日子，每夜都會由夢中驚醒。面對連曦時，總會回憶起多年前謀害李秀那一幕，更覺得連曦的眼神隨時要將自己殺死，這三年簡直就像一場噩夢。

「皇上說，命，始終要還的。」說罷，由袖口中掏出皇上親手交給自己的小瓷瓶，緩緩走向太后，「此藥服下只會讓太后您久咳不止，最後吐血身亡。明日，天下人都會知道，您是年老病重致死，皇上會厚葬您的。」

她冷笑一聲，凌厲地望著他手中的小藥瓶，「這麼說，哀家還要感激他了？」

沉默片刻，沒有猶豫，奪下那瓶藥一口飲盡。

是的，這一日她早就料到了，只是晚了三年而已。連曦說得不錯，命總是要還的，而她在這個世上也沒有任何眷戀了。連胤被囚禁多年，已是人不人鬼不鬼，而連城的早逝，更是讓她對繁華世間毫無眷戀，如今能夠解脫，也算是一種安樂吧。

「城兒，母后來見你了……」

第五章　箴悟夜闌驚

深夜，我被外面嘈雜的聲音驚醒，直覺告訴我發生了大事。由床上彈坐而起，披起一件單薄的衣衫便拉開宮門，望見四處的奴才冒著大雪匆匆在黑夜中來回奔跑，每個人焦急的表情在燈籠照耀下顯得異常清晰。

我隨便拉了一位宮女問：「發生何事如此慌張？」

宮女微微順了口氣，「太后病逝。」

太后病逝？怔了怔，良久才回神，這麼快就病逝了嗎，此刻的連曦一定很開心吧……

眼波一轉，忽見大雪中堆了三個雪人，我隨手攏了攏衣襟便走入漫漫風雪中，冰寒的雪花呼嘯拍打在我身上，並不覺寒冷。夜色漆暗，只能借著奴才們手中淡淡的燭光勉強看清這三個雪人。

蹲下身子，指尖撫過冰涼的雪人，臉上浮出笑容，也只有初雪這丫頭會堆這三個雪人吧。我想，這最小的一定就是初雪了。身後這兩個……是她想像中的父親與母親嗎，雖然堆得不大像蘭嬪與連城……

「太后好好的怎麼會就這樣病逝了呢……」

「聽太醫說，太后這是突發疾病，誰都沒想到……」

「不過今夜確實有些奇怪，太后殿的奴才都不見了……」

「噓，這話莫亂說，太醫說是病死的就是病死的……」

我被這幾句話吸引了目光，側首凝望在我身後疾步而行，喃喃低語討論著的幾名宮女。她們這話倒讓我疑心漸起，難道太后之死屬他人所爲？難道是連曦……不對啊，如果他要對付太后，爲何三年前不對付，偏偏等到今日？

「參見皇上！」幾個竊竊私語的奴才一聲驚叫，立刻跪倒在冰涼的雪地中，戰戰兢兢地垂首，生怕剛才說的話已經被皇上聽見。

我聞聲而望，風將連曦的衣角吹起，翩翩揚起無限飄逸，髮絲被雪白的冬雪覆蓋，猶如染上一層霜。

他怎麼又來了，我還記得晌午之時才讓他別來……我眞不想在亓國被指責紅顏禍水，到昱國依然被指爲禍水。而他，是個皇帝，自然不能被天下人所恥笑……雖然我與連曦之間根本不像他們口中那般無恥。

連曦揮了揮手示意她們可以退下，頂著片片大雪一臉陰鬱地與我並肩蹲下，雙手攏起雪白的積雪於掌心，呆呆凝望良久。

見他不言語，我便問：「太后駕崩，你怎麼還來此處？」

「太后是我派人殺的。」說這句話的時候如此平靜，彷彿口中所言根本無關一條人命，「你看這三個雪人像不像一家人？」

正當我處在他承認殺太后之事的震驚下久久不能言語時，他卻這樣突然轉移了話題，讓我的腦海中一時反應不過來，只得點著頭道：「像。」

連曦的身子似乎僵住了，側首用一種複雜的目光盯著我久久不說話。

被他的眸子盯得怪不自在，難道我說錯了什麼嗎……突然回神，意識到了什麼，有些尷尬地笑了笑，「他們本來就是一家人。只可惜，永遠不能在一起。」

他的眉頭緊蹙著，手中那團雪已經緊緊被捏在手心，冰雪融化的水滴由他指尖一滴一滴地滑落。我被此刻怪異的氣氛弄得脊背發涼，便移開視線望著梅蕊新妝，萬籟寂靜，幾瓣粉嫩的梅瓣隨風而來，滑落在我的手心。

「你知道嗎，我不開心……我以為她死了我便會開心，但是沒有，只覺得心中空空的。」他的手一鬆，被捏得緊緊的雪球滾落在地。

「恨了這麼多年，大仇終於得報，到今日我卻發現並沒有想像的那麼開心，竟還發現……連自己恨的是什麼都忘記了！可笑嗎？」連曦的情緒有些波動，呼吸中帶著急促，眼眶中還有明顯的血絲。突然他笑了起來，很是狂放，「記得你曾經說過什麼嗎？如果我也能兼濟天下，你絕對不會再為納蘭祈佑說話，是嗎？」

「……是。」今天的連曦與往常真的很不一樣，幾乎接近癲狂，更失去了往常的沉穩與冷靜，真的是因為太后的關係嗎？

他點點頭，又道：「還記得我對你說過，『昱國若統一天下，你便與昱國同生；昱國若被亓國毀滅，你便與昱國同葬』嗎？」

「記得。」

「好，既然你全都記得，我現在就命人寫戰帖，我要在戰場上堂堂正正地贏納蘭祈佑一場，不論成敗！」

肅。

「什麼？」我不敢相信我所聽見的，但是看他眼底的認眞之態，我清楚察覺他此話的信誓旦旦與嚴肅。

連曦驀然回首，凝望那幾個雪人，喃喃道：「一家人……眞好聽。」

被他此刻忽冷忽熱的神情弄得摸不著頭腦，「連曦，你到底……」

「現在，你就修書一封，告訴納蘭祈佑，一個月後我要與他在戰場上一較高下。我還要看見連思，必須保證她毫髮無傷。其他內容你斟酌著寫吧，寫完送到御書房來蓋璽印。」他緩緩起身，俯視著我，眼光由最初的陰鷙漸漸轉爲沉鬱，最後變得清澄透明。

頭一回見連曦的目光如此乾淨，他是眞的能放下私怨，眞正地來一場君子之戰了。毋庸置疑，連曦眞的看透了……到底是什麼讓他透徹的？難道眞是太后的死？

「初雪需要一個娘親，請你給她加倍的關心。我與你之間的恩怨，待此次大戰之後做個了斷。」他笑了笑，伸手拍了拍我的額頭，就像……哄一隻小狗般。

當蘭蘭掌著燈籠將楞睜的我喚醒時，連曦早沒了蹤跡，而雪花已經壓了我滿滿一身。

「娘娘，風雪這麼大，您穿得如此單薄還出來堆雪人，會凍壞身子的。」她的手中撐著一把傘爲我將頭頂的風雪擋了去。側首望著我身邊的雪人，她掌燈照著看了看，抿唇笑道：「都是娘娘堆的嗎，很像呢，尤其是這個，眞像您。」

「我？」被她的話一驚，借著燭火朝雪人望了去，這才清楚地看見那三個雪人……動了動唇，卻發不出任何聲音，只能僵硬著身子站在原地傻傻地凝望良久。

連曦果然說話算話，當我將修好的書信給他時還怕他會反悔呢，沒想到他只是看了眼便蓋下璽印，我知道那個璽印代表著一個帝王的承諾。當時我有很多話想問連曦，卻不知從何問起，經過那個雪夜之後我總覺得怪怪的，卻又說不上哪兒怪，或許是自己太過多疑了吧。

近半個月連曦沒有來昭陽宮，聽奴才們說起連曦緊急召了祈殞回宮，兩人在御書房內一連密談了三日。三日後，祈殞便拿著將軍令四處召集軍隊，一時間汴京變得異常熱鬧，走在大街上隨處可見一支支軍隊四處行走遊蕩。這是戰爭的前兆，汴京內人心惶惶，氣氛異常緊張。

這樣的大場面也只有在對付亓國之時才會有吧，連曦是說話算話的，他真的要與祈佑來一場帝王之爭，我……希望誰贏？

不，此刻的我不該再去管誰輸誰贏了，亓國交給我的任務我已經完成，男人之間的事就讓他們自己去解決吧，多餘的事我不該再多問了。

梅蕊新妝，金鳳闕，明月當空醉玉笙。

陌上梅雨曉冬風，已近深夜，四下無人，我依舊在寢宮門外張望著那條來昭陽宮的路。由晌午起，我便一直在此等待初雪到來，卻怎麼都不見她的身影，以往初雪每天都要來昭陽宮的，今日怎麼沒有來？難道出什麼事了……

「辰妃娘娘……」人未至，聲先到。

一個帶著哭腔的中年之聲傳來，是從小看著初雪長大的蘇嬤嬤，她從來不會露出如此慌張的神情，除非……初雪出事了！

「娘娘，您救救奴才……」她還沒奔到我面前，便已經跪趴在地，髮髻凌亂不堪。

我立刻衝出寢宮，一把上前將她扶起，「蘇嬤嬤，什麼事，初雪出事了嗎？」

「晌午之後奴才就沒有再見過公主，以為她貪玩偷跑出去了，誰知到傍晚都不見公主身影……到昭陽宮問過守衛的侍衛，也都沒看見過公主前來。奴才真的好怕公主出了什麼事，只能一個人四處尋找……卻怎麼也找不到……奴才沒辦法只能來找您……」她垂首而泣，淚水早已潰堤，泣不成聲。

聽到此處我一驚，「初雪失蹤這麼久，你也不告訴我，太糊塗了。」

「奴才怕皇上怪罪……皇上他疼愛公主是咱們有目共睹的，萬一……」

「好了，別再說了，去召集一些侍衛一同找尋比較快。」

「娘娘千萬不要，萬一此事傳到皇上耳中，奴才的命怕是難保啊，求娘娘念在奴才一直照顧初雪公主的分上……」才平復了一些哭泣聲的她，再次哭了起來，連連哀求道。

我歎了口氣，拍了拍她的脊背，「蘇嬤嬤，別哭了，我們先去找找初雪，若再找不到，就必須稟報皇上，初雪的生命安危是緩不得的。」

「謝娘娘，謝娘娘！」她喜極而泣地衝我連連叩頭。我扶住她的身子道：「好了，帶我去初雪常玩耍的地方看看能不能找到。」

說實話，此刻的我內心是焦急的，真的很擔心初雪會出什麼事，但我一直告誡自己，這裡是皇宮，初雪又是連曦如此疼愛的公主，她怎會出什麼事呢，一定只是玩得忘了時間。平復了自己的心情，我到蘇嬤嬤說的幾個地方去尋找，仍不見人影。我急得手心裡全是汗水，雙臂更有些顫抖。

初雪雖非我親生，我卻早已經將她當作我的親生孩子，如此乖巧的孩子絕對不能出事。

夜深，天色昏暗，四處的守衛也很鬆懈，蘇嬤嬤拉著我四處避開那群侍衛一路找尋著。我們跑得很快，一路上低呼著初雪的名字，當我看見遊廊中央門前那一團閃著綠光的翡翠時，我愣住了，忙轉身問：「蘇嬷嬷，你看那裡……」身後卻是空空一片，蘇嬷嬷不知道何時已經不在身後了。

此時的我卻已經管不了蘇嬷嬷了，只有初雪此刻的安危。僵硬地朝前方走了幾大步，才看清楚了那是一枚翡翠玉，幾天前我送予初雪的！腦海間一懵，想也不想便一把推開朱門。裡面很暗，暗到令我覺得陰森，「初雪……初雪……」我一聲聲喚著她的名字。

沒有人回應，我借著手中的燈籠照了照，驀地看見書桌上擺放著一個東西，我清楚看見幾個字「行軍布陣圖」。那一刻的閃神，當即警鈴作響，我抬起手中的燈籠將整個地方照亮，才發現，這竟是御書房！

御書房內有皇帝的重要機密，門外卻無一人把守，這是……圈套！

當我反應過來之時，門外火光點點，隔著雪白的窗扉糊紙映射了進來，看著緩緩推開的門，我禁不住笑出了聲。不論在亓國抑或昱國，他們都是無所不用其極呀，我眞的讓人這麼討厭嗎，走到哪兒都有人要陷害於我。這次算是高明的了，用了我心中的最弱點——初雪。

進來的是連曦，他的目光中藏著惱怒與氣憤，雙拳握得緊緊的，凜然的目光直視著我滿臉的輕笑，「辰妃，你眞讓朕失望。」

「若我說，是有人用初雪的失蹤故意引我來此，你會信嗎？」面對他，我格外平靜，也知道我此刻說的話等於是廢話。連曦從來不曾相信過任何人，而今夜我絕對有足夠理由來到御書房偷取機密作戰分布圖，竊取這樣的情報傳遞給亓國，是啊，我完全有理由……

「初雪。」連曦嗤鼻一笑，「辰妃啊辰妃，找藉口為何不找個令人信服的？」

「公主一直都在皇后娘娘那兒，怎會失蹤？」蘇嬤嬤由人群中竄了出來，對著我的目光彷彿……剛才什麼事都沒有發生，「奴才還記得晌午之時皇后娘娘帶著公主去了皇后殿，奴才也去昭陽宮稟報過辰妃，公主今日不會去昭陽宮了，何來公主失蹤一說？」

我揉了揉自己的額頭，「哦？那是我記錯了？」

「到現在，你還有心情笑？」連曦上前就掐住我的頸項，「我就知道，你的心一直還在納蘭祈佑身上，我在這兒布置隱藏人手已經七日，你還是忍不住過來偷行軍布陣圖。這就是你口中所謂光明磊落、滿口仁義道德的帝王之戰嗎？眞是笑話！」說罷，他的手一鬆，已經被他雙手掐得渾身無力的我，腿一軟，便狠狠摔在地上。

「來人，辰妃通敵叛國，給朕拖下去，關進天牢。」連曦沒再看我，只是丟下一句話，揮袖離開這淒冷的書房。

亓國。

亓國冰冷的天牢中，一個女子的頭髮凌亂如枯草，微微有些發黃，口中一直喃喃念叨著一句話：我一直在你身邊，爲什麼你的眼中只有她……

細細觀望，才發覺那是當年不可一世的韓太后，她臉上沾染了許多塵土，眼神空洞呆滯，手中緊緊扯著那一簇稻草。此刻她的容顏已經蒼老，再無曾經的風華絕代，牢中之人都說她得了失心瘋。

與她關在一起的連思則是呆呆地靠在冰冷刺骨的牆角，目光始終盯著牢門，臉色微微泛著蒼白，粉唇乾澀。時常望著牢門止不住哭出聲，腦海中閃現的皆是當年的一幕幕甜蜜，到如今她還是沒有死心，依舊不能接受祈佑自始至終都在利用她的事實，不敢相信，祈佑眞的對她如此無情。

突然，厚重的牢門外傳來一聲清脆的開鎖聲，驚了牢中兩個人，她們的目光剎那間變得清明。一身便衣金色錦袍的祈佑稍微躬下身子才進入了天牢，連思看清此人立刻由牆角爬起身，滿目的淚水立刻湧出。

祈佑淡漠滄桑的瞳光掃向兩個狼狽不堪的女子，最後將視線停留在連思身上，現在的她異常狼狽，當初那分美貌皆因多年關在看不見天日的地方而褪去，現在剩下的只有斑駁的痕跡。

連思一步一步地朝祈佑移了去，內心克制不住地湧動著，酸澀哽咽在喉嚨上，連聲音都發不出來，終是克制不住地放聲大哭，「祈佑，你還是……還是來見我了，我就知道，你還是放不下我，對不對？」

望著她如此激動，祈佑不禁上前一步，「連思……」話未落音，連思便撲向祈佑，緊緊摟著他的腰際，淚水打濕了他胸前的衣襟，「我就知道，你還是戒不掉這個習慣，是嗎？」

原本想推開連思的他緩緩垂下了手，任她緊緊靠在自己胸膛前。於連思，他是心存愧疚的，即使再無情，畢竟連思陪在他身邊整整三年，即使她是昱國的奸細，卻從未做出危害自己的事，更爲他丟棄了與連曦的親情，光憑這一點他便有愧。

「昱國來了書信。」祈佑沒有回答她，只是說明自己的來意。

已經激動得泣不成聲的她一怔，呆呆地望著祈佑良久，只聽他繼續道：「連曦要與我來一場正面交戰，要在戰場上見到你安然無恙。」

連思立刻由他懷裡脫出，用力搖頭道：「不，不要送我回去，我想在你身邊，只想在你身邊……」

「你必須回去，亓國沒有你的幸福。」

連思的手微微顫抖著，「有，你就是我的幸福。」

祈佑淡淡地笑了笑，「連思，我從來沒有愛過你，對你的習慣，早已戒掉。如今你存在的目的是爲了這場戰爭，依連曦的行事作風來看，馥雅必定會成爲他強有力的利用工具。而你，卻會是我牽制連曦的工具。」

聽著祈佑口中那無情的話語，她的頭一陣暈眩，重心一個不穩，最後摔倒在地。也許，夢早該醒了，納蘭祈佑的眼中永遠只有馥雅一個人，只有她一個。

韓太后望著連思，眼睛睜得大大的，最後哈哈大笑出聲，「活該，都活該。」

祈佑毫無留戀地揮了揮衣袍，邁著穩重的步伐離開這陰冷的大牢，他的目光已經沒有當初屬於帝王的那分陰鷙凌厲，取而代之的只是多年磨礪出來的冷靜與滄桑。

他早就已經累了，多年來沉浸在權力的爭奪中，利用了無數人，手上染了太多太多鮮血，他真的很累了。其實早在馥雅被蘇景宏逼去昱國後，他就知道這場戰爭註定要輸，他們只想到讓馥雅去求連曦，卻沒想到連曦會反過來利用馥雅威脅亓國嗎？

果然，半個月前收到馥雅的書信，她說，連曦已經同意與自己來一場帝王之間的戰爭。先是欣喜於她到如今還活得好好的，隨後便想到馥雅的危險，連曦是何等人，怎會放棄利用馥雅這個大好機會？

他相信，在這場戰爭上定然能見到馥雅的身影。到那時，連曦可會用馥雅與連思交換？昱國。

連曦一人獨自站在書房內，昏暗的書房內只燃了一支蠟燭，明晃晃地耀著他的雙眼，單手緊握成拳，一口怒氣憤然衝上心頭，將桌案上的書籍全數掃至地面。

初雪在蘇嬤嬤陪伴下，才進入書房便見此情景，嚇壞了，「二叔……」

連曦轉身，望了眼初雪，最後將凌厲的目光直射向蘇嬤嬤，她被這眼神嚇得心裡咯登一跳。

「說吧。」

蘇嬤嬤望著此刻極爲陰鷙的皇上，用力平復幾乎要跳出口的心，「奴才……不知道說什麼。」

連曦的嘴角邊流露出一抹嗜血的弧度，「初雪，你說，今日到底怎麼回事，你怎麼會突然去了皇后那兒？」

初雪頭一回見這樣冷酷的二叔，不禁有些害怕，輕輕挪動了步伐，「皇后娘娘硬拉著我去她那兒，初雪本不想去，後來蘇嬤嬤一個勁兒地讓我去……初雪在皇后那兒吃了一塊很香很甜的芙蓉糕，後來就睡下了……」

連曦一拳拳敲打著桌案，在異常冷寂的御書房顯得格外陰森，良久他才吐出一句，「初雪，你先出去，二叔有話與蘇嬤嬤說。」

她的眼珠在蘇嬤嬤與二叔身上轉了一圈才離去。

初雪才離去，蘇嬤嬤雙腿一軟便跪下了，「皇上饒命，一切，一切都是皇后娘娘讓奴才這麼做的。皇后對奴才說，只有這樣做，昱國才會有完全勝利的把握，否則亓國與昱國之間這場戰爭將會非常慘烈。」

連曦背對著蘇嬤嬤不言不語，依舊一下一下地怒敲桌案，冷漠僵硬的背影猶如一座冰雕，紋絲不動。這樣的皇上著實讓蘇嬤嬤渾身顫抖，冷汗已經由額頭上滑落，但聞皇上冷道：「繼續說。」

戰戰兢兢地伏在地上，蘇嬤嬤開始老實交代，「娘娘知道皇上您最近故意讓御書房的守衛表面看上去異常鬆懈，其實暗地隱密埋伏了許多禁衛。她知道您故意試探辰妃娘娘的心是向著亓國還是昱國，她就順水推舟演出了這樣一幕。」

「是嗎？她明知道朕在暗地裡埋伏了禁衛，還敢在朕的眼皮子底下導演這樣一齣可笑的戲？」他一陣冷笑。

「娘娘說，皇上會理解她的良苦用心。」蘇嬤嬤將皇后當初交代自己的話一五一十地說著，安排這場陷害的戲碼之時，皇后就說過，若皇上問起便老實交代，定然能逃過一劫。

連曦的雙拳緊緊握著，青筋暴起，臉色冷得嚇人，強忍著怒火，平靜地道：「你可以出去了。」

「謝皇上開恩。」得到皇上應允，她彷彿大難逃生，連忙叩首謝恩便匆匆離去。皇后娘娘果然說中了，皇上即使知道實情也不會怪罪，看來皇后還是挺瞭解皇上的。她就是不明白，為何皇后能料定皇上不會怪罪？奴才陷害主子可是死罪啊，是什麼原因讓皇上竟能包容？更何況……皇上明知道辰妃是冤枉的，為何還要將錯就錯，將辰妃打入天牢？

御書房內的連曦彎下身子，拾起地上那一卷行軍作戰圖，勾起一抹自嘲的笑容，「辰妃，原諒我的自私，我的妹妹還在納蘭祈佑手中，只有你，才能保住連思。」

雖然這個妹妹因為愛情背叛了他，但是，親兄妹畢竟是親兄妹，血濃於水。他再也不能失去親人了，這個世上除了初雪，便只剩下連思。他已經孤單了二十多年，雖然已經習慣了孤獨，但是，也怕了孤獨。

第六章　十年蹤跡心

幽草被關在隔壁牢房內，自我被禁衛送進來那一刻，她的視線就牢牢停留在我身上。她一直在笑，但眸中卻有著悲涼與滄桑。我沒有看她，只是抱著腿，倚靠在陰濕的天牢牆角，仰頭望著氣窗口那一輪明月如霜傾灑在我的臉上，照亮了陰暗的天牢。

良久，冷寂的大牢中傳來她的聲音，「你真是個可憐之人，不論走到哪兒都有人要陷害你。」語氣中頗有看好戲的意味，隨之也淡淡地笑出了聲。

「你怎知我是被陷害進來的？」收回目光，終於將視線投放在她身上。原本清麗的臉蛋上有幾道傷痕，似乎經過拷打，難道她在牢中受了刑？

幽草臉色一變，憤怒地瞪著我，「收起你那憐憫的目光，我最恨的就是你那分善良，我最恨了……」她的情緒突然激動了起來，「從見你開始，你就一直是這樣，遇到任何事你都在包容，用你的善良去包容，就算你恨一個人也僅是那瞬間。公主就是公主，永遠不知道愁為何物，恨為何物。你說，像你這樣一個女子進到這樣骯髒的天牢，除了被人陷害還能有什麼原因呢？」

我黯然一笑，「你真瞭解我。」

她的情緒漸漸平復，全身癱軟地靠在冰涼的鐵欄之上，目光深沉又長遠，似乎在回憶著什麼事。須臾，她似乎想透了什麼，虛弱蒼白地露出一笑，「當初我選擇忠於你，又何嘗不是因你的善良呢。當年的靈皇后命我在你的膳食中下毒，穆太后命我挑撥你與皇上的關係，蘭嬪命我監視你的一舉一動……她們都許諾我，只要幫了她們便讓皇上納了我，可是我拒絕了。現在想想當時我怎會如此傻，明明那樣深愛著皇上，明明如此想成爲他的女人，卻放棄了這大好機會。」

靜靜聽著她的一字一語緩緩飄進耳中，再聽起這些我已經很平靜了，往事皆空，物是人非，計較那些又能如何。

她的淚水溢滿眼眶，蒙上一層水氣，最終滴落在臉頰，「曾經我在你身上找到了一股可貴的氣質，那便是與世無爭的善良，尤其是皇上密謀篡位，你在聽雨閣那兩年，陪皇上對弈，品天下，聊兵法，那時候我便知道，你與皇上是天造地設的一對，而皇上看你的眼神也由最初的迷戀轉化爲愛。後來我才懂得，原來愛情也是可以默默付出的……使我眞正斷了對皇上的念想。馥雅公主更是我最敬佩的一個女子，她聰慧，她善良，她脫俗。可是，你害死了皇上！你害死了皇上！」她喃喃念叨著，拳頭不斷地敲打著鐵欄，手已經被鮮血染紅。

恍惚間我瘋狂地笑了起來，帶著淚水一同傾灑，「幽草你錯了，我從來不曾善良。這幾年我身處亓國，你知道我手上染了多少人的血嗎？我自己都忘記了，自己都忘記了……」

「因爲他們都該死，所以你的手上才染了血。」幽草一針見血地回答，讓我的笑聲戛然而止，怔怔地望著她，沉默了許久許久，直到一聲「皇上駕到——」我才回神。

望著連曦陰鬱的目光與冷寂的臉色，我提起衣袖將臉上的淚痕抹了去，看他一步一步地進入牢房中，我的心情出奇平靜，「皇上駕臨這樣骯髒的天牢，不怕失了身分？」

他站在高處俯視著我，我毫不畏懼地對上他的眼瞳，他此次前來的目的我在方才冷靜數個時辰後已經慢慢理清，現在大概猜到了幾分。御書房何等地方，竟會讓我那麼容易進入，肯定暗中埋伏了許多人。那麼，所有一切都在連曦控制下，包括蘇嬤嬤的嫁禍。連曦是與蘇嬤嬤同謀演出這樣一場戲的吧，不然……他明知道我被陷害，爲何還要送我進天牢？

連曦終於開口了，「你沒話對我說？」

我嗤鼻一笑，「瞧皇上說的，這話應該是我問你吧？」

他蹙眉，長長一聲歎息，蹲下身子與我平視，「你誤會了。」

「誤會什麼？」我故作不解，疑惑地問他。

「我並不知情。」

看他誠懇的目光，我只覺得好笑，爲何世人總喜歡爲自己曾經做錯過的事找藉口呢，爲何不能敢作敢當？

「也許你眞的不知情，但是你最終還是選擇了裝懵，因爲這是一個好機會。既能有把握打贏這場仗，亦能載入史冊成爲一位明君。連曦就是連曦，我從沒小瞧過你。」

聽罷，他也笑了，笑得悽楚，「你少說了一點，還能換回連思。」

「對，我漏了這一點。如果打這場仗，祈佑的手中有你的妹妹，你定然會顧慮再三而下不了決心。現在好了，你名正言順找到了祈佑的一個弱點，但這個弱點是辰妃啊，你大哥的妃子，若你就這樣將我帶去戰場做人質，天下人將如何看你啊。所以，這次蘇嬤嬤眞是幫了你一個大忙，助你找到一個非常好的藉口。」

他彷彿沒有聽到我的話，揚起修長的指，勾起我頸邊散落的一縷青絲，凝望許久。

見他不語，便繼續道：「連曦，納蘭祈佑既然能送我到昱國，就不會受你威脅。」

「這場戰爭很公平，他的手中有連思，我的手中有你。或許……這次我會帶你去戰場，讓你看看，馥雅公主在納蘭祈佑心中到底是什麼分量。江山重要，還是你重要。」他的指尖撫摸著我的髮，聲音異常平靜。

「我可以替他回答，是江山。」

「不，你代替不了他。」手指一鬆，一縷青絲重回我胸前，他含著笑起身，「馥雅，這場戰鬥不只是在考驗納蘭祈佑，也在考驗我。結果是什麼，誰也不知道……誰也不知道。」

他笑著轉身，離開了天牢，留給我的是一個蒼涼的背影。

幽草輕笑一聲，緩緩吐出一句，「原來，冷酷無情的他，也會被情左右。」

不解地看著她，「情？」

「你看不出來嗎，他也在權力與愛情的邊緣徘徊著。」幽草別有深意地笑了，那笑，讓我心驚。

半個月後，我被關押在囚車裡隨著昱國大軍，聲勢浩蕩、車馬長行肅然有序地前行。天空中飄著小雪，冷風洋洋灑灑將其捲起拍打在眾人身上。我蜷縮在囚車內，那漫天的雪花與北風已讓我的身子漸漸麻木，雙手抱膝，望著紛鋪在地的飛霜傲雪被無數馬蹄踏過，車輪碾過。

這場戰事終於開始了，過不了多久將會有個結束。

連曦騎坐在矯健的棕紅千里馬上，整個身影被白白的霧色籠罩著，這場仗他有多大把握呢，祈佑是否能運籌帷幄，睿智地拿下勝利？回想起臨行前，連曦在天闕門那意氣風發的模樣，他告慰三軍，洪亮的嗓音如長刃破雪使三軍肅然振奮，口中直呼「不拿下亓國誓不歸師」。

那是千萬戰士的心聲，也是天下百姓的心聲，如今他們只求一仗定勝負，不惜拋頭顱灑熱血也要換得天下的安定。

祈佑那邊的情況我不知道，但是昱國勢在必行，不拿下亓國絕不甘休。

亓國強盛的兵力是天下聞名的，但是兵再多，始終需要糧草，如今他們的糧草是否準備充足，是否足夠打完這場仗呢？

經過幾日路途，三軍駐紮邊防，與祈殞駐紮邊防的軍隊會合。邊防荒原漫漫無際，連續數日不停的大雪終於停滯，層層白雲直破雲霄，四處的荒涼因大軍到來得到了些許生機。

一名侍衛打開了囚車，將雙手雙腳已被鐵鏈銬住的我喚下了車，一步步踩著雪花，走上了邊防的城牆之上，皚皚白雪將其籠罩得猶如一座冰城。在踏上城樓頂端那一刻，我看見祈殞正對一個身材嬌小、面目清秀的小兵怒目而視，凌厲的聲音似有若無地傳來，卻聽不清他到底在說些什麼。

頭一回見到祈殞如此生氣，不禁有些奇怪，溫雅如他，何人竟能引得他發怒。

隨著越走越近，聽到的聲音也越發得清晰。

「和你說過多少遍，少與那群蠻子廝混在一起，你怎麼就是聽不進去，那群都是五大三粗之人……」祈殞一直喋喋不休地朝他吼著，而他的頭也越垂越低，顯得可憐兮兮。

祈殞見他不說話，緊蹙著眉頭繼續朝他吼道：「你聽清楚我說的話沒！」

「我與他們廝混你會在乎嗎？」聲音很低脆，帶著絲絲哽咽。見祈殞沉默很久都不說話，小兵竟哭出了聲，這一哭不僅讓我奇怪，更讓祈殞那怒氣騰騰的臉色軟化下來，輕聲安慰道：「別哭了。」

不想，他卻哭得更厲害了。

祈殞手足無措地望著他，又朝他吼了一句，「別哭了，我叫你別哭了。」

話音方罷，正哭得傷心的他立刻止住了哭聲，睜著一雙水汪汪的眼睛望著祈殞，而祈殞在此時發現了我，目光突然有些淩亂尴尬，迅即恢復了以往的儒雅，「辰妃。」

我淡淡勾起一笑，目光徘徊在他們身上，最後深鎖在那個淚眼朦朧的孩子身上，突然察覺到了什麼，了然一笑，「她還小，別太凶。」

正當祈殞失神之時，我已經隨著侍衛越過了他們，那個孩子分明就是個小姑娘，怕是祈殞早就知道她的眞實身分了吧。看得出來，祈殞似乎喜歡上了這個姑娘，否則也不會如此在意她何以與其他將士廝混在一起，但他自己好像還未發現那分情愫正悄悄蔓延著。

有時候我眞是羡慕他們，可以沒有負擔地相互喜歡，將那分感情繼續延續下去。可是我不同，我的愛情早已經被埋葬，隨著祈佑一同埋葬。記得在天牢中幽草曾問過我，若是連曦肯爲我放棄這大好江山，與我遠居他方，隨我過我一直追求的日子，我可願意與他攜手共同隱居他方呢？

我並不否認，那一向是我此生最嚮往的日子，能有人伴我如此終老我於願足矣。但是，連曦不可能放棄大好江山不說，我還是他的嫂子，也還是祈佑的妃子……更重要的是，我的心早已埋葬在最深處，再也無力去接受任何人了。

邁進城牆上被鐵錘鑿出的黃土砌成的……勉強稱得上個屋子吧，案前的燈火搖曳生光。看連曦低頭凝望著手中的布兵圖，側臉被赤光照射得忽明忽暗，我的心沒來由地猛跳一下，有些心緒不寧。

那名侍衛找來一把殘破的椅子讓我坐下，我有些莫名其妙，望了眼依舊低著頭沒有看我一眼的連曦。見他當我不存在，便坐下了。銬著雙手雙腳的我坐在離他不遠之處，他仍當我不存在，直到幾位將領身披戰甲進來後連曦才抬頭，面無表情地說道：「亓軍那方戰況如何？」

幾位將領正欲開口，卻略帶戒備地望著我，神色中還有鄙夷。而連曦依舊視我於無物，目光凌厲地盯著他們，「都啞巴了？亓軍現況如何？」

「回皇上，此次亓國的皇帝御駕親征，陪伴其左右的有蘇景宏、展慕天兩位大將，他們兩人的關係似乎並不如傳言那般勢如水火，反倒……」一位將軍見皇上詢問，立刻答道。

「朕派你們安插人在他們身邊就是爲了挑撥他們之間的關係，現在他們竟然並肩與納蘭祈佑作戰！你們連這點事都辦不好，如何統率大軍爲朕出征？」連曦的聲音突然一陣起伏，帶著隱隱的怒氣。

在場幾位將領一顫，「皇上恕罪，原本是挑撥成功了，可是，可是，後來不知怎的，他們竟然盡釋前嫌……」

「夠了，朕不想再討論這些。如今，我們必須摸透他們的兵力，糧草，具體方位，想辦法攻克他們。」連曦揮了揮手，眾將士皆圍上前一同觀望那張牛皮紙地形圖，你一言他一語地暢談著如何進攻防守，頭頭是道。

連曦，他根本不怕我聽到他們商議的軍情，如今的我已是階下囚，就算得知了秘密軍情又能如何？我如隱形人般呆坐在椅上，對於屋內的嘈雜之聲置若罔聞，目光深深地瞥著外邊的白雪之景。那片片荒原雪如此淨白透明，此刻的祈佑離我有三里？三十里？三百里？即使再近也是咫尺天涯，兩兩相望而已罷。

連曦要帶我來看看，祈佑的心是在乎江山多一些還是在乎我多一些，或許我的心中也有個期待，想知道自己在祈佑心中到底是什麼位置，卻又害怕去面對，若是我重要，我便成了亡亓的罪魁禍首，若是江山重要，我的心是否會疼呢？

冬日很快便進入夜幕之時，幾名侍衛捧著炭火盆進來，冰冷的屋子內稍微有了些溫度，而我的身子早已被冬日之寒凍得渾身僵硬。那絲絲的溫度並不能緩和我全身的冰涼，我幾度快堅持不下而昏昏欲睡，是眾將士那粗獷的聲音讓我的意識稍稍有些恢復。

身體上的寒冷與麻木再也支撐不住，我的眼皮開始沉沉闔上，恍惚間有一絲溫暖傳遍了我身子，用盡全力撐開眼皮，一張冰冷的臉放大在我面前，而我整個人被一床被褥緊緊包裹著。

想開口說話，無奈發不出任何聲音。

連曦將我打橫抱起，朝屋內唯一的一張床上走去，最後將我放好。看他的目光似憂似急，似喜似悲，我不解地看著他如此表情，他怎麼了，為何對我流露出如此憐憫之情？

「馥雅……」他說話的聲音很低沉，喊著我的名字，讓我有些不知所措。

突然間看見連曦胸前的盔甲上沾染了不少鮮紅的血跡，舔了舔唇，想出聲提醒他，卻感覺口中一片血腥味。

我才恍然回神，原來是我自己的血。

「我這是要死了嗎？」我氣若游絲地發出低低的聲音，又是一股腥味湧出喉嚨，溫熱的液體隨著我的嘴角緩緩蔓延而下。

「我不會讓你死的。只要昱國在一日，你便會與昱國同生！」這話說得堅定，那眼神是我從未見過的，但見他唇角緊抿，眼中有著怒色。我虛弱地笑了笑，「誰也抵不過天，閻王要將我的命奪了去，誰能阻止得了呢？」

「若閻王敢要你，那我必然去閻王殿將你搶回來。」他倏然起身，又拿起一條被褥將我牢牢裹住，生怕我受不了凍寒。

有時候我覺得連曦做事眞的好矛盾，既然不願我死，爲何一路上卻要將我關在囚車裡頂著漫天風雪來到邊防，從來不給我加一件襖子。或將狼狽的我丟在屋中，讓眾將士用鄙夷的目光注視我，他的目的不就是爲了折磨我嗎？現在如願了，或許下一刻我就會死在他面前，可是他又不讓我死……是想留下我繼續折磨嗎？如果是這樣，我何須強忍著自己最後一口氣與意念想要活下來，是爲了依舊孤獨的初雪還是爲了再見祈佑一面，又或者是爲了親眼看看，在祈佑心中，我是否能抵過江山？

「馥雅，你別睡！」連曦一聲怒吼將我逐漸虛弱的思緒拉回，他的雙臂一緊，將我緊緊環在堅實的臂彎中，「來人，打一桶熱水進來，快點！」他的聲音如狂獅般怒吼，守在外的士兵立刻道：「是，皇上。」

士兵急匆匆將滿滿幾大桶熱水倒進浴桶之後，那輕煙瀰漫整屋，連曦還吩咐侍衛們去取來幾味藥，由於身處冰天雪地，藥材資源並不多，便只說了幾味能在四處尋到的草藥，最後將那些草藥混合在一起丟入浴桶，是藥浴。

他坐在床的邊緣，雙手置放在我頸邊。當我意識到他是要褪我衣裳之時，便用盡全身氣力揪緊衣襟，「你做什麼……」

「你認爲現在的你還有力氣嗎？」連曦很輕易地便將我的手由衣襟上扯下，不顧我的反對便開始爲我解開鈕扣。

沒有再掙扎，別過頭闔上眼睛不去看他，任他將我的衣衫慢慢解開，窸窣的聲音瀰漫在四周，怪異的氣氛使我無法喘息。

我知道，要活命便一定要褪去衣衫浸泡藥浴，軍中無女子，也唯有他幫我褪衫了。腦海中突然閃現出被祈殞罵得可憐兮兮的孩子，她不正是女扮男裝的女子嗎？可是我不能對連曦說，這會害了祈殞，害了她的。

當我的衣衫被連曦褪得只剩一件裏衣與裏褲之時，整個人一陣懸空被抱起，最後沉入那滾燙的浴桶中。藥草味瀰漫在我周圍，刺激了我混沌的思緒，僵硬的身子也因那滾燙的藥浴漸漸得到舒緩。不知是不是藥的作用，很快，一陣熱氣由腳心往頭頂上竄，丹田小腹中熱氣瀰漫不絕。

「做什麼，你還會害羞？」片刻後安靜下來，連曦的一聲輕笑由耳邊晝過，始終緊闔雙眼的我這才緩緩睜開眼簾。望著他戲謔的表情中還帶有絲絲的欣慰，「試試自己的雙手是否能動，自己把剩餘的衣衫褪了吧，泡藥浴，身上不能留任何衣物。」

不知是藥浴的原因還是我在他面前害羞了，臉上火辣辣燒紅一片，將身子再沉入水中幾分，才將剩餘的裏衣裏褲褪了下來。

他就這樣直勾勾地盯著我，也不說話。這樣尷尬的氣氛讓我無所適從，開口找著話題打破此時的詭異之氣，「這次你為何要救我，這麼多天來，你不就是想折磨我嗎？」

連曦一笑，帶著湛湛目光望著我，須臾才吐出沉沉的話語，「我以為看到你受苦我會很開心。」

在水中，我動了動雙手，潺潺水聲異常清晰，我深深地吸了一口氣，暗想著他此話之意。沒待我開口他便肅然收起淡淡的笑容，臉上一片冷峻，「待你身子好些，我便攜你去會納蘭祈佑。」

「會他？」我的聲音漸漸起伏，莫不是又想如數年前連雲坡那般來一次暗殺？在連雲坡，犧牲了連城，而這一次，又將犧牲誰？若連曦又朝祈佑暗中放冷箭，我是否毅然如當年那般願意爲其擋箭？

似乎看出了我的憂慮，他眉頭深蹙，桌案上那盞燈忽明忽暗地搖曳，那沉滯的影子深深蔓延著，「當年大哥去會納蘭祈佑，有我在其後射出冷箭三支，而今連曦去會納蘭祈佑，已經無人再爲我射出三支冷箭了。」他頓聲良久，彷彿喃喃自語般又吐出幾個字，「就算有人射冷箭，你依舊會爲他擋下吧，但是卻沒有人會再爲你擋箭了……」

「是的，這個世上只有連城這個傻瓜肯爲我擋箭。」我無聲地笑了笑，卻是笑得聲音哽咽，眼眶泛澀，「連曦，是你讓我知道，原來生在皇族家的兄弟也會有眞情。兜兜轉轉數十年，我看了太多的手足相殘，唯有你與連城，雖同父異母，卻是兄弟情深。若是祈佑的兄弟有你們一半好，怕是弒父奪位的一幕便不會發生。而我亦早在十年前便死於二皇叔的劊子手下了。」

「十年……」他重複著這個漫長深遠的詞。

「迴廊一寸相思地，落月成孤倚。背燈和月就花陰，已是十年蹤跡十年心。」

「你倒是頗有感慨。」他聽完我低低吟誦的詩大笑一聲，如此狂放，隨即臉色一沉，變換得如此之快讓我措手不及，「記得我說過嗎，你的不孕之症我能爲你治好，去除你身上所有的病痛對我而言更是舉手之勞。」

「當然，這種病痛在青出於藍的連曦眼中根本不算什麼。但是你的條件呢？」

「還是你瞭解我。」他上前一步，雙手撐在浴桶兩側，俯身靠近我，「永遠照顧初雪，做她的娘親。」

聽聞他這樣的條件我倒是頗爲驚詫，「只是這麼簡單嗎？初雪，我早就當她是自己的孩子了，只要我有命在一日，便會將我全部的愛給她。」

「不，這一點也不簡單。」連曦猛然掐住我的下顎，抬起我的頭，對上他那邪魅的目光，「如若此次我輸了，唯有你能保住初雪。」

「記得你曾對我說過，若昱國亡，我便與之同葬。」

「不，我改變主意了。若有朝一日我淪爲階下囚，初雪的命運可想而知……唯有你活著，初雪才能好好活著。」頹然，手一鬆，帶著異常悲涼的眸光轉過身背對著我。

這是第一次，他第一次在我面前顯露出他的懦弱，還有對這場戰爭所做的最壞打算。

人非草木，孰能無情。

連曦似乎已經參透一些作爲帝王的道理，戰爭並不是爲了玉石俱焚，而是爲了天下安定。統一天下成爲萬萬人之上的帝王，更應該有顆包容之心去寬恕。

現在的連曦似乎已在寬恕我對連城的傷害，那麼總有一日，他也會淡化對祈佑的仇恨。畢竟連城之死，連曦自己也有很大的責任，若沒有他在背後放冷箭，我們又怎會走到今天這個地步呢？

北方邊關長年飛雪，天寒地凍，玄冰萬丈。

大雪飛揚在北疆遼闊的大地上，四處雖冰天雪地被白雪籠罩著，但仍掩不住橫臥沙場埋骨他鄉的悲涼。我的雙手依舊被緊緊銬鎖著，只是腳上的銬鏈被卸了去。比起最初的狼狽，今日連曦爲我添了貂毛襖子，怕我再凍出個萬一來。

我與他同乘一匹馬，他那堅實的手臂牢牢將我箍在懷抱中，黑袍隨風舞動，撲撲作響。感覺到他的氣息冷冷淡淡，渾身的殺氣凶險至極。

我側耳傾聽著除了跟隨在身後那一小股兵的腳步聲，還有沒有其他的聲音，很怕連雲坡的一幕再次發生在我眼前。幸好一絲聲音也沒有聽到，唯獨剩下北風狂嘯。

險路崎嶇，冰雪蔽日。

勁風如刀，狠狠刮在臉頰上硬硬生疼，吹得髮絲散亂飛舞。

荒原之上，我終於見到了那個男子，金盔白羽，身披蟠龍戰袍，坐在白馬之上傲然挺拔睥睨著我們。一位目光空洞無神的女子亦與他同乘一馬，寒氣瀰漫著他們兩人，髮絲被風捲起糾纏在一起。

他的目光緊緊盯上我，兩年了，他還是沒變，王者的霸氣凜然讓人畏懼，只不過歲月的斑駁，使他顯得有些滄桑。他已年近三十了吧，我們都老了，十年如白駒過隙，恍然回首才發現我與他之間走過的一切竟只是寥寥幾年而已。我與他之間的愛情一直都在陡生變故，一直都在權力的漩渦中盤旋。

連曦的手突然環上了我的腰，讓我緊緊貼在他身上，下顎輕貼著我的額頭，暖暖的呼吸拂面，酥酥癢癢的。我欲掙脫，他卻摟得更緊。

看著祈佑那寒冷如冰的目光，我知道連曦做這個動作的目的，只是爲了激怒祈佑。

對他這樣的舉動，我感到無奈，低聲道：「連曦，此舉很孩子氣。」話才落音，腰際上的力道突然收緊，呼吸頓時有些困難。

「勿用話激我，今日我讓你看看自己在納蘭祈佑的心中到底是個什麼地位。」他在我耳邊輕道一聲，後仰頭望向祈佑，「納蘭祈佑，想要你的女人嗎？若想要，就單槍匹馬帶著連思過來交換。」

我一驚，單槍匹馬過來不是送死嗎，連曦安的是什麼心！我氣憤地回頭道：「你要做什麼？」

他眸子微低，「心疼了？難道你不想知道自己在他心中的地位？」聲音冷嘲熱諷之極。

「我不需要用這樣的方式來證明。」我的聲音方落，一把匕首已經抵住了我的咽喉，「納蘭祈佑，說話啊，敢不敢過來?!」

蘇景宏的臉色一變，立刻揮著手中的大刀指向連曦，怒斥道：「你為何不單槍匹馬帶著雅夫人過來贖你的妹妹！」

連曦狂傲一笑，「任何一個籌碼都有他的價值，連思是背叛我的妹妹，而馥雅則是為救亓國自我犧牲的女子，誰的價值更高，你們應該很清楚。」

蘇景宏聽罷也笑了起來，單手按著韁繩，「既然我們肯將雅夫人送出去，就已經做好了她回不來的打算，你拿這樣一個沒用的人來和皇上談條件，簡直是天大的笑話。」

「是不是天大的笑話，得納蘭祈佑說了才算。」連曦的臉色一冷，寒光直射祈佑，「你什麼決定，回個話吧。」

祈佑的目光從始至終都投放在我身上，沒有多餘時間去觀察他人的所為，我更懷疑他到底有沒有聽到連曦對他說的話。

突然，祈佑鬆開了韁繩，由馬上跳了下來，也順勢將木然的連思帶下，「好，我過去。」

「皇上！」

「皇上！」

蘇景宏和展慕天齊聲喚了一句，馬蹄嘶嘶之聲響遍荒原。

我不可置信地盯著祈佑拽著連思一步步朝我走來，沒有欣喜，只有心驚，「祈佑，不要過來，他不會殺我的！」

「閉嘴！」連曦一把掐住我的下顎，不讓我繼續說話。我奮力掙扎著，連曦手上的刀畫破了我的頸項，他一驚，連忙將匕首移開半寸，死死固定著我的身子，不讓我繼續掙扎下去。

祈佑的腳步沒有停，一直朝前走著。蘇景宏翻身躍下馬，橫手擋住祈佑去路，激動地衝他喊道：「皇上，你要為亓國的將士、百姓著想。您肩負的是一個國家，不可為一個女人丟棄你的國家啊！」

風氅翻飛，踏雪無痕，他佇立在雪地間，深深地看著我，「或許……曾經的我認為一個女人絕對抵不過一個江山，可是現在我才知道，一個女人與一個江山並沒有多大區別，只是每個人所看重的不一樣罷了。」似在對自己說，似在對蘇景宏說，也似在對我說，「連曦是昱國的皇帝，我相信他不會再做暗箭傷人之事，畢竟，決戰是他提議的。」

一個女人與一個江山並沒有多大區別，只是每個人所看重的不一樣罷了。

不再掙扎，唯獨淚水漸漸湧出，只能無言相對。

同樣的，連思的眼眶中也溢出了淚水，木然死寂的臉上出現了淡淡的笑容，笑得異常諷刺。

蘇景宏霍然揚起大刀，鋒利的刀鋒抵上自己的脖子，雙膝一彎，跪倒在地，「皇上，您若過去，老臣就死在您面前。」

祈佑語聲淡定，蓄滿堅定之意：「朕意已決！」

沒有受他的威脅，祈佑一步一步地朝我走來，蘇景宏不可置信地望著他掠過自己，手微微顫抖著，大刀終於還是無法握住，轟然摔落在地，「天要亡我亓國。」整個身子一軟，匍匐在冰雪之中，痛哭出聲。

展慕天並沒有阻止祈佑，只是下馬朝蘇景宏走去，口中說：「蘇將軍，皇上也是凡人，他也有自己拼了命想要保護的東西。皇上對雅夫人不僅僅是那刻骨銘心的愛，更有對她十年的虧欠！」

看著祈佑朝我緩緩走來，連曦緊緊掐住我的手也緩緩鬆著力氣，他低聲在我耳邊輕語著：「沒有想到，祈佑也是如此性情中人……你看到答案了嗎？你在祈佑的心中已經大過了江山，大過了他的命。也許你自己都無法料到會是這個結局吧。現在只要我一聲令下，納蘭祈佑就會是我的俘虜，我只用一個女人就得到了這個天下統一。這樣的統一天下，不費一兵一卒，更不用流血……」

下顎得到絲絲的舒緩，我立刻掙扎著懇求道：「求你……放過他，求你……」

連曦不再說話，只是笑望著祈佑一步步朝我們走近。突然，連曦將我鬆開，帶著我翻身下了馬，對著近在咫尺的祈佑笑道：「曾經一直很奇怪，這個女人為何總是傻傻地癡癡為你付出那麼多，換來的卻是你的利用，你有什麼吸引她的？算你還是個男人！若你今日不是選擇馥雅，而是江山的話，我一定不會讓你走出這片荒原。」頓了頓，他苦澀一笑，「既然下了戰書，我便會與你對決戰場，一決高下。馥雅現在還給你，過不了多久，我會由你手中重新奪回她的。」

祈佑停在我們面前，終於將視線投放在連曦身上了，眸子裡含有欽佩與讚賞，這是我第一次見他對一個對手流露出此般眼神，就連我都不敢相信，連曦竟如此大度地放我們就此離開。看來，連曦真的已經慢慢看淡仇恨，越來越有王者的風範。

「我很期待與你較量。」祈佑唇邊勾出似有若無的微笑，「你的妹妹，我毫髮無傷地還給你。」

一直被祈佑挾制住的連思突然回首，與他相對而望，我看不清連思的表情，只聽得她一聲質問：

「你對不起馥雅，那你就對得起我嗎？」

祈佑沒有說話，臉色有些痛苦，我深覺不對勁，輕易擺脫了連曦的控制衝上前去，那怵目驚心的場面讓我徹底愣住了。

連思的手中緊緊握著一柄匕首，刀鋒已經完全刺入祈佑小腹，血一滴一滴地灑落在雪白的地面。連思的目光中帶有悲憤，也有不甘的淚水，「納蘭祈佑，爲了你我背叛了哥哥，你卻從來不覺得自己虧欠了我？你的眼中只有這個女人，你對得起我嗎？」

祈佑再也支撐不住，無力地後退幾步，雙腿一軟便要倒下。驚呆了的我立刻衝上去扶住他，「祈佑，祈佑……」

亓國的侍衛一見祈佑出事了，立刻飛奔過來，口中喃喃著：「快救皇上，快……」七手八腳地將他扛起，目光戒備地盯著連曦與連思。尤其是蘇景宏，若不是此刻祈佑情勢危急，他鐵定會與連曦拼命的。

連曦上前扯住冷靜得讓人覺得可怕的連思，「你做什麼！」

「我恨他，我恨他！」連思突然激動了起來，瞪著連曦，「還有你，爲什麼要將我送去亓國，還要害死我的孩子！你沒有人性，連自己親妹妹的孩子都要殺！」

「你瘋夠了吧。」連曦一把扯過她，將其丟上馬，側首凝望了我片刻，「記住我們之間的承諾！」

我深深地凝望連曦，吐出「謝謝」一詞，驀地轉身，追上了亓軍的步伐，祈佑的傷勢已經讓我亂了方寸，腦海中只有一個念頭，他絕對不能出事，不能……

第七章　憾血再生緣

站在軍帳外，望著進進出出的侍衛在我面前晃過，我很想拉住一人詢問祈佑此刻的狀況，可是無人理會我。想進去瞧瞧祈佑，更是被蘇景宏的兵攔在帳外。我的雙手緊緊糾結纏繞，在帳外徘徊不定，手上的銬鏈依舊掛著，隨著我來回的步伐發出鏗鏘之聲。

時不時見侍衛端著滿滿一盆猩紅血水而出，我的心便猛地一顫，偶爾聽見侍衛的低語。

「那女人下手可真重，匕首幾乎全部埋進了皇上的小腹……」

「看軍醫的神情，皇上的情況似乎不大樂觀啊……」

「若是皇上有個萬一，咱們是不是不用打這場仗了……」

「瞎說，皇上是天子，有天神庇佑。這場仗打了近三年，若在此刻不戰而敗，我是絕不甘心的……」

聽他們的話語，我的臉色越發凝重，望著簾幕緊掩著的軍帳，我幾乎望眼欲穿。

深冬寒濃，浮雲盡散，夜幕漸晚。

當一臉疲憊的軍醫與蘇景宏、展慕天出來那一刻，我立刻提步衝上前欲問祈佑的安危。還沒邁出兩步，一直守候在外的士兵皆圍擁了上去，你一言他一句地問著。我被擠在最邊緣，一句話也插不上。

「靜一靜，皇上已安然無恙。」軍醫的聲音在喧譁的詢問聲中異常低弱，這一聲並沒有引來多大反應，將士們皆喊著要見見皇上，蘇景宏勃然大怒，「都給本將軍住嘴！」

這一聲讓眾將士立刻噤聲，原本嘈雜一片立刻鴉雀無聲，睜著一雙雙期盼的眼睛看著他。他清了清喉嚨，肅穆著一張臉道：「如今皇上的傷勢已被軍醫控制住，現在最需要的是安靜休息。眾將士可以放心回去堅守自己的崗位，昱軍隨時可能來襲，咱們要嚴陣以待，不得露出弱點讓他們乘虛而入。」

展慕天也站了出來，用堅定有力的語氣道：「相信皇上，他一定能挺過這一關的，我們現在要做的就是在皇上休養的數日，爲他守住這個江山！」

「是。」眾人半信半疑地應了聲，最後四散而去，唯留下軍醫、蘇景宏、展慕天三人，臉色異常凝重。

我凝望著他們的表情，心中升起一股不好的預感，難道祈佑的傷勢很重？軍醫這麼說只是爲了穩定軍心？我箭步衝了上去，「祈佑到底怎麼了，有沒有事？我要去看看他。」

「不行。」蘇景宏一把擋住我，厲色而斥，「若沒有你，皇上怎會受如此之傷！」

滿肚子的焦慮與擔憂因他這句話轉變爲憤怒，我一聲冷笑，「蘇將軍，若沒有你求我來昱國，今日你們能這樣堂堂正正與連曦正面交鋒？若沒有你，今日我會反被連曦利用來交換連思？她本是一個很好的利用工具，最終卻將她用在交換我之上，你很失望吧。這就是一個道理，你要得到一樣東西，註定要捨棄一樣東西，這便是天理循環。」

「本將軍做的事還輪不到你來批駁，你沒有資格。」蘇景宏氣得滿面通紅。

「好了，你們別吵了。」展慕天終是克制不住地怒吼出聲，「皇上現在命懸一刻，你們還有心情在此爭吵。」

「命懸一刻？」我壓低聲音重複著這個至關重要的字眼，用質問的目光看著軍醫，「你不是說他已無大礙嗎？」

「那是爲了穩定軍心。連思那一刀是下了十分之力，絲毫不手下留情，完全是衝著皇上的命來的，現在我已爲皇上止血，稍微控制了一下傷勢。北方荒原之地，藥材稀少，要找藥更是難上加難呀。若派人不眠不休馬不停蹄地回亓國去取，往返最少也要十日，皇上的傷勢怕是拖不了那麼長的時日。」軍醫也壓低了聲音，生怕皇上的病情會洩露到將士耳中，那將又是一場大亂了。

我緊蹙眉頭問道：「沒有其他的法子嗎？」

軍醫望望我，再望望蘇景宏與展慕天，欲言又止。

「有什麼話就快說，呑呑吐吐的。」展慕天的情緒有些波動，很不耐煩地衝他吼了一聲。

軍醫抬起食指，指向右側一端。我們皆順著他的手勢望去，他所指之地不偏不倚，正是幾里外那凝結了百丈冰雪的雪山，「破曉臘雪之露、雪蓮。露水要在巔峰取最純澈乾淨的露，若我沒猜錯，如此惡劣四季如冬的地方，定然會生長雪蓮。只要在那兒找到這兩味藥，雪露爲引，雪蓮爲藥，將其磨成粉末混合在一起，一半內服，一半外敷，定能緩和傷勢堅持到十日後，待名貴的藥材送到。」

「好，我這就去。展相，你文采好、嘴巴利，留下穩定軍心。蘇某一介武夫，甘願爲皇上上雪山找尋，若是找不到，定然不歸。」蘇景宏絲毫沒有猶豫，提刀正欲離去，我立刻擋在他面前，「我也要去。」

「你去只會給我添麻煩。」蘇景宏眼中滿是鄙夷之色。

「皇上傷勢未定這事斷然不能洩露，現在只有我能幫你的忙，多一個人便多一分力量。上雪山我不怕，嚴寒我也不怕，在你面前我絕對不會喊上一聲苦。若我喊了一句，你便可以丟下我獨自離去，我只想與你一同上雪山，真的想為他做些什麼，僅此而已。」我的語氣近乎懇求，如今的祈佑已經危在旦夕，我只想為他做些什麼，而不是一味地等待。

蘇景宏那圓圓的眼睛上下打量我許久，終是輕哼了一聲，「你愛跟著去便去，你若跟不上，蘇某定然不會等你片刻。」

得到蘇景宏的應允後，我並沒有立刻與他啓程，而是帶了些許乾糧與火匣子。看著天色漸漸暗下，沒有照明之火如何上那陡峭的雪山；要取巔峰之晨露，想必是要在山上過夜的，沒有乾糧哪來的力氣繼續尋找。

準備好了一切，我便背著一小包袱的東西與他上了雪山，臨走時，慕天讓我萬事小心，緊跟蘇景宏的步伐，千萬不要走丟。他是瞭解蘇景宏的，若我跟不上，他鐵定會丟下我不管的，哪會管我是不是雅夫人。

祈佑能有這樣一個臣子真是他今生修來的福氣，他做的一切都是為了朝廷，為了祈佑不惜甘冒欺君之罪也要將我送出去。只要祈佑有絲毫不對，他必定堅持自己的原則與祈佑對峙，現在朝廷上這樣的官員已經不多了。只是蘇景宏的思想過於迂腐古板，遇事不懂變通，一味往前衝，這樣便會引起許多人不滿。這也是為何他在朝廷中總是獨來獨往，沒人願意與他打交道的緣故吧。

月照雪成霜，寒氣侵狐裘，冰雪浸雪靴。

我緊隨在蘇景宏身後一同攀爬雪峰，雖說雪峰之路並不陡峭，但是夜黑風高，大雪蔽路，唯有手上那一盞燈勉強可以照明前方路途，確實難以行走。約莫攀爬了兩個時辰我們才上了半山腰。

那路途很難行走，我們的腳踩在冰涼的雪花之中發出孜孜之聲，我的體力也漸漸不支，喘得很厲害。蘇景宏自始至終都沒有理會我，一個勁兒地往上走。我很疲憊，但是不能喊累，因爲上山之前我承諾過。

眼看著蘇景宏離我越來越遠，我很想追趕上去，但是雙腿已經軟了，再也走不動了，一個踉蹌，摔在冰涼的雪地中。我想，我要完了，蘇景宏肯定會將我丟在這個冰天雪地中不予理會，我不怕死……但是至少要讓我見到祈佑沒事，這樣我才能走得安心啊。

臉頰整個貼在冰寒的雪面上，冰寒刺骨的冷讓我全身麻木，直到一雙手將我由雪地裡扯了起來，癱坐在地，借由蘇景宏的手臂才勉強支撐住自己幾乎力氣殆盡的身子，「你不是說，不會管我嗎？」

「不能爬山路，何必自討苦吃。」

蘇景宏一聲輕哼，「你以爲老夫願意折回來？若不是乾糧與火匣子全在你身上，你的死活才不關老夫的事。」

我輕咳幾聲，露出慘澹的笑容，「那還是乾糧與火匣子救了我一命。」

「好了，你省點氣力吧，休息半個時辰繼續趕路。我們必須在破曉之前到達山頂，取得最乾淨的臘雪之露，這樣，皇上才有救。」

我深深吐納著呼吸，平緩自己的體力，蘇景宏也沒有再說話，只是一直用手臂支撐著我搖搖欲墜的身子。其實蘇景宏也並不是那麼蠻不講理的粗人，否則他大可丟下我自己出去尋甘露、雪蓮，糧食……或許他從來都沒有在意過吧。

半個時辰後，我的體力稍稍恢復，吃了一些糧食補充體力，立刻與他一同繼續朝雪峰攀爬。快要到達巔峰之時，山路越發陡峭，我的體力依舊不支，險些由雪峰上摔了下去，幸得蘇景宏緊緊拉住了我，才免遭一難。

他溫實帶繭子的手突然讓我想到了父皇。父皇的手也是這樣的，年少時他多次領兵出征，無數次奮戰沙場才穩定了夏國，蘇景宏手上的繭子一點兒也不亞於當年的父皇，一股酸澀之感湧上心頭。

萬里荒原茫茫白雪，風勢猛烈，衣角飛揚。

破曉那一刻，我匍匐著身子用手中雪白的羽毛輕輕將雪面上那層露水掃進瓶中，片刻就裝了滿滿一大瓶，隨後小心地收入懷中。

「四處找找看有沒有雪蓮，聽軍醫說它一般生長在雪峰的山峭邊緣。」蘇景宏見我已經收好瓶子，便在漫漫雪峰之巔四處找尋著。

我小心翼翼地踩在邊緣，探出腦袋朝下望去，這雪峰還真不是一般的高，若是人摔下去鐵定會粉身碎骨。

「雅夫人，小心點。」蘇景宏突然回首，僵硬的聲音帶著一絲擔憂。

「會的。」我衝他一笑，真沒想到，一向對我有偏見的蘇景宏竟會關心我。他不是巴不得我死嗎，這樣祈佑就可以安心當他的皇帝了。

突然，我在雪峰的山峭邊看見一朵絢爛的白花，在風雪中傲然生長，色澤嬌豔。那不是雪蓮又能是什麼！

掩不住興奮，我立刻蹲下身子，伸手想去搆那朵雪蓮，「蘇將軍，我找到雪蓮了！」一邊回首衝蘇景宏喊，一邊用力去搆下邊的雪蓮，可是離得實在太遠，即使伸長了手還差好大一截。

蘇景宏也興奮地奔了過來，站在我身側探腦而望，整個眉頭深鎖，「離得實在太遠了，雅夫人你讓讓，我用刀鞘做幾個能夠踩踏的雪坑。」

待我讓開，他便動手在陡峭險峻的峭壁之上鑿下一個個雪坑。看他如此用力，我擔心他腳底打滑，立刻托住他的胳膊，以免他不小心摔下去。蘇景宏的身子被我觸碰之後僵硬片刻，隨後立即恢復，繼續鑿著。

片刻，終於鑿出一個個可以抵達下方的雪梯。「好了。」說罷，蘇景宏便將手中的大刀插入冰雪之中。

「我去。」一把攔住欲下去的蘇景宏，堅定不容拒絕的聲音由我口中吐出，側首凝望著有些訝異的蘇景宏，我冷著一張臉道，「你是亓國的大將軍，要號令萬千將士與昱國一搏，不能出事。我馥雅是紅顏禍水，遺留在世只會禍害皇朝，若我出事，這世上便也少了一個禍害。」頓了頓，我笑道，「況且這個地方如此之滑，萬一您一個不小心，以我的力量是絕對拉不住您的，若我滑了，以您的力量或許還能拉住我呢。」

「好。」他沒有拖拖拉拉，直接應下。他很聰明，知道事情的嚴重性，不愧是久戰沙場的大將軍。在下去之前，我看見蘇景宏的眼中出現了一抹亮光，那是我從來沒有見過的。

當我與蘇景宏帶著好不容易摘採到的雪蓮下山之時，漫天的大雪又下了起來，紛紛擾擾，蕭蕭襲襟。蘇景宏默然將雪蓮與雪露遞給軍醫讓其磨成藥粉給祈佑服下，我與他皆在帳外等待著，大雪落了我們滿身。

展慕天聽聞我們回來了，立刻由軍隊脫身而來，站在我身邊低問道：「他沒對你怎麼樣吧？」

我含著淡笑搖頭，「沒有。」

「看見姐姐安全回來，我就放心了。」他鬆了口氣，細心地爲我拂去髮絲上片片雪花。

我站在原地一動不動，目光始終凝視面前那緊掩著的軍帳，腦海中浮現的是在雪峰之上的情景。當我摘採到那株雪蓮之時，我清楚看見蘇景宏目光中那抹殺意。

其實早在上山之前我便已經知道，蘇景宏定然會對我下手，但是我沒有遺憾了不是嗎？雖然明白，但是我仍含笑將手中的雪蓮遞給他，「一定要救活祈佑。」

蘇景宏的手有些顫抖地接過雪蓮，緊握著我的手有些生疼，突然間感覺到我的手一鬆，在我以爲要摔下去之時，手再次被收緊。

他竟將我帶上了雪地，沒有再看我一眼，便孤身離去。

看著他矛盾的身影，我怔住了，他竟然將我救了上來。他方才那明顯的殺意，根本就是想將我置之死地，他鬆手了，卻又再次握緊。

無數的雪花片片打在臉頰上使我回神，側首望著站在身側的蘇景宏，那剛毅的臉及滿面的落腮鬍，炯炯淡漠的目光直勾勾望著軍帳。我動了動口，卻沒有說出話語。

此後我們三人都沉默著，天地間唯剩下風聲呼嘯，雪聲簌簌。

直到軍醫出來，我們的眼睛一亮，不約而同地衝了上去。可是我衝到一半之時卻停住了步伐，呆呆站立原地，望著展慕天與蘇景宏焦急詢問著祈佑的傷勢。

軍醫終於鬆了口氣，笑道：「皇上已然沒有大礙，現下已經轉醒……」

話音未落，二人已衝進簾帳，我的心也漸漸放下。

「雅夫人，您不進去麼？」軍醫奇怪地看著我。

「不了……他沒事，我便放心了。」苦澀一笑，我挪動著步伐緩緩後退。

展慕天和蘇景宏卻突然揭帳出來，「姐姐，皇上要見你。」

「見我？」瞬間，我亂了方寸，也不知該用何表情面對祈佑，又該與他說些什麼呢？我想退卻，但心中卻是如此渴望著想要見到他，見到他沒事。

當我揭簾而進之時，眼眶猛地泛酸，望著虛弱著躺在床榻之上的祈佑，上身沒有穿衣裳，唯有雪白的紗布將他的腰際纏繞了一圈又一圈，臉色異常蒼白，但是目光卻深邃地凝視著我。

雖然帳內生起了四個暖盆，熱烘烘的，我還是擔心他會冷，蹲下身子加了幾塊炭。

「馥雅……」他瘖啞的聲音喚了一聲，氣若游絲，幾乎用盡了全力，悶哼一聲，似乎扯動了傷口。

我立刻跑到榻邊擔憂地望著他，「怎麼了，傷口疼了？」

「沒事。」他清寂的眼中略帶著深軟幽亮，顫巍巍地握住了我的雙手，拉著我坐在床邊。

見他想起身，我立刻按住他，「別動，你有傷，萬一扯動了傷口怎麼辦？」

他乖乖地不再動了，唇邊畫出淡淡的笑容，「方才蘇景宏進來，只對我說……雅夫人是個好女人。」他揚起手，輕拂過我的臉頰，將我散落在耳邊的零落髮絲勾至耳邊，「頭一回，他在朕面前誇一個女人，一個他討厭了大半輩子的女人。」

先是被蘇景宏突然對祈佑說的話怔愣住，隨後又被他那句「討厭了大半輩子的女人」之語逗笑，

「大半輩子？那時的我還未出生呢，如何被他討厭大半輩子？」

他無奈笑笑，笑意卻多過寵溺，又輕輕勾起了我的髮絲，凝望了許久，「以後……不要再落髮了，我保證，再也不會讓你受到傷害，再也不會。」

原本帶著笑意的我被他這句話弄得眼眶酸酸的，看他那情深款款的目光，我彷彿回到了從前。終於忍不住，俯身靠在他的懷中，淚水一滴滴落在他赤裸的胸膛上，「你眞是傻，爲何要親自帶著連思過去，你眞的不要你的江山了麼？你捨得放棄嗎？」

「我捨不得。」他很堅定地吐出幾個字，隨後又道，「看見連曦那把刀抵在你的脖子上，我很想賭，但是不敢賭……因爲賭注是你的命，我輸不起。」

感覺到他的手一直輕撫著我的脊背，那言淺意深的話語，前所未有的安心讓我黯然一笑。

他將我埋在自己懷裡的頭勾起，輕柔地抹去我的淚珠，看他剛毅的輪廓因唇角淺淺的笑意而柔軟，我不禁有些呆愣，好久沒有見到如此沐人的微笑，只屬於他！

在我怔忪之時，他微白乾澀的唇已經覆了上來，冰涼的舌尖觸碰讓我有些適應不了，向後退了分毫。他勾著我的頸項，不讓我躲閃，唇齒間的嬉戲糾纏令我無法抗拒，就如一杯香氣四射的酒，越飲越醉。

他厚實的手繞過我的腰間，隔著厚實的衣衫撫弄著我的酥胸，我立刻伸手制止他繼續下去，「祈佑……你……你有傷！」在空隙之間，我斷斷續續地吐出幾個字。

「眞的……很想你。」他避過我制止他的手，唇慢慢滑落至頸邊，唇時而輕柔若水地拂過，時而激狂若驟雨，迫出我緊閉唇間的呻吟聲逸出。氣息交織，於靜默裡帶有曖昧的氣息間，只聽得彼此漸漸凌亂的心跳。

他漸漸火熱的身軀灼了我抵在他胸前的手，怯懦著想要收回，但是迷亂的理智卻讓我攀上了他的頸項。他一個翻身，與我調換了個位置，將我壓在身下。

見他此番舉動，我立刻清醒了神智，驚叫：「祈佑，你不要命了！你的傷才剛好……」我輕輕推拒著他，生怕一個不小心使他的傷口裂開，「別再動了，好好躺著。」

此時的他就像個孩子，伸手攬了我的腰肢，緊緊箍在懷中，任性著不肯鬆開。我不得不將臉色沉下，「祈佑，你再這樣我可要生氣了。」

我輕輕將壓在身上的他由身上翻過，讓他重新平躺在床上，看著他小腹上滲出了絲絲血跡，火氣頓時湧上心頭，「又流血了！」忙想下榻喚軍醫來爲他重新包紮。

祈佑卻緊緊拽住了我的手腕，「馥雅，別走。」他的眼中黑得清透，「留在我身邊，讓我好好抱抱你，不要讓人來打擾我們。」

「可是你的傷……」我仍不放心地盯著雪白紗布上已經染上的絲絲血紅。

「一點輕傷而已，我還承受得住。」他將我攬入懷中，疲乏地伏在我胸前，閉目休憩，平穩的呼吸讓我感覺他睡著了。

我的下身盡量不去貼靠在他身上，生怕一個不小心又將他的傷口扯裂。指尖輕輕畫過他的臉頰，深深凝視著他的容顏，就怕他會從我面前消失一般。

對於我的觸碰，他的身子有片刻僵硬，隨即鬆弛，放在我腰肢的手又緊了幾分，深深吸了幾口氣，臉上掛著乾淨的笑意，「馥雅……我愛你。」

一怔，我懷疑剛才聽到的是幻覺，又問：「你說什麼？」

「我說，我愛你。」他依舊是閉著眼睛，含著笑意重複了一遍。

好久，都沒有聽他再說過「我愛你」三個字，好像……唯獨在與他大婚那夜，他對我說過……

笑意漸濃，很認眞地又問了一次，「你說什麼？我沒聽清楚。」

「納蘭祈佑說，很愛你，一輩子都不願再與你分開！」他很有耐心地又回了一句，頭深深地埋在我的胸前，薄削唇邊猶帶笑意，眞的……很像個孩子。

我喜歡這樣的他，因爲此時的他才是最眞實的他，眞正的他！

待我驚醒，床側卻空無一人，我的心涼到腳底板，祈佑呢？祈佑呢？

迷惘地在帳中搜尋著，卻見展慕天攙扶著祈佑揭帳而入，我一驚，立刻赤腳翻身跳下床，攙扶著他的另一隻手，衝著展慕天道：「皇上傷勢未好，怎麼能隨便出去走動，你看，傷口又流血了。」

「臣也勸皇上勿出去，但是皇上堅持，臣拗不過他。」

祈佑淡淡地笑了笑，「朕的傷勢怕是軍中將士最爲擔心的一點，若朕不出去讓他們安下心，這場仗我軍便已輸了一半。」

「那你也不能拿自己的性命開玩笑啊，你的傷才剛穩定下來，藥材還有好些日子才到。你要再出個萬一，我豈不是又要再上雪峰採一次雪蓮！」口氣突然閃現異常的激動，但是攙扶他的力氣依然小心翼翼。

我與展慕天合力將他扶坐在一張鋪放了雪狼皮的椅子上，他軟軟地倚靠其上，帶著笑意睇著我，

「朕沒事的。」

無奈地歎息一聲，我忽望見四個暖盆中的火未若初時之旺，便蹲在火盆邊往裡面加炭。帳中的氣氛頓時安靜了下來，展慕天似乎察覺到什麼，躬身一拜，「臣先行告退。」只聽得帳幕被揭開又被放下的窸窣聲，火炭劈劈啪啪地在盆中燃燒著。我起身走至他身邊，頗爲憂慮地問：「祈佑，這場仗有把握打贏嗎？」

「沒有。」他回答得很輕鬆，但這兩個字卻是如此凝重。

「這麼沒有信心嗎？咱們的兵力比連曦的兵力要壯盛許多。」聽他這麼說我很訝異，從來沒有想過不可一世的他竟會說出這樣沒有信心的話來。

祈佑拉過我垂放在側的左手，「是我累了。」

累！與祈佑相識十年，從沒聽他說過「累」這個字，我也沒有想過，他竟會說累。

他修長的指尖摩擦過我每一根手指，那麼輕柔。薄銳的嘴角一如往常那般揚起，然而那其中卻掛著一絲淡淡的笑意與期許，「馥雅，我們也自私一次好嗎？丟下這五十萬大軍，遠走他方，去過平靜的生活，沒有戰爭，沒有血腥，沒有利用……」

我再一次因他的話而驚愕，只能傻傻地望著他良久良久。祈佑眞的變了，他眞的已經厭倦了宮廷的鬥爭與身爲皇帝的無奈，再也沒了那分強勢與不近人情。他今天說出的兩個詞，累，遠走……在我面前的，還是那個爲了爭奪皇位連父親都能殺的祈佑嗎？

「馥雅，回答我。」祈佑握著我的手用了幾分力氣，這才使我回過神，眼光凌亂地在四處徘徊不敢正視他，「祈佑，你別與我開玩笑了。」

話音未散，他便立即接道：「我很認眞。」

我慘澹一笑，此刻多麼希望自己眞能如他說的那般，自私一次。但是我不能，祈佑也不能，「你若眞的想要捨棄亓國的百姓，我可以陪你自私一次，但是，我們離開之後呢？對，平凡的日子很快樂，但是你眞的會開心嗎？你的肩上永遠背負著亓國千萬百姓的責任，統一天下是你畢生的夙願，這樣不戰而敗，臨陣退縮，將江山拱手讓人，你眞的會甘心嗎？或許你現在會覺得値得，但十年後，二十年後你還會如現在這般不悔嗎？你得到了自己想要的生活，卻丟棄了一生的夙願，這輩子你都將有遺憾。即使我們過著平凡的日子，也不會開心。」

恍惚間，我看見祈佑眸中那抹痛苦，掙扎，矛盾。我的心也在疼痛：「不論這場仗是贏是輸，我都將永遠與你並肩站在一起。」

「馥雅……」他動容地喚了一聲，將我緊緊摟在懷中，卻再也說不出話。

「戰爭的成敗並不重要，重要的是我們都曾爲自己的夙願努力過，堅持過，付出過。這樣，即使戰死沙場，也是重於泰山。祈佑，你不屬於平凡、高高在上，睥睨天下才是你最終的歸處。」

「那你怎麼辦，你的夙願呢？」

既然祈佑能爲我捨棄江山，那馥雅又爲何不能爲他捨棄夙願？淡淡一笑，我回擁著他，「數日前，我的夙願是趨於平靜，而今日，我的夙願卻是——生，亦同生，死，亦同死。」

這十日來，蘇景宏已派探子秘密前往昱國十里外的邊防，將其四面駐軍情況摸得一清二楚，四面環雪以及可隱藏軍隊的地形也盡在掌握，纖毫不遺。每夜，蘇景宏都會與展慕天來到軍帳內與祈佑商議軍政，更想方設法用最短的時間攻克邊防，可見在糧草之上仍頗有困境。

他們議戰之時我本想避開，畢竟這軍事機密不容得我去竊聽，而祈佑卻不准我出去，說外頭冷，留在裡邊沒事。蘇景宏與展慕天都沒有反對，當著我的面也侃侃而談，夜夜都商議至天明方甘休，眞的很擔心祈佑的身子能否支撐得住。

如果我是連曦，定然會乘祈佑受傷這幾日與之交鋒，如此，勝利的把握必然更添一籌，但是連曦沒有。有時候我眞的很不懂連曦，時而爲達目的不擇手段，時而又保持他帝王的身分不去乘人之危。

我抱著雙膝坐在火盆旁，時不時朝裡面加炭保持著帳內溫暖。今日從亓國來的藥材已經抵達，軍醫將其熬好送至軍帳，但是祈佑卻擱在桌案一旁動也沒動，專心地與兩位將士商議如何才能攻克邊防那座如鐵般的城牆。我知道他的壓力很大，畢竟亓軍比不了昱軍，我們的糧草根本支撐不了。

亓國贏，昱國贏，在我心中已經不再重要。不論誰做了皇帝，都會爲蒼生造福的。曾經一度認爲連曦沒有資格統一三國，因爲他心中的恨來得凶猛，而今他的心懷已經足夠做一個統一天下的帝王。

而今兩國的交戰只是個過程罷了，成敗都已不重要。

有時候我會想，兩位都是曠世之主，若能不戰而統一，那這個天下將沒有血腥。可是每每話到嘴邊我卻嚥了回去，君主只能有一個，連曦絕對不會臣服於祈佑，連城的那筆債依舊在祈佑手中；而驕傲不可一世的祈佑，更不可能向連曦低頭。

兩人都是如此高傲，誰都不可能低頭，即使輸，也要輸在戰場之上。

一陣冰涼畫過我的臉頰，倏然睜開眼睛，對上一雙深邃如鷹的眸子。我揉了揉自己閉目沉思的眼，收回迷濛的意識，用暖暖的雙手捂上他冰涼的大掌，「都走了嗎？」

他唇角微微一勾，回握著我爲其取暖的手，「與你說過多少回了，我與他們二人商議軍情會很久，你偏不早些去休息，總是要等我。」

「我不等你，誰能讓火盆的炭一直燃燒呢？我不等你，誰能爲你寬衣扶你上榻休息呢？我不等你，誰能盯著你將那碗早已涼透的藥喝下去呢？」我振振有辭一連反問三個問題，他瞬間有些錯愕地凝視著我，一時間不知該回些什麼。

抽出一隻手將他鬢角殘落下的髮絲拂過，「我去將藥熱一下……」

「夜深了，不要去了。」

「早已涼透了。」

「端過來吧。」

聽他霸道堅定的語氣，我也拗不過他，起身跑到桌案邊端起冰涼的藥碗遞給他。他不接，只是挑眉問：「難道你不餵我？」

被他的表情逗笑，拿起勺舀起一勺黑汁遞至他嘴邊，「眞像個孩子。」

他不與我辯，只是一口飲盡，卻苦澀皺了皺眉，「眞苦。」

我啐道，「難不成你眞要學小孩兒加糖？」說罷，又湊過一勺至他嘴邊。

他不說話，再次飲盡。在他灼熱的目光之下，冰涼的藥汁已見底，我的雙頰早已飛紅。我不敢看他，帶著小鹿亂撞的心跑去案上放置好碗，才回首便撞入一個結實的懷抱。衣衫窸窣那熟悉的淡香若有若無，「祈佑，早些去休息吧。」眷戀地靠在他的懷抱中，低低提醒著他，看他眸中隱有血絲，怕他身子支撐不住。

「得妻若能如此，夫復何求。」低沉瘖啞的嗓音滑過我耳邊，「過些日子就該與昱軍正式交戰了，怕以後都不能再這樣抱著你。生亦同生，死亦同死。你可知這句話放在我心上多麼沉重。」

「無須沉重，你只需知道，馥雅一直在這兒等著你歸來。」淺淺一笑，倚在他的胸膛前細細吐出淡而堅定的話語。

他緩緩鬆開我，牽起我的手揭簾而出，帶著我投身在漫漫飛雪之中。

皎潔明月映白霜，勁風吹逝紅塵歌，簌簌雪聲落無痕。

「十年了，你我之間已不比年幼，都漸入中年，心緒也沉穩許多。」他始終緊緊握著我的手，對著頭頂懸於蒼穹的明月娓娓而道，我不知道他想說些什麼，便靜靜與他並肩而立，任雪花飄零於身。

聽得他繼續啓口道：「給不了你任何承諾，因爲承諾這東西我再也給不起，也不敢給。我只能對你承諾一句，納蘭祈佑，定不再負你。」

輕輕吐出一口氣，與他同望皎潔的明月，「我亦不再需要承諾，承諾這東西都是方及笄的姑娘們想要的。我只要你好好的，這便是你給我最大的承諾。」

他突然笑出了聲，嘹亮高亢之聲響遍寂靜的雪夜，「馥雅，祈佑慶幸今生能遇見你，即便是戰死沙場，死亦無憾。」

一月，戰鼓喧囂，號角飛揚在北疆遼闊的荒原之上，朔風冬雪彈指千關。亓宣帝帶傷上陣，揮師二十萬精兵架雲梯攻城牆，餘十萬左右夾擊對其十面埋伏，餘二十萬駐守後方接應。戰馬飄零，聲勢如虹，亓宣帝僅支撐一個時辰，傷勢加重，小腹血流不止，在眾將簇擁下退回軍帳，亓國士氣瞬間低落。

三月，昱軍死守城牆，久攻不克，火光爍爍，長箭如雨。亓國攻城者死傷慘重，日連旗影血刃孤城，滿目瘡痍硝煙滾滾。

四月，城牆自開，昱國大將李如風領十五萬大軍與之正面對壘，烈馬如風，聲勢浩蕩。雪山動搖，大雪蔽路，雙方死傷慘重。亓軍蘇景宏大將軍手持大刀上陣殺敵，血濺銀盔，力斬千人首級，後親取昱軍李如風首級，昱軍見之喪膽，退回城內。

七月，紫霓萬丈干青霄，殺氣肅穆地瀰漫在荒原，亓宣帝傷癒，重披盔甲，手持長槍，坐鎮揮軍直逼昱軍，勢如破竹，銳不可當。

十月，戰事連綿，亓軍三次於國八百里加急調動糧草，百姓已是饑寒交迫，再無糧食可徵。亓軍剩餘四十萬大軍陷入窘迫，渴飲雪，餓食樹皮，終引起內亂，亓軍戰士瘋狂地相互廝殺，飲血食肉。

十一月，亓國被迫無奈，派展相前往昱軍與之談判，成王敗寇一決沙場。昱國允，兩方全軍出動，決戰荒原。金戈鐵馬，山河撼動，血濺皚雪屍遍野。

十二月，亓國敗。

至此延續近四年的亓昱之爭，終宣告結束。

第八章　回首笑滄桑

一年，我陪祈佑在邊關待了整整一年，目睹了戰爭的殘酷，目睹了血腥的殺戮，目睹了滿目的瘡痍。最令我怵目驚心的便是軍中內變，因爲沒有糧食，受不了饑寒，原本並肩作戰的戰士們相互廝殺。弱的則被丟入滾燙的水中煮熟了，十幾個戰士圍成一圈吃得津津有味。

看到這樣的場景我知道最難過的便是祈佑，他卻將我護在懷中，不許我看那滅絕人性的場面。感覺到他厚實冰冷的手輕撫著我的脊背，很想在他懷中大哭一場，但是我不能哭。因爲祈佑的心比我更痛，那皆是他的子民。

在走投無路的情況下，祈佑派慕天與連曦談判，要求速戰速決。連曦考慮了片刻，便接受速戰速決這個提議，他也不願再拖下去了，我知道，昱國的錢糧也將空虛。在這場戰爭中，亓國敗了，我早就預料到了。

因爲亓國將士已經不再上下一心，他們求的只是溫飽，鬥志早已被那饑寒交迫的日子給磨光。這場戰爭我們等於不戰而敗，連曦的三十萬大軍輕而易舉地戰勝了祈佑四十萬大軍。

最後，我們被俘虜了，我、祈佑、慕天、蘇景宏四人被嚴密押送至昱國，亓國的大軍則逃的逃，散的散，投降的投降，戰死的戰死……

我們四人被關押在昱國同一間天牢中，這已是我第二次踏入這陰冷的天牢，不同的是，我身邊有祈佑，他自始至終都握著我的手，沒有鬆開過。

與他坐在冰涼的角落中，祈佑出奇地平靜，一路上到現在沒有說過一句話。我靠在他堅實的胸膛中，也沒有說話。而慕天與蘇景宏則靠坐在牢中另一端牆角邊，髮絲凌亂，鬍碴遍布。唯有滄桑狼狽能形容此刻的我們，我們被關進來兩日，相互之間都沒有任何言語，已是階下囚的我們，說再多的話語也是枉然，我們能做的只是面對，面對死亡的來臨。

這一戰輸了，驕傲如祈佑，能接受嗎？

我知道，他接受不了，他如此高傲，如此強大，這一生中不論是戰爭與宮廷從來沒有輸過，唯獨這一次，不僅輸了，而且輸得如此狼狽。

緊緊環著他的腰，將頭深深埋在他胸膛上，感受到他的身軀很是冰涼，我想擁緊他為其暖暖身子，卻怎麼都暖不熱。

忽然之間蘇景宏大笑出聲，笑得如此狂放眞實，我怔了怔，目光投射在仰天大笑的他身上。

「展相，你我相鬥朝廷也有近四年之久了吧，今日竟一同淪為階下囚。想當初老夫的女兒蘇月因為你而與我斷絕了父女關係，直到我的孫女出生……現在都兩歲了吧，我還沒有見過一面呢。」蘇景宏豪放粗獷的聲音朝展慕天逼了去。

展慕天也一笑，俊逸的臉上寫滿了無奈，卻打趣道：「蘇老頭，你不會是怕死了吧？」

「老夫在沙場上征戰近二十年，哪次不是提著腦袋浴血奮戰？只是沒見到孫女有些遺憾罷了……老夫這一生從來沒有遺憾的事，唯獨這一件。」他的眼神閃現出縷縷悲哀，這是我第一次在狂妄自負的蘇將軍眼中見到悲哀。

展慕天笑了笑，「若月兒聽到此番話定然會非常開心，你可知月兒一直在爲咱們之間的爭鬥爲難著，其實你這個父親在她心中一直是最好的父親，只不過她爲了孩子所以選擇了與你分開。多少次看著月兒因你偷偷垂淚，我心裡也很難受……」

「罷了，現在說這些已經沒有意義了，怪就怪咱們太不懂得珍惜啦。」他拍了拍慕天的肩膀，露出遺憾的一笑。

「吵什麼吵，吃飯了！」牢頭用鐵鞭敲了敲牢門，怒喝一聲，然後將四人分的飯菜放在牢外，便離去。

蘇景宏眼睛一亮，立刻起身將飯菜旁那一壺酒取了進來，「好小子，這牢頭這餐竟給咱們送了酒。」才仰頭要喝，慕天便丟出冷冷一句，「你就不怕裡面有毒。」

他哈哈一聲大笑，「老夫都淪落至此還怕裡面有毒嗎？就算死也做個飽鬼吧！」頭一仰，壺一低，酒灑入口中。

「蘇老頭，別一人把酒喝光了。」慕天一把上前奪下他手中的壺，有些酒灑在枯黃的稻草之上。

祈佑依舊僵硬地靠在冰涼的牆壁之上，一動不動，對他們的言行置若罔聞。我害怕這樣的他，伸手輕撫上他的臉頰，「祈佑，你要不要吃點東西？連日來你滴水未沾，這樣下去你會出事的。」

他目光呆滯，似乎沉浸在自己的思緒中，腦海裡再無其他人存在。看他這個樣子，我的胸口一陣陣撕心地疼。此次的失敗並不是你的錯，更不是因爲你沒有帝王之才，而是輸在你沒有糧。

直到祈佑的手撫過我的臉頰，爲我抹去淚水，我才發現自己落淚了。

「別哭，我吃。」他的聲音沙啞，目光終於有神，扯出一抹勉強的笑容。我笑了，跑至牢門將一碗飯端了進來，一口一口地餵給他吃。看他勉強將飯菜嚥下的樣子，我的淚水更止不住地滑落，如今的他該花多大的力氣去嚥下這口飯呢。

蘇景宏和展慕天之間的談笑突然斂了去，怔怔地凝望著我們倆，目光低垂感傷。

當滿滿一碗飯見底之後，展慕天捧著酒壺到祈佑面前，「皇上，您要不要喝點？」

祈佑一把接過，仰頭便猛灌，看那酒滴滴由嘴角滑落，沿著頸項流入衣襟之內，我搶奪而下，淡淡說了兩個字，「夠了。」

他自嘲地笑著，目光掠過我與慕天，「你們說，我這個皇帝是不是很失敗，帶兵打仗，竟淪落到士兵相互殘殺食人肉的地步？」

展慕天雙膝一跪，急忙說道：「不是，在慕天心中，您是最好的皇帝。您統一天下不是爲了一己私欲，而是爲了讓百姓擺脫戰亂的苦難，之所以沒有成功，只因錢財外漏，給了昱國這樣一個機會……」

「我輸了，你對我很失望，對嗎？」祈佑悽慘一笑，側首凝望著我。

「不是因爲你強大，所以我才愛你。愛你，無關身分，只因你是納蘭祈佑，馥雅的丈夫。」我答完後，祈佑正欲再說些什麼，我含著笑道，「執子之手，與子偕老。洗盡鉛華，白髮紅顏。」

祈佑也笑了，溫實的指尖撫上了我的臉頰，動情地喚道：「馥雅……」

「母妃。」卻聞一聲清脆動人的聲音打斷了他繼續說下去的話。

我們齊目而望，站在牢門外的是一身白衣勝雪的初雪，還有她身旁立著的祈殞。祈佑皺著眉頭，盯著我片刻，突然失笑，「什麼時候你竟有這麼大的女兒了？」

「不是……」我忙著解釋，但是被他眼底淡淡的笑容給遏制住，現在他竟然還有心情與我開玩笑。

初雪一雙美目在我們之間流轉著，倒是祈殞先開口道：「辰妃，皇上要見您。」帶著笑，我一口回絕，「不，我要陪在祈佑身邊。」

「母妃，您就去見見二叔吧，母妃……」初雪雙手扶上牢門，可憐兮兮地望著我，眼中含著淚珠，不停地喚著「母妃」。

我的心頭一軟，不得不佩服連曦，竟將初雪搬到牢中請我出去，爲的是什麼呢？

「祈佑……我……」爲難地望了眼祈佑，他黯然一笑，「去吧。」

我伏下身子，深深擁抱著祈佑，「你等我回來。」直到離開，身上的溫度漸漸消失，失落感漸升。我不願去，但是我知道，去不去不能由我。

鳳闕殿。

飛簷捲翹，金黃的琉璃瓦被陰沉沉的天色籠罩著，金波頓逝。我被領進了鳳闕殿偏堂，一把覆蓋著軟鵝毛的椅子被兩位奴才扛了進來，小心翼翼地擺放在我面前，「辰妃請坐。」

我安然坐下，靜靜等待連曦到來，心中也暗生疑惑，連曦要見我爲何要在鳳闕殿？

連曦在眾奴才簇擁之下進入鳳闕殿，我立刻想起身，我看見他身後還跟隨了許多官員，又安靜地坐了回去。在偏殿，我能一覽連曦臉上的表情，也能聽到那批官員的說話聲，只可惜，我在偏殿，那批官員根本看不見我。

「皇上，您快下令將亓國一干餘孽皆斬首示眾吧。」

「對啊，皇上，您還在猶豫什麼呢？」

「難道皇上想要縱虎歸山？皇上可知斬草不除根，春風吹又生。爲保好不容易建立起的基業，定然要毫不猶豫地將他們悉數斬殺。」

……

聽著他們皆一致請求連曦將祈佑等人斬殺，我在心中暗暗一笑，難道連曦要我來只是爲了聽這樣一番話嗎？他認爲我會怕死嗎？與祈佑死在一起我此生無憾了。

「夠了，你們給朕滾出去！」連曦憤然一聲怒吼響徹整個大殿，眾官員窸窣地跪了滿滿一地，「皇上息怒！」

連曦緩緩吐出一口涼氣，用力平復著心中的怒火，「你們上的摺子，朕會斟酌考慮，都出去吧。」

「是。」

只聞腳步聲漸遠，連曦已朝我走來，眸子含著久戰未褪去的滄桑痕跡。我立即起身向他跪行了一個禮，「參見皇上！」如今我已是階下囚，連曦卻已是一統天下的帝王，我該對他行拜禮的。

連曦站在我跟前，也沒有讓我起身，只是問：「你看見那些奏摺了嗎？」順著他手指向的地方我望了去，在赤金的龍案之上擺放著堆積如山的奏摺，只聞他繼續道，「全是要求朕將亓國餘孽斬殺的奏摺，你說我該如何？」

「皇上是天子，您有自己的想法與主張。」對於他這樣的問題我只是避而不答。

「爲何不求我放了你們？或許我會考慮……」沒待他說完，我便一下打斷，「皇上，您做出任何決斷，馥雅絕不會有任何怨言。」

「我以爲你會求我的。」他負手俯視著我，眸子中閃現出讓人異常有壓力的亮光。

我勾起一抹若有若無的淡笑，毫不避諱地迎視著他。「納蘭祈佑絕不會卑微地乞求敵人放他一條生路，他的女人更不會。」

連曦先是一怔，後是大笑，笑得瘋狂，「好一個納蘭祈佑的女人！在我將你送還給納蘭祈佑之時便說過，我會將你重新奪回來的。還有我們之間的承諾，你忘記了嗎？如今昱國生，你必須與昱國同生。」最後一句話說得堅定不容置疑，我的心卻漏跳了一拍，「不，我若要死，你絕對無法阻止。」

「又是爲了你的納蘭祈佑嗎？多年前爲了權力險些要了你的命，而今你卻還要陪他一同死，我眞不敢相信世上怎會有你這樣……好的女人！」

我聽到他原本那個「傻」字想出口，卻改成了「好」字，笑出了聲，其實我本來就是個傻女人，「在這場仗之前，我就對他承諾過，生亦同生，死亦同死。祈佑這輩子已經什麼都沒有了，我不能再棄他而去。」

他目光一閃，嘴巴勾勒出嗜血的弧度，「你相信嗎，我會讓你來求我。」

「連曦，何苦呢？戰敗之後我與祈佑雖然沒有說過同死之語，但是我相信，在心中我們早已經作出了決定。既然不能陪他一同俯瞰江山，那便一同共赴黃泉。」

「你什麼都不用說了，三天，我給你三天時間考慮。若三天之後你沒有求我，我便成全你與祈佑共死。」

看他說得如此有把握，我的心咯登一跳，他又想要做什麼……不，現在連曦不論再做什麼，大不了就是一死而已。

踩著沉重的步伐，帶著忐忑的心緒重新回到了天牢，還記得離開鳳闕殿的時候初雪撲了上來，緊緊摟著我的腿哭了起來，「母妃，不要走，初雪不要母妃和那個男人在一起……不要走好嗎，和初雪和二叔在一起好嗎……」

看她痛苦的樣子，我於心不忍，卻還是推開了初雪，「對不起，初雪，母妃愛的男人還在等我回去。」沒有絲毫的猶豫，我轉身離開，身後傳來初雪肝腸寸斷的聲音。我強忍著沒有回頭，自己卻落淚了。

連城，對不起，於你的愧疚，來生再報。

恍惚間，我在天牢中竟也聽到了女孩的哭聲，初雪？不會的，這並不是初雪的哭聲。帶著疑惑，我被送進了牢中，眼前的一幕卻讓我愣住。原本空空的大牢內竟多出了許多人，被擠得滿滿的。

而女孩的哭聲出自於蘇月懷中的孩子，淚水蔓延了面頰，嗓音也微微地嘶啞著。我一怔，這難道就是慕天的女兒，蘇景宏的孫女？

目光一掃，其中還有祈皓、蘇姚，與他們的兒子納蘭亦凡。還有眾多官員的家眷，年幼的孩子，年邁的父母，樣子狼狽，好不悽慘。

呵，我怎麼沒有想到，亓國戰敗，滿朝官員皆是昱國的俘虜，這麼多人即將面對的將是死亡。只是沒有想到，連曦竟然連孩子與老者都不放過嗎？我終於明白，爲何連曦那麼肯定我會求他……但是，馥雅不願再心軟，想自私一次。

我重新坐回祈佑身邊，他伸出結實的手臂將我攬入懷，彷彿怕一鬆手我就會消失一般。我以爲他會問連曦找我做什麼，但是他沒有問，只是緊緊擁著我。

「怎麼不問我和連曦說什麼了？」我微微仰頭望他，額頭抵上了他的下顎，鬍碴刺得我微微疼痛酥癢。

「重要的是你回來了，其他的都不再重要。」現在的他的情緒比起初進天牢的時候好了許多，笑容也漸漸有了，只是眼底的落寞卻掩蓋不住。

收回視線，我倚靠在他肩窩上，驀然緊閉雙目，耳邊傳來的卻是蘇景宏苦澀的笑聲，「她的名字叫展語夕嗎，多好聽的名字。倒是外公連累了你們呀，要你們陪著一同赴死。」

「父親，不要這樣說。作爲蘇家的後人，我們感到非常光榮。咱們是將門子弟，絕不會在死亡面前流露出一絲絲恐懼。」此話是蘇姚所說，聲音鏗鏘有力，其言語間的氣勢堪比男兒。

「可是我們不想死啊！」突然一個聲音闖了進來，整個天牢中一片沸騰，嗚咽之聲源源不絕傳來。

「我父親母親都年邁了，他們沒有罪啊，爲何要他們陪著我死……」

「我的孩子才四歲，他什麼都不懂，眞的不想連累他……」

「我不想死，眞的不想死啊……」

我又將頭朝祈佑肩窩埋深了幾分，不敢睜開眼睛望著此刻淒涼的景象，手不自覺地緊攥著祈佑胸前的衣襟，竟想起了杜牧那首《題烏江亭》，禁不住脫口喃喃道：「勝敗兵家事不期，包羞忍恥是男兒。江東子弟多才俊，捲土重來未可知。」

「馥雅，你知道自己在說什麼嗎？」祈佑驀然一怔，音量提高了許多，但是在天牢那嗚咽嘈雜之聲中顯得異常低微。

我不答，低聲笑問：「如果，你能逃過此劫，會捲土重來嗎？」

「有戰疲勞壯士哀，中原一敗勢難回。江東子弟今雖在，肯爲君王卷土來？」他只用了王安石的《烏江亭》來回答我的一問，「馥雅，我若爲項羽，定然也是選擇在烏江自刎，絕不過江。」

終於，我睜開了雙目，含著絲絲淚水凝望著他，「那我可會是你的虞姬呢？」

祈佑深深地與我對望，片刻間無言，突然他搖頭道：「不，你若能保全性命，不要陪我離開。我沒有資格拉著你與我陪葬，這輩子我欠你太多了，不想到最後仍舊要欠你。」

我黯然垂首，握住他冰涼的手，只是笑，卻不說話，心中是五味摻雜，祈佑忘記了當初我說過「生亦同生，死亦同死」嗎？他若走了，我哪能獨活在世上？

「哭什麼哭！」蘇景宏憤然怒吼，帶著血絲的目光掃過周遭哭泣的男女老少，「都是一群懦夫，哪配當我亓國的子民？」

「父親，算了，每個人都有他自己的選擇。」展慕天的一句「父親」讓蘇景宏臉色陡然軟化而下，目光閃著淚水，「你……你叫我父親？」

「這句『父親』我已經欠著許久了，如今都到此地步了，再不還上，怕是要終身遺憾。」展慕天隔著天牢間的縫隙，握住蘇月的手，含情脈脈的溫柔藏著無限情意。

原本淚流滿面的蘇月破涕爲笑，單手回握著慕天的手，另一手緊緊擁抱著懷中的孩子，「父親，月兒早就對您說過了，慕天不是你所想像的獨攬大權，欲禍害朝廷。您可信了吧……」

「傻丫頭，爹早就知道了，只是拉不下老臉去與他和好……」蘇景宏歎息著，終於對展慕天也是放寬了心懷，蘇家人突然笑了出聲，其樂融融，在天牢中竟也能看到這樣的景象。蘇景宏好福氣，兩個女兒與女婿，還有一個孫子一個孫女，在死之前竟然能得到這分安慰，真的死而無憾了。

一想至此，我的淚水悄然滑落，眼前這樣的景象讓我羨慕，不，說妒忌似乎更爲恰當。祈佑似乎看出了我爲何而哭，撫過我的髮絲，輕柔道：「別哭，你還有我。」

強忍多日的心痛與淚水瞬間湧出，我撲向他的懷抱，放聲大哭起來，我的哭聲與眾多嗚咽之聲夾雜在一起顯得很渺小，我便可以不用理會他人的目光，放聲大哭，「爲何人總是在即將失去之時才懂得珍惜，才懂得放手……」

這是我說的最後一句話，此後我一直呆呆地靠坐在冰涼的牆角邊，嘴角時不時勾起一抹令人無法察覺的嘲諷之笑，與祈佑一同沉默，一同望著牢中那悽慘的景象。

三日後，我終於開口說了一句話，「祈佑，馥雅的心永遠只屬於你一個人。」祈佑似乎意識到什麼，迷離的目光恢復了往日的犀利，凝望著我的眸彷彿能將一切看透。我堅定地回視著他那幽若寒潭，深冷難測的目光，似乎有千言萬語想要說，但是卻不知從何說起。

那短暫的安靜迎來一聲聲催心的步伐，空氣中凝結令人屏息卻緊張的氣氛，「辰妃，皇上讓臣來接你。」

牢中之人皆側目望著祈殞，包括祈佑。

聽祈殞那語氣，連曦讓他來接我……聽這語氣似乎肯定了我會去求他一般，但是不得不說，連曦眞的很瞭解我。

我當著眾人的面起身，看見了蘇景宏的疑惑，展慕天的驚愕，蘇姚的奇怪，祈皓的不解，蘇月的迷惘……唯獨祈佑的臉上如寒冰，目光毫無溫度。

他那分冷漠刺痛了我的心，他一定是在怪我，怪我背棄了生亦同生，死亦同死的誓言。但是，馥雅只能做到這些，因爲馥雅不配擁有幸福，因爲馥雅天生就是一個爲他人做嫁衣的女子。

「你是一個女人，承受過亡國，復國，救國，你還想要承受什麼？」在我一腳還未邁出牢門之時，祈佑低沉的聲音傳來，聲音飄忽虛幻，讓我整個身子都僵在那裡，扶著牢門鐵杆的左手多用了好幾分力氣。

「馥雅命該如此，怪不得他人。」

「若你只是爲了救牢中所有人而離去，我勸你最好不要，沒有人會感激你。」

牢中之人聞祈佑之言才意識到我爲何要離去，跪著匍匐在鐵欄邊，用那一雙雙乞求期待的目光盯著我大喊，「夫人，我們會感激您的，只要您救我一家七口出去……」

那一句句乞求的聲音響徹整個天牢，震耳欲聾。我緩緩回首，望著一臉陰沉的祈佑笑道：「你瞧，很多人在感激著我呢。」

「雅夫人，你救這群貪生怕死之徒有何好處？」蘇景宏臉色一變，猛然朝我吼道，他的聲音蓋過了眾人乞求的聲音，「都給老子閉嘴，閉嘴！」他衝那群乞求我的人怒道，近乎於瘋狂。

「蘇將軍，我救他們的好處就是能夠保自己的命，我也不想死。」這話說得堅定，對上蘇景宏與展慕天不可置信的目光，我巧然一笑。轉眸望著祈佑清冷的目光，「馥雅做不了虞姬，沒有勇氣在項羽面前揮劍自刎。所以，祈佑，你也不要自比項羽，輸了並不代表你之前所做的一切皆是枉然，像個平凡人一樣去過自己的日子吧。」

緩緩後退幾步終於離開了天牢，而祈佑始終坐在牆角，一動不動地凝望著我離去，眼底帶過清臒的痕跡，面容上的線條更添肅峻，眸子異常清冷……我的離去似乎與他沒有絲毫關係。但是我看見了他攥緊的拳頭，以及那由眼角緩緩滑落的淚，晶瑩剔透。

我眼底的他漸漸模糊，離我也越來越遠，那分模糊卻清晰至極，深深的刺痛不經意地襲入心間。

如果我知道，那會是此生最後一次見他，我定然會將他看個清清楚楚，銘刻在心，永不忘卻。

我被領到了昭陽宮，一切都是再熟悉不過的景色，卻被琉璃瓦上粼粼耀目的金波刺得睜不開眼。置身在朱壁宮牆之中，我頓時沒了方向感，只能傻傻地站在原地四處望著，像是在尋找什麼，卻又不知道我要尋找什麼。

恍惚地走進那片梅林，梅蕊初開，簇簇緋紅綴於葉間，馥郁芬芳，卻感覺四周一片天旋地轉，綠的，粉的，赤的，金的，無數的湛然之光射進眼底，幾欲昏厥。

「我知道你一定會求我的。」寂然之時，一語入耳。

看著他，一股酸楚揉過，碎成了苦澀扼在胸間。沒有選擇，雙膝一彎便跪在梅林間那塵土石子之上，「若我求你，你真的會放過牢中的人嗎？」天下剛定，最重要的便是穩定朝綱，亓國的餘孽若是不殺，某一日他們若揭竿而起，對朝廷來說會是一個棘手的麻煩。

「我會。」

「憑什麼信你？」

「你只能選擇相信。」

短短一言讓我再也無法吐出一個字，如今是我求他，就算他反悔我又能怎麼樣呢？

他蹲下身子，目光在我臉上流連片刻，眼底冷銳隱去，慢慢泛起柔和，「十歲以下的孩子，六十歲以上的老人我皆會放他們走。納蘭祈佑，納蘭祈皓，蘇景宏，展慕天，我也會放過。其餘人一律斬首示眾。」

心底緩緩鬆了口氣，他若眞能做到如此地步，也不枉我來求他了。牢中的老弱婦孺確實可憐，但是那群平日享受盡了榮華富貴到此刻卻貪生怕死的官員確實可恨。之所以會來求連曦也僅是爲了那些老弱婦孺而已，他們不該成爲戰爭的犧牲品。

「那你要我做什麼？」

「做初雪的娘親，連曦的辰妃。」

腦袋似乎被大錘狠狠敲打了一下，嗡嗡直叫。他在說什麼，連曦的辰妃？驀地一激動，倏然起身，欲離去。

看著我欲離開的身影他沒有阻止，只是拂了拂龍袍，起身淡淡地衝我說：「怎麼，不想救那群孩子與老人了？我印象中的馥雅可不是那種見死不救的人。」

帶著清冷的目光直射於他，聲音隱寒，「連曦，你非要如此逼我嗎？」

「所有的一切都交由你自己去選擇，我從來沒有逼過你。」晴空般的眼眸中淨是一片祥和，未被我的情緒左右，靜靜地立在梅林間與我相望，「要知道，我還可以放祈佑一條生路，你不是爲了他可以犧牲一切嗎？」

放祈佑？連曦眞的認爲祈佑會接受這樣的「好意」嗎？

或許他不瞭解祈佑，但是我知道，如今的祈佑早已做好了死的準備，所以我才一句話不說地待在祈佑身邊，我早已經做好了與之同死的打算。
可是連曦爲何又要逼我，用那一條條無辜的性命逼我。
突然間，我笑了，「連曦，你這樣做又何苦？」
「我答應過大哥，定要照顧你。」見他緩步朝我而來，目光深沉讓人難以琢磨，嘴角卻始終掛著若有若無的淡笑。
「好一個冠冕堂皇的理由，代連城照顧我？」倏然起身，諷刺地笑著，「口口聲聲說是爲了連城，若此刻的連城站在我面前，他定然會放我與祈佑同生同死，絕不會像你這樣逼我。」
他上前一步，猛然攥緊我雙肩，抵在梅樹之上，唇狠狠地向我壓下來。梅樹上的葉片片飄落傾打在我們之間。
我用力推拒掙扎著，他卻箍得更緊，炙熱的唇割傷了唇，重重地喘息彷若癲狂。
絕望地閉上眼簾，涔涔淚水無聲無息落下，濕了他的唇。
如果馥雅命該如此，那便認命，犧牲我一人換那麼多條命，很値得不是嗎？
良久，他才平復了他莫名的瘋狂，扯我入懷，「是藉口也好，私欲也罷。這若是罪孽，我要你與我一同承受！」瘖啞的聲音輕輕飄進耳中，「既得不到你的心，那便將你囚禁在昭陽宮，永不放手。」
木然盯著身側的梅蕊，含著淚而輕笑。
罪孽，既然這罪孽要我承受，那我便受。
祈佑，你恨生在帝王之家嗎，你也想要平凡的日子吧！將來，你會趨於平凡，你會娶妻生子；而馥雅，將終生站在昭陽宮，與你同生。

第九章　魂斷昭陽宮

今日是大婚之日，我冊封辰妃之時，外頭似乎下雪了，我卻不如以往的興奮，甚至連窗都沒有推開。

近日來昭陽宮的侍衛增加了許多，奴才也添了十來個，喜餅，喜燭，喜帳，喜帕，滿目的血紅，讓我心驚。

桌上擺放的皆是璀璨奪目的金銀首飾，金荷螃蟹簪，金蓮花盆景簪，雙正珠墜，金鳳，朝珠，銀粉妝盒……滿目琳琅異常刺眼。

連曦說過，我冊封當天他便會放人，祈佑、祈皓、慕天、蘇景宏則會被接進一處府邸，讓他們久居於此。想必連曦已經放人了吧，他是天下的王，他不可以說話不算話。

連曦確實考慮得很周到啊，老弱婦孺不可能揭竿而起，領頭人物則被囚禁在府邸，更不可能危害到朝廷，其餘有能力的官員皆被斬首，這樣一來，連曦就沒有絲毫顧慮了。

在蘭蘭與眾奴才的伺候下，我木然地披上了鳳綃嫁衣，站在妝台之前任她們對我上下其手整裝描眉抹脂。鏡中卻是一片空白，連我自己的面容都不復見，我努力想要搜尋些什麼，卻在鏡中見到了與祈佑大婚那日，整個昭鳳宮也是如此，紅帳漫天。他冊封我爲蒂皇妃，也像連曦一般賞賜了很多東西，看得我眼花撩亂。

人人都說：一女不侍二夫，還有些女子為表自己對丈夫的忠貞，立下貞節牌坊。那麼一個女人出嫁三次，嫁的都是帝王，位居如此高位，天下人將如何看待？

是說我為求自保，拋棄淪為階下囚的祈佑，轉投榮華富貴……

是說我勾引小叔子，以美色誘其冊封……

真的好複雜，怕是連我自己都理不清這千絲萬縷的關係。

恍惚間，與祈佑大婚那日的場景瞬間破滅，我那張被描繪得豔麗奪魄的臉呈現在自己眸中。看著眼前的自己，就像在看一個笑話。

「元帥，您不能進去……元帥……」守在門外的宮女一聲聲焦急地呼喚著，將我一切的思緒悉數打亂。

腳步聲漸近，我疑惑地由妝台上起身。才回首，寢宮之門被人重重地推開。外頭冬雪之寒風撲打在我臉上，將我未綰好的髮絲吹起，紛紛揚揚地糾結在一起。

來人是納蘭祈殞，他面色十分凝重，眸子中含著掙扎之態，「潘玉。」

聽他喚著十一年前我曾用的化名，我的心猛然一窒，心跳得厲害。

「納蘭祈佑他……死了。」

這句話彷若一個晴天霹靂打下，我怔怔地望著祈殞，寢宮滿處的紅帳飄飄攘攘晃在眼前就變成猩紅的血液，濺了滿地。

雙腿一軟，重重地坐回冰涼的凳上。

宮門緊閉，獨留我孤坐妝側，凝睇鏡中，熠熠眸中竟無一絲淚光，只是輕笑。

恍惚間又想到了什麼，我立刻起身，推開朱紅的窗，大雪紛飛如鵝毛飄進窗，傾灑在我身上，臉上。勾起淡淡的笑容，我接下幾片雪花，耳邊浮現的卻是祈殞對我說的話。

「皇上封鎖了一切的消息，只怕你會想不開。」

「我之所以告知於你，只因死在天牢中的人，是我七弟。」

「這事，不該瞞你，你有權知道的。」

迢迢衰草承霜雪，輾轉蕭條融未盡，舉頭仰望著白茫茫的大雪將整個蒼穹皆籠罩而下，還記得，與祈佑大婚那日，也下了一場雪呢。

當年，背我上花轎的是韓冥……

如今有誰來背我上花轎，誰再來陪我走完這條我用盡全力卻也走不完的路呢……

當年，被我間接害死的祈星……

你要我答應你不被這個血腥的後宮污染，能走多遠便走多遠，可是走了十一年，我仍舊停留在原地，停留在這冷血的宮廷中……

祈佑，你還是選擇做項羽了。

祈佑，爲何要先走，爲何不能與馥雅同生？

祈佑，你可以做個平凡的人，娶妻生子，共度天倫。

祈佑，我們可以天各一方，心卻始終會在一起。

無力地靠在窗檻之上，看著眼前這片梅林，臉上浮現出淡淡的笑容，是甜蜜，是幸福，是哀傷，是沉痛……

梅，承載了我許多許多的夢想。

祈佑，卻承載了我十一年的悲與歡。

深深呼吸著淡淡的梅香，還夾雜了一抹清冷，我的眼簾漸漸闔上，腦海中閃現出與祈佑第一次見面……祈佑第一次爲我放棄皇位……祈佑要我做他唯一的妻子……祈佑對我的利用與傷害……祈佑對我的笑與怒……

十一年所發生的一切就像一場夢，竟然就這樣在腦海中匆匆滑過，好快！

也不知過了多久，蘭蘭終於忍不住還是推開了寢宮之門，「娘娘，不能再拖了……皇上與諸位大臣在正殿……」門被咯吱推開，她的聲音戛然而止，僵在原地癡癡凝視著我。

她哽咽著，顫抖而語，「娘娘，你的頭髮！」

我回首朝她輕笑，聲音飄忽渺茫而虛幻，還有掩不住的自嘲，「他死了，爲何無人告知我？我還準備做連曦的辰妃，準備享受終生的富貴榮華……」

蘭蘭的淚卻倏地滴落，如泉湧氾濫，怎地都止不住。

北風由窗口溜進，由背後將我散落著的髮吹起，幾縷飄落在胸前，顫抖著手輕輕撫過一縷不知何時已經花白的髮絲，喃喃自語，「鉛華洗盡，白髮紅顏。」曾經那分滄海桑田的誓言，終是實現了呢。

那些年少的夢，竟隨著時光而飛逝去，我的夙願一變再變，到如今，我已不知還有什麼值得我去追求。

胸口一陣疼痛地抽搐，令我作嘔的腥味湧上喉頭，一口殷紅的血噴灑而出，眼眶籠罩的是那怎麼也洗不盡的血。

瞬間整個人被掏空，身子搖搖一晃，翩然如那被北風摧殘的梅花飄落在地……

此情已自成追憶

零落鴛鴦

雨歇微涼

十一年前夢一場

（完）

【後記】

十一年後。

正值臘月，整個皇宮皆被那白雪籠罩，蜿蜒如一條銀龍臥居飛簷之上，是個好兆頭。白濛濛的天色夾雜著陣陣飛霜瀰漫起層層煙霧風霜，幻如仙境。

一名穿著華麗白衣宮裝的女子雙腿盤旋而坐在床榻之上，掬起背對著她而坐的一名婦人披散在腰間的一縷白髮，輕柔地順過。無盡的滄桑之感在此時卻顯得異常柔美，「母妃，十一年了，您還是不願醒來嗎？」這句話似在喃喃自語，又似在詢問白髮婦人。

白髮婦人默默地回頭，睜著一雙空洞無神的眼睛凝視著她，一句話不說，只是看。

她丟下手中的象牙梳，輕撫上她眼尾與唇角那歲月遺留下的痕跡，她的容貌不再如十一年前那般風華絕代，取而代之的是蒼老的痕跡，尤其是這滿頭的白髮。十一年了，大婚那日母妃一口刺目的鮮血噴灑而出，驚了所有人，也驚了二叔。近乎癲狂的二叔沒了以往的冷靜，更少了王者的風範，他在母妃面前，只是一個男人，只是連曦。

二叔用盡了一切方式將生命垂危的母妃救醒，但是，命活下來了，目光卻是空洞無神，如木偶般怔怔地盯著我們。她知道，母妃得了失心瘋，她最愛的男人已經離她而去，她的心也早隨那個男人而去。只不過，二叔太自私了，即使是一個軀殼，他也要將母妃留下。

「母妃，今天，初雪要辦一件事。只要這件事完成了，母妃您就解脫了，而初雪……也解脫了。」收回撫摸在她臉頰上的手，目光隱隱含著一抹仇恨之光，隨即消逝在眼底。

「母妃，記得您給我唱過一曲《鳳求凰》，那時我便暗暗下定決心，要學好這首歌，將來也能唱給母妃聽。今日，初雪就將這首歌唱給母妃您聽……」她由床榻上起身，雪白的錦緞絲綢衣袂迴旋舞起，步伐輕盈掠動，她側眸盈盈輕笑，宛若洛水之神。

當年那個孩童歷經十一年的滄桑已出落得亭亭玉立，今年，也該及笄了。

喜開封，捧玉照，細端詳，但見櫻唇紅。

柳眉黛，星眸水汪汪，情深意更長。無限愛慕怎生訴？

款款東南望，一曲鳳求凰。

聲音清脆高雅，繞梁不絕。與當年在納蘭憲雲面前唱鳳求凰的潘玉有得一拼，甚至青出於藍。

看著眼前衣袖飛舞，淺吟清唱的白衣女子，白髮婦人的眸光一閃，手微微一顫，內心最深處的回憶似乎被這首歌激起，目光緊鎖眼前的少女。

瞬間，歌聲戛然而止，她僵在原地，深深吸了一口氣。

有些事，是時候解決了。

她沒有再望白髮婦人，只是曼妙地轉身，離開這間淒冷的大殿。

若是她能回首望望始終坐在榻上的白髮婦人，或許她能瞧見一滴淚緩緩由她眼角滴落，而那迷茫的目光也隨之漸漸清晰。

鳳闕殿。

初雪端著一碗人蔘燕窩湯走了進去，臉上掛著一貫常有的笑容，小跑著喊著，「二叔，二叔，初雪給你送湯來了。」

「每天都等著你的湯呢。」連曦寵溺地望著如一隻翩舞的彩蝶飛進鳳闕殿的初雪，嘴角的弧度不自覺地上揚，唯有面對初雪的時候他才能如此放開自己示人。

「二叔快喝吧，涼了就不好喝了。」初雪小心翼翼地遞給他，但見二叔正要入口之時，一名太監匆匆奔了進來，「皇上，不，不，不好了……辰妃她，她上吊自盡了！」

連曦與初雪聽聞此言猛然一怔，「馥雅……」連曦立刻放下手中的湯欲奔出，初雪連忙扯住他的胳膊道：「二叔，我親手為您熬的湯……」

他望著眼中含淚的初雪，瞳中有隱忍，有掙扎，更有矛盾。須臾，他端起桌上那碗湯，笑道：「初雪親手為二叔熬的湯，二叔怎能不喝？」

語罷，一飲而盡。

「我，去看看馥雅……」他的目中含有淡淡的哀傷，馥雅……終於是醒了過來，十一年後，她仍然要隨著納蘭祈佑一起離去，難道在這個世上眞無她可留戀的人或事嗎？

初雪望著二叔的背影，低沉道：「要去見母妃？正好，你可以陪母妃一同上天堂。」出奇地，連曦沒有反應，仍舊一步一步地朝前走著。初雪也伴他一同朝前走，一抹精光閃現在美眸中，「這裡裡外外的人早已變成太子哥哥的人了，只等待這一刻，他便可順理成章地登基爲帝。而二叔你，將會暴斃。」

「是嗎？」連曦側首凝望著面前這個自己疼愛了十四年的孩子，直到現在，他都還是將她當作自己的親生孩子一般看待。

對於他的冷靜，初雪有些詫異，「你不奇怪嗎？」

「你說吧。」

「我早就知道娘親是你害死的，蘭嬪——我的娘親！」初雪激動地衝他吼道，眼眶酸澀難忍，卻硬將淚水逼了回去，「四年了，我每日都在人蔘燕窩湯裡加微乎其微的毒，就怕你這位神醫會有所察覺。今日，正是此毒的最後一分，你的陽壽也該盡了。」她笑了起來，可是爲何心卻如此痛呢？繼續冷望著他，「你能解所有人的毒，卻始終解不了自己的毒，很可笑吧。」

「我輸了，初雪。」他微笑著，手輕捂上自己開始疼痛的胸口，「死前，只求你，讓我與馥雅合葬……求你答應我！」

初雪冷睇著他，本不願答應，但是一聲「好」字卻無預警地脫口而出。

連曦終於安心地笑了，強支撐著自己逐漸虛軟的身子，一步一步朝殿外走去。他……只想看看馥雅最後一面，最後一面。

但是，藥力發作實在太快，沒等他邁出鳳闕殿，整個人便頃刻倒地。

元和十五年，昱太宗薨，因不詳。

太子連雲登基爲帝，初雪公主尊上郡長公主，成爲昱國歷史上權力最大的公主。

新帝下詔，昱太宗與辰妃合葬皇陵。

初雪永遠不會知道，連曦早就知道她每天送來的人蔘燕窩湯裡有毒……

初雪永遠不會知道，連曦可以解她下的毒，只因聽聞馥雅自盡，他便已經有求死之心……

初雪永遠不會知道，連曦對她的愛早已經超出了愛自己……

國家圖書館出版品預行編目資料

傾世皇妃(下)——人生若只如初見/慕容湮兒著.
- 初版. -台中市:好讀, 2011.11
面: 公分, ——(真小說;06)
ISBN 978-986-178-220-1(平裝)

857.7 100023398

好讀出版

真小說 06
慕容湮兒作品集——傾世皇妃(下)人生若只如初見

作　　者/慕容湮兒
總 編 輯/鄧茵茵
文字編輯/童茗依
美術編輯/鄭年亨
行銷企畫/陳昶文
發 行 所/好讀出版有限公司
台中市 407 西屯區何厝里 19 鄰大有街 13 號
TEL:04-23157795 FAX:04-23144188
http://howdo.morningstar.com.tw
(如對本書編輯或內容有意見,請來電或上網告訴我們)
法律顧問/甘龍強律師
承製/知己圖書股份有限公司 TEL:04-23581803

總經銷/知己圖書股份有限公司
http://www.morningstar.com.tw
e-mail:service@morningstar.com.tw
郵政劃撥:15060393 知己圖書股份有限公司
台北公司:台北市 106 羅斯福路二段 95 號 4 樓之 3
TEL:02-23672044 FAX:02-23635741
台中公司:台中市 407 工業區 30 路 1 號
TEL:04-23595820 FAX:04-23597123

初版/西元 2011 年 11 月 30 日
定價/ 250 元
如有破損或裝訂錯誤,請寄回知己圖書更換

Published by How-Do Publishing Co., Ltd.
2011 Printed in Taiwan

ISBN 978-986-178-220-1

讀者回函

只要寄回本回函，就能不定時收到晨星出版集團最新電子報及相關優惠活動訊息，並有機會參加抽獎，獲得贈書。因此有電子信箱的讀者，千萬別吝於寫上你的信箱地址

書名：傾世皇妃（下）人生若只如初見

姓名：____________ **性別：**□男□女 **生日：**____年____月____日

教育程度：________________

職業：□學生 □教師 □一般職員 □企業主管

□家庭主婦 □自由業 □醫護 □軍警 □其他____________

電子郵件信箱（e-mail）：________________ **電話：**____________

聯絡地址：□□□ ________________________

你怎麼發現這本書的？

□書店 □網路書店（哪一個？）____________ □朋友推薦 □學校選書

□報章雜誌報導 □其他____________________

買這本書的原因是：____________________

□內容題材深得我心 □價格便宜 □封面與內頁設計很優 □其他________

你對這本書還有其他意見嗎？請通通告訴我們：

____

你買過幾本好讀的書？（不包括現在這一本）

□沒買過 □ 1 ～ 5 本 □ 6 ～ 10 本 □ 11 ～ 20 本 □太多了

你希望能如何得到更多好讀的出版訊息？

□常寄電子報 □網站常常更新 □常在報章雜誌上看到好讀新書消息

□我有更棒的想法________________________

最後請推薦五個閱讀同好的姓名與 E-mail，讓他們也能收到好讀的近期書訊：

1. ____
2. ____
3. ____
4. ____
5. ____

我們確實接收到你對好讀的心意了，再次感謝你抽空填寫這份回函

請有空時上網或來信與我們交換意見，好讀出版有限公司編輯部同仁感謝你！

好讀的部落格：http://howdo.morningstar.com.tw/

請填妥後對折黏貼，直接投郵即可，無須貼郵票。

廣告回函
台灣中區郵政管理局
登記證第 3877 號
免貼郵票

好讀出版有限公司　編輯部收

407 台中市西屯區何厝里大有街 13 號

電話：04-23157795-6　傳眞：04-23144188

沿虛線對折

購買好讀出版書籍的方法：

一、先請你上晨星網路書店http://www.morningstar.com.tw檢索書目或直接在網上購買

二、以郵政畫撥購書：帳號15060393 戶名：知己圖書股分有限公司並在通信欄中註明你想買的書名與數量

三、大量訂購者可直接以客服專線洽詢，有專人為您服務：
客服專線：04-23595819轉230 傳真：04-23597123

四、客服信箱：service@morningstar.com.tw